MARIA DRIES

DER KOMMISSAR UND DER TEUFEL VON PORT BLANC

atb aufbau taschenbuch

Im Aufbau Taschenbuch sind von Maria Dries bisher erschienen:

Der Kommissar von Barfleur
Die schöne Tote von Barfleur
Der Kommissar und der Orden von Mont-Saint-Michel
Der Kommissar und der Mörder vom Cap de la Hague
Der Kommissar und der Tote von Gonneville
Der Kommissar und die Morde von Verdon
Der Kommissar und die verschwundenen Frauen von Barneville
Der Kommissar und das Rätsel von Biscarrosse
Der Kommissar und das Biest von Marcouf
Der Kommissar und die Toten von der Loire
Der Kommissar und die Tote von Saint-Georges
Das Grab im Médoc

Bei Sanierungsarbeiten an der alten Abbaye de Beauport findet man vier Frauenskelette. Schnell steht fest: Die jungen Frauen sind vor einigen Jahren aus einem Heim verschwunden. Die Polizei ging damals wichtigen Hinweisen nicht nach und behandelte den Vermisstenfall nachlässig. Angehörige beauftragten schließlich einen Privatdetektiv mit Nachforschungen, doch der beging kurz darauf völlig unerwartet Selbstmord. Der Fall soll nun noch mal neu aufgerollt werden, und Philippe Lagarde übernimmt zusammen mit seinem jungen Kollegen Jacques Bayrou die Ermittlungen. Schon bald ahnen die beiden, dass ihnen für die Suche nach dem Mörder weniger Zeit bleibt als gedacht.

MARIA DRIES

DER KOMMISSAR UND DER TEUFEL VON PORT BLANC

PHILIPPE LAGARDE
ERMITTELT

KRIMINALROMAN

atb aufbau taschenbuch

MIX
Papier aus verantwortungsvollen Quellen
FSC® C083411
www.fsc.org

ISBN 978-3-7466-3700-6

Aufbau Taschenbuch ist eine Marke
der Aufbau Verlag GmbH & Co. KG

1. Auflage 2021

Gesetzt aus der Caslon durch Greiner & Reichel, Köln
Druck und Binden CPI books GmbH, Leck, Germany
Printed in Germany

www.aufbau-verlag.de

Für Stefan

Bretagne
Plougrescant
Pleubian
Kerbors
D 33
D 8
D 20
Pleumeur-Gautier
Plouguiel
Trédarzec
Tréguier
Minihy-Tréguier
Pleudaniel
Pouldouran
Troguéry
Hengoat
D 787

r Pleubian
odez
Kermouster
Loguivy de la Mer
L'Arcouest
Île-de-Bréhat
Bretagne
Ploubazlanec
rieux
Paimpol
Plounez
D 7
Plouézec
Plourivo
Kerfot
D 77

DER FEIND

Mein Kinderland war voll Gewittertagen,
Nur selten hat die Sonne mich gestreift,
Und so viel Blüten hat der Blitz zerschlagen,
Dass wenig Früchte nur mein Garten reift.

Nun kommt der Herbst, – ich muss zur Harke greifen,
Die Erde sammeln, die verwüstet schlief,
In die der Regen Risse grub und Streifen
Und manche Höhle wie ein Grab so tief.

Charles Baudelaire
»Die Blumen des Bösen«
»Les Fleurs du Mal«

CÔTE DU GOËLO, NÖRDLICHE BRETAGNE

Die Côte du Goëlo, im Département Côtes-d'Armor, liegt am Ärmelkanal und ist mit ihren langen Steilküsten, gewaltigen Klippen und imposanten Felsen dem Spiel der Gezeiten und der wilden Brandung ausgesetzt.

Im pittoresken Fischerstädtchen Paimpol ducken sich am Quai Morand zwischen Crêperien und Cafés alte Reederhäuser. Bis 1935 lebten die Bewohner vom Kabeljaufang vor Island und Neufundland. Der Handel blühte. Im Schornstein aus roten Ziegeln im Hafen wurden Tonnen von Fisch getrocknet.

Perdu en mer – »im Meer verschollen« – verkünden die Grabtafeln in den Friedhofsmauern. Mehr als zweitausend Männer ließen beim Fischfang auf hoher See ihr Leben, und manche Frau hielt am Witwenkreuz sehnsüchtig und oftmals vergebens Ausschau nach ihrem Liebsten.

Im Dorf Kérity im Herzen der Bucht von Paimpol liegt die Abbaye de Beauport. Schon der Name verweist auf die außergewöhnlich schöne Lage direkt am Meer inmitten von Apfelbäumen, aus deren uralten Sorten Cidre hergestellt wird.

Von der Bucht aus hat man einen herrlichen Blick auf die benachbarten Inseln und das Leuchtfeuer von Minard. Die Abtei war ein Zentrum des Seehandels und ein Ausgangspunkt für die Pilgerschaft nach Santiago de Compostela. Heute blühen in der Kirchenruine unter freiem Himmel Rosen und Hortensien, während zwischen den elegant geschwungenen Bögen ungestört Schwalben und Fledermäuse leben. Besonders im Herbst erstrahlt die Patina des gotischen Glanzes, und man fühlt sich hier dem Paradies ganz nah.

Jedoch herrscht unter der Bevölkerung des Dorfs sowie des gesamten Landstriches der unausrottbare Glaube, dass die Abbaye ein düsteres Geheimnis berge.

ERSTER TAG

DIE ABBAYE DE BEAUPORT

Das Ehepaar Jean-Charles und Laurence Le Gal wohnte in einer Fischerkate am nördlichen Rand von Paimpol in der Nähe der kleinen Straße, die zu der Arcouest-Landzunge führte. Dort legten die Schiffe ab, die die Inselgruppe Bréhat ansteuern wollten. Obwohl man leicht dorthin gelangte, barg das umgebende Meer einige Gefahren.

Das geduckte Reetdachhaus aus grauem Granitstein mit massigen Kaminzügen, die den First überragten, hatte leuchtend grüne Türen und Fenster. Der Vorgarten glich einem Pflanzenparadies, in dem die bretonische Nationalpflanze, die Hortensie, dominierte. Eine alte knorrige Tamariske, deren Rispenzweige vom stürmischen Westwind durchgeschüttelt wurden, erhob sich im Garten.

Jean-Charles war zweiundsechzig Jahre alt und hatte, solange er denken konnte, sein Brot mit der Küstenfischerei verdient. Er war klein, dürr und zäh, sein Gesicht vom Wetter gegerbt, und die grauen Haare begannen sich zu lichten. Vor einem Jahr hatte er sich aufgrund gesundheitlicher Probleme entschieden, in den Ruhestand zu gehen, fuhr jedoch fast jeden Tag mit seinem

Boot aufs Meer hinaus, um zu angeln. Er liebte die raue See, den Geruch nach Fisch und Tang, die Weite und die Einsamkeit. Sein Leben verlief im Rhythmus der Gezeiten.

Laurence war früher in der ortsansässigen Fischfabrik beschäftigt gewesen und hatte sich nach dem dritten Kind entschlossen, ausschließlich Hausfrau und Mutter zu sein. In dieser Aufgabe war sie aufgegangen. Inzwischen waren die Kinder aus dem Haus, und sie beschäftigte sich mit Kochen, Backen, der Gartenarbeit und strickte Pullover für ihren Mann und die Enkelkinder. Sie war engagiertes Mitglied im örtlichen Kirchenchor und versäumte nie eine Probe. Im Gegensatz zu ihrem Mann war sie korpulent und mit den Jahren behäbig geworden. Sie hatte ein freundliches Gesicht mit rosigen runden Wangen und trug die Haare zu einem Dutt hochgesteckt.

An diesem nebligen Novembermorgen hatte sie eine Kittelschürze übergezogen, den Holzofen angeschürt und den Hund in den Garten gelassen. Hugo, ein verspielter Riesenschnauzer, hatte sich über das Trockenfutter hergemacht und lag jetzt zufrieden in seinem Korb neben dem Ofen und döste, während Laurence das Frühstück zubereitete.

Sie saß mit Jean-Charles am Küchentisch, aß die dritte Crêpe, dick bestrichen mit gesalzener Karamellcreme, *crème de caramel au beurre salé*, und sah dabei stirnrunzelnd aus dem Fenster, an dessen Scheibe unablässig

Wasserschlieren hinabflossen. Im Garten peitschte der Wind die Regentropfen fast waagrecht vor sich her.

»Willst du bei diesem Wetter wirklich zur Abbaye hinausfahren?«, fragte sie ihren Mann.

»Aber ja«, antwortete er. »Ich bin mit Michel und Paul in der Bar-Tabac am Fischerhafen verabredet.« Er warf einen Blick auf die Küchenuhr. »In einer halben Stunde treffen wir uns. Ich trinke noch einen *café au lait*, dann muss ich los.«

Vor einigen Monaten hatte sich in Paimpol ein Verein zur Sanierung und Unterhaltung der Abbaye de Beauport gegründet. Federführend war Michel, ein Architekt im Ruhestand, der historische Monumente liebte und sich für ihren Erhalt einsetzte. Inzwischen war es ihm gelungen, eine stattliche Summe an Fördergeldern zu akquirieren, so dass die Restaurierungsarbeiten beginnen konnten. Das denkmalgeschützte Gebäude beherbergte Ausstellungen und war eine faszinierende Naturbühne für Theateraufführungen, Konzerte und artistische Darbietungen. Wenn es in der Adventszeit weihnachtlich geschmückt war, wähnte man sich in einer Märchenkulisse. Michel hatte Jean-Charles für das Projekt begeistern können, ebenso Paul, einen selbstständigen Maurermeister. Die drei Männer waren Gründungsmitglieder des Vereins gewesen, und etliche engagierte Bürger hatten sich ihnen angeschlossen. Die örtliche Presse war ganz auf ihrer Seite und veröffentlichte regelmäßig Zeitungsartikel mit Fotos.

Der Fischer erhob sich.

»Bis heute Nachmittag, *ma chérie*, mal sehen, was wir bei diesem Wetter ausrichten können.«

»Soll ich dir belegte Baguettes und eine Thermoskanne Tee machen?«

Er überlegte kurz. »Nein danke, im Weiler Kérity gibt es ein hübsches Bistro, vielleicht essen wir dort zu Mittag eine Kleinigkeit.«

Jean-Charles stieß einen leisen Pfiff aus und forderte Hugo auf, ihn zu begleiten. »Auf geht's, mein Großer.«

Der wasserscheue Schnauzer sah kurz auf, warf einen Blick aus dem Fenster, gähnte, legte den Kopf auf die Pfoten und schloss die Augen.

»*D'accord*, dann eben nicht.«

»Vergiss dein Regencape nicht«, ermahnte Laurence ihn.

Jean-Charles legte die Strecke zum Fischerhafen mit seinem altersschwachen flaschengrünen Peugeot in wenigen Minuten zurück. Die Scheibenwischer kämpften gegen die Regenflut. Er fuhr an seinem Boot »Laurence III« vorbei, das am Anleger vertäut war und auf dem unruhigen Wasser schaukelte. An der Kaimauer spritzte Gischt hoch.

Gleich neben der Bar-Tabac »Chez Claudette« fand er einen Parkplatz. Er zog die Kapuze über den Kopf und lief los. Die Markise des Lokals war aufgerollt, und die Bistrotische und Stühle, die normalerweise auf dem Platz verteilt standen, waren verschwunden. Claudette hatte sich auf die kalte stürmische Jahreszeit eingestellt.

Angenehme Wärme schlug ihm entgegen, als er die Bar betrat, seine Brille beschlug, und er nahm sie ab. Alle Barhocker am ausladenden Mahagonitresen waren besetzt. Stimmengewirr drang durch den Raum, vereinzelt war Lachen zu hören. Claudette, eine resolute vollschlanke Frau um die fünfzig, die am liebsten kurze Röcke trug, winkte ihm zu. Gerade war sie damit beschäftigt, Bier zu zapfen. Jean-Charles fand seine Freunde im hinteren Teil des Lokals, wo sie an einem Bistrotisch neben dem Zeitungsständer saßen. Beide hatten ein Wasserglas mit Rotwein vor sich stehen. Am Nebentisch saßen drei Männer und eine Frau, die lautstark diskutierten. Es ging um die geplante Rentenkürzung der Regierung Macron, und die Gemüter waren erhitzt. Man rechnete mit landesweiten Streiks bis Weihnachten und womöglich darüber hinaus, zu Recht, da waren sich alle einig.

Der Fischer begrüßte Michel und Paul und setzte sich zu ihnen an den Tisch. Claudette brachte ihm unaufgefordert ein Achtel Rotwein, den er immer um diese Zeit trank. Dazu servierte sie einen Korb mit gerösteten Baguettescheiben und eine Schale mit Ziegenkäsecreme und schwarzen Oliven.

»Ein schlechteres Wetter hättet ihr euch nicht aussuchen können«, meinte Paul. Der Maurermeister war groß, stämmig und trug einen gepflegten Schnauzbart. Auf seinem Kopf saß schief eine Baskenmütze.

»Wir machen uns nur ein Bild vor Ort, jetzt, wo wir endlich Fördermittel bekommen haben«, erwiderte Michel, ein schlanker Mann mit kurz geschnittenen schwarzen Haaren, dessen Augen vor Tatendrang glänzten. »Das weitere Vorgehen will akribisch geplant sein. Wie ihr wisst, muss für jeden staatlichen Cent ein Verwendungsnachweis vorgelegt werden.«

»Es ist schon in Ordnung, Michel. Durch meinen Beruf bin ich häufig bei Wind und Wetter draußen, das macht mir nichts aus.«

»Mir auch nicht«, fügte Jean-Charles mit einem Lächeln hinzu. »Ich freue mich, dass es endlich losgehen kann.«

Nachdem sie ausgetrunken und sich von Claudette verabschiedet hatten, fuhren sie mit Pauls Kastenwagen über die Küstenstraße drei Kilometer in südlicher Richtung nach Kérity. Sie durchquerten den winzigen Ort, in dem die Zeit stehengeblieben zu sein schien, fuhren ein Stück auf einem Schotterweg durch einen Buchenwald und erreichten schließlich den Parkplatz der Abtei. Dort stand kein einziges Fahrzeug, da die Klosteranlage wegen Ruhetag geschlossen war und aufgrund des schlechten Wetters sowieso keine Besucher unterwegs waren. Die Vereinsmitglieder hatten die Erlaubnis, mit einem Fahrzeug auf das Areal zu fahren. Nach wenigen Metern erreichten sie einen der Eingänge der

Anlage, einen breiten Mauerdurchlass, der mit kompakten Pfeilern abgeschlossen war. Davor stand ein überdachter mittelalterlicher Brunnen, an dessen Querbalken ein Eimer mit einer rostigen Kette befestigt war. Wenn man einen Stein hineinwarf, dauerte es mehrere Sekunden bis zum Aufprall.

Vor ihnen lag der zur Landseite hin ausgerichtete Garten mit verstreut platzierten Buchsbaumkugeln, dahinter erhob sich majestätisch das sakrale Bauwerk. In seiner Mitte gruppierten sich die Klostergebäude mit dem Kapitelsaal, dem Refektorium, dem Vorratskeller und der Pilgerherberge. Rechter Hand stand die Kirchenruine, die durch den Kreuzgang mit dem ersten Empfangssaal verbunden wurde. Links neben dem Haupthaus befand sich der ehemalige Kräuter- und Gemüsegarten, dahinter der Friedhof. Die beiden offenen Portale der Kirchenruine gaben den Blick auf die Meerseite der Abtei frei. Dort lag der Apfelgarten, und an der Einfriedungsmauer wuchsen Hortensienbüsche dicht an dicht. Jenseits der Mauer breitete sich die bleigraue, schäumende See aus, deren Wogen an die Felsen am Ufer klatschten. Der Strand war menschenleer, nicht einmal ein Spaziergänger mit seinem Hund war unterwegs. Strandhafer bog sich im Wind, und ein Segelschiff nahm Kurs auf die Küste. Über die Szenerie zogen schwarze Wolken, am Himmel kreischten Möwen.

Paul stellte sein Auto vor dem westlichen Eingang des Kreuzganges ab. Die Männer stiegen aus und suchten schnell Zuflucht unter einem steinernen Bogen. Dieser Teil des Kreuzganges bestand aus mehreren zweistöckigen Bogenkonstruktionen, die durch filigran anmutende Säulen gestützt wurden. Verbunden waren sie durch marodes Mauerwerk, das von Ginster, Flechten und Farnen überwuchert war. Das Granitsteindach war teilweise eingestürzt.

Michel zeigte auf eine Säule. »Seht ihr das? Sie ist abgesackt und das Stützwerk dahinter auch.«

Jean-Charles und Paul nickten, die Schieflage war unverkennbar, und es war klar, dass sie etwas unternehmen mussten, um den Verfall zu stoppen. Ansonsten würde der Kreuzgang eines Tages zusammenfallen wie ein Kartenhaus.

»Ich schlage vor, dass wir ein statisches Gutachten in Auftrag geben und dann die erforderlichen Schritte festlegen«, sagte Michel.

»Aber nachdem wir schon einmal hier sind, möchte ich mir das Fundament der abgesackten Säule ansehen. Ich will wissen, in welchem Zustand es ist. Womöglich gibt es einen unterirdischen Wasserlauf, der Sand und Geröll aufweicht. In diesem Fall müssten wir versuchen, den Untergrund mit einer Drainage trockenzulegen.«

Paul nickte. »Das kommt bei Bauten so nahe am Meer häufiger vor. Ich hole Spaten aus dem Wagen, damit können wir die Erde um den Sockel entfernen und uns ein erstes Bild verschaffen.«

Jean-Charles blickte skeptisch auf das marode Dach und die darunter liegenden Spitzbögen. »Und wenn sich Steine lösen und herunterfallen?«

»Aber nein«, beruhigte ihn Michel. »So schnell geht das nicht. Das Bauwerk steht seit achthundert Jahren an dieser Stelle und hat Kriege, Kreuzzüge, Orkane und Sturmfluten überstanden. So schnell stürzt das nicht ein, keine Angst.«

Diese Erklärung beruhigte den Fischer. »Gut, dann lasst uns graben. Zum Glück ist das Dach an dieser Stelle noch vorhanden und gibt ein wenig Schutz vor dem Regen. Sonst wären wir innerhalb von Sekunden völlig durchnässt.«

Paul kam zurück und drückte jedem seiner Freunde einen Spaten in die Hand. »Legen wir den Sockel frei.«

Schweigend gruben sie, jeder an einer Seite des Fundaments. Auf der vierten Seite erhob sich die Mauer. Der Boden war fest und unnachgiebig. Nach einer halben Stunde hatten sie ungefähr fünfzehn Zentimeter freigelegt. Trotz der Kälte und des Windes, der durch die Bögen pfiff, gerieten sie ins Schwitzen, und Jean-Charles bereute es, keine Getränke mitgenommen zu haben.

Michel begutachtete das Mauerwerk. »Es macht einen soliden Eindruck«, stellte er fest.

Paul grub dicht an der Mauer. Energisch schob er Ginsterzweige zur Seite und klemmte sie hinter einen Sims, um besser arbeiten zu können. Plötzlich stutzte er und besah sich die geschichteten Steine genauer. Sie waren nicht fest vermauert, sondern saßen lose aufeinander, manche waren nur oberflächlich verfugt. Ihre Farben waren um feine Nuancen heller als die anderen Mauersteine. Er wandte sich an die beiden Männer.

»Seht euch das mal an, das sieht aus, als wäre unter dem Gestrüpp eine Öffnung verschlossen worden.«

Michel kam zu ihm und betrachtete die Entdeckung. »Das ist merkwürdig, was könnte sich dahinter befinden?«

»Finden wir es heraus«, antwortete Paul.

Er holte eine Flachspitzhacke und eine Taschenlampe aus dem Auto und begann die obersten Steine zu lockern und sie herauszuziehen. Michel und Jean-Charles halfen ihm und stapelten die Granitsteine neben der Säule.

Schon bald lag eine düstere Höhlung vor ihnen. Im unteren Bereich der rechten Mauer steckten die Überreste eines verrosteten Scharniers. Unentschlossen standen sie davor.

»Wir gehen rein und sehen uns um«, entschied Michel.

Paul schaltete die Lampe ein und stieg vorsichtig durch die Öffnung. Seine Freunde folgten ihm. Der Lichtschein wanderte über die feuchten, moosüberwachsenen Wände eines rechteckigen, niedrigen Raumes, zu dessen Grund vier steinerne Treppenstufen führten. Hintereinander stiegen sie hinab. Genau in der Mitte befand sich ein rundes Loch. Paul leuchtete hinein und stellte fest, dass es einige Meter in die Tiefe ging. Darunter schien sich noch eine Kammer mit einem Sandboden zu befinden. »Was ist das, *mon Dieu?*«, fragte er. »Es gibt weder eine Leiter noch einen Strick.«

Michel spähte hinein. »Es sieht aus wie ein Verlies«, mutmaßte er.

»Im Mittelalter gab es barbarische Strafen. Auf dem Mont-Saint-Michel beispielsweise hat man Menschen in enge Käfige gesperrt und diese an die äußere Mauer gehängt, ganz weit oben. Sie konnten sich kaum bewegen, waren schutzlos dem Wetter ausgesetzt und bekamen Abfälle zu essen. Alle sind innerhalb weniger Tage verrückt geworden. Ihre Schreie hörte man weit über den Klosterberg hinaus. Gerade für Ehebrecher und Ketzer war diese Art Strafe sehr beliebt.«

Der Fischer schauderte, solche Geschichten mochte er nicht. »Du meinst, man hat Menschen in dieses Loch gestoßen?«

»Ja, wäre doch denkbar. Man überließ sie ihrem Schicksal, und sie hatten keine Chance, ohne Hilfe wieder herauszukommen.«

Paul starrte weiterhin angestrengt in das Loch und leuchtete es Zentimeter um Zentimeter aus. Auf einmal sog er scharf die Luft ein, so dass seine Begleiter ihn fragend ansahen.

»Was ist denn los?«, wollte Michel wissen.

»Da ist etwas, auf dem Boden des Kellers …«

»Was ist es?«

»Da unten liegt ein Schädel.«

»Von einem Tier?«

»Nein, ich glaube, das ist ein menschlicher Schädel.«

Die Gendarmerie von Paimpol lag in der Nähe der Fischfabrik und war im Erdgeschoss eines ehemaligen Reederhauses untergebracht. Mit den weißen Sprossenfenstern zu dem roten Mauerwerk aus Ziegelsteinen sah es fast idyllisch aus.

Die diensthabenden Gendarmen Juliette Berthier und Nicolas Millot waren gerade von einem Einsatz zurückgekommen und hängten ihre nassen Uniformjacken an der Garderobe auf. Die beiden jungen Polizisten waren ein gutes Team und verstanden sich auch privat. Manch einer hielt sie aufgrund ihrer hellen Haare, der graugrünen Augen und der feinen Gesichtszüge für Geschwister.

Sie tauschten sich schmunzelnd über ihren Einsatz aus. Ein deutsches Ehepaar hatte sich und sein Segelboot vor dem stürmischen Wetter im Hafen von Paimpol in Sicherheit gebracht und ausgerechnet an der signalroten Boje des Fischers Ernest angelegt. Als der kauzige Mann kurz darauf sein Boot dort vertäuen wollte, war ein erbitterter Streit ausgebrochen. Die Situation eskalierte, und der Hafenmeister holte die Polizei. Die Gendarmen sprachen ein Machtwort, und das Ehepaar wechselte schließlich den Platz. Ernest machte sich grummelnd auf den Weg zu »Chez Claudette«, um bei einem Glas Wein im Kreis der anderen Fischer über diese Unverfrorenheit zu berichten.

Gerade als Millot frischen Kaffee aufsetzen wollte, klingelte das Telefon. Er unterbrach seine Tätigkeit und nahm das Gespräch entgegen. Es war Michel, der Vorsitzende des Vereins zur Sanierung und Unterhaltung der Abbaye de Beauport.

»Salut, Nicolas. Ich bin gerade mit Paul und Jean-Charles im Kreuzgang der Abtei. Wir haben eine merkwürdige Entdeckung gemacht. Könnt ihr schnell kommen?«

Der Gendarm runzelte die Stirn. »Was habt ihr entdeckt?«

»In einer unterirdischen Kammer liegt ein Schädel.«

»Ein Schädel?«

»Ja, wir denken, dass er einem Menschen gehörte. Das müsst ihr euch ansehen.«

»*D'accord*, wir sind schon unterwegs.«

Auf der Fahrt nach Kérity informierte er seine Kollegin über die Entdeckung der Männer. Berthier schüttelte ungläubig den Kopf. »Der Friedhof befindet sich doch auf der anderen Seite des Klosters. Sonderbar!«

Millot parkte neben Pauls Kastenwagen, und sie stiegen aus. Die Männer warteten unter dem Eingangsbogen des Kreuzganges auf sie. Nachdem sie sich begrüßt hatten, führten sie die Gendarmen durch den Zugang und über die Treppe zu dem Loch. Paul leuchtete erneut hinein, bis sich der Lichtkegel auf den Schädel richtete. Er wirkte fahl und mit seinen dunklen Augenhöhlen unheimlich. »Dort liegt er«, sagte er. »Könnt ihr ihn sehen?«

Die Gendarmen nickten, es war der Kopf eines menschlichen Skeletts, zweifellos.

Berthier schaute ihren Kollegen nachdenklich an. »Sollen wir die Feuerwehr rufen? Wir brauchen eine Leiter.«

Millot überlegte. Mit einer solchen Situation war er noch nie konfrontiert worden. »Wir können da nicht einfach runter, Juliette. Es könnten alte Gebeine sein, die für Archäologen einen unschätzbaren Wert darstellen. Oder es handelt sich um einen Tatort.«

Michel sah ihn entsetzt an. »Einen Tatort?«

»Ja, es ist natürlich unwahrscheinlich, aber wir können es nicht ausschließen. Wir benachrichtigen die *police judiciaire* in Tréguier, die Kollegen müssen kommen und die Spurensicherung mitbringen.«

Berthier war ganz seiner Meinung. »Ich rufe in Tréguier an. Bis die Kollegen eintreffen, sichern wir die Fundstelle mit Absperrbändern.«

»Was ist mit uns?«, wollte Paul wissen. »Können wir gehen? Ihr wisst doch, wo wir wohnen, falls noch Fragen auftauchen.«

»Nein, das geht auf gar keinen Fall. Ihr müsst bis zum Eintreffen der Kripo hierbleiben«, entschied Millot. »Schließlich habt ihr den Schädel entdeckt.«

»Kann ich wenigstens schnell zum Bistro fahren und heißen Kaffee holen? Es ist verdammt kalt hier.«

Der Gendarm nickte. »Das ist in Ordnung. Bring uns bitte auch welchen mit und ein paar *madeleines*. Wer weiß, wie lange wir warten müssen.«

Der Maurermeister rückte seine Baskenmütze zurecht. »Wird gemacht. Bis gleich.« Er stieg in sein Auto, und bald waren nur noch die Rücklichter im Sprühregen zu sehen.

Die ehemalige Bischofsstadt Tréguier mit den engen Kopfsteinpflastergassen und den Granithäusern, deren kunstvolles Fachwerk ochsenblutrot, himmelblau oder maigrün lackiert war, lag am Fluss Jaudy und verfügte über einen kleinen Hafen. Der Glockenturm der berühmten Kathedrale St.-Tugdual stimmte alle fünfzehn Minuten ein Loblied auf den heiligen Saint Yves an, den Schutzpatron der Armen und der Juristen.

Die *police judiciaire* befand sich an der Place du Martray in einem Haus mit ockerfarbener Fassade und nussbraunem Fachwerk. Auf diesem Platz wurde jeden Mittwoch der Bauernmarkt veranstaltet, der sich bis zu den Quais erstreckte. In dem urigen Haus nebenan war das Restaurant »Auberge du Trégor« untergebracht. Dort bestand das kulinarische Angebot hauptsächlich aus Fisch und Meeresfrüchten, und die Spezialität des Hauses war *Choucroute de la Mer*, Sauerkraut nach Seemannsart.

Jacques-Pierre Bayrou saß an seinem Schreibtisch und beobachtete durch ein Fenster, wie der böige Wind Blätter von einem Ahornbaum riss. Die Zweige kratzten an der Glasscheibe. Der Kommissar war erst neunundzwanzig Jahre alt, groß und schlank. Die welligen dunkelblonden Haare fielen ihm in die Stirn und bedeckten die Ohren. Seine Gesichtszüge waren weich und sympathisch, die Augen von einem fast pastelligen Blau. Seine Ausbildung zum Kommissar hatte er in Saint-Brieuc absolviert und war dort der Star der Rugbymannschaft gewesen. Jetzt spielte er im Team von Tréguier. Vor einem Jahr hatte er hier seine erste Stelle angetreten, und er mochte das pittoreske Städtchen und seine freundlichen Einwohner. Vor seiner Polizeilaufbahn hatte er eine Lehre als Zimmermann gemacht, da er gerne mit den Händen arbeitete.

Er richtete die Aufmerksamkeit auf seinen Kollegen Mathieu Lias, einen kleinen dicken Mann mit Stirnglatze, und sah zu, wie er den letzten Karton mit seinen privaten Habseligkeiten füllte. Heute war sein letzter Arbeitstag. Vor Kurzem war er sechzig Jahre alt geworden, und er ging mit einem lachenden und einem weinenden Auge in den Ruhestand. Energisch verschloss er den Karton und lächelte Bayrou an.

»Ich bin fertig, das war es jetzt. Es ist schon ein seltsames Gefühl, wenn es plötzlich ernst wird. So von einem Tag auf den anderen.«

»Du kannst mich ja besuchen, wenn du Sehnsucht nach der Polizeiarbeit hast.«

»Mal sehen, meine Frau hat sich schon etliche Arbeiten für mich ausgedacht. Ich soll den Salon streichen, den Dachboden aufräumen, die Terrasse neu fliesen und so weiter und so fort. Wahrscheinlich werde ich auch einer von diesen Rentnern, die nie Zeit haben.« Er lachte. »Am meisten freue ich mich darauf, dass ich angeln gehen kann, sooft ich Lust habe.«

»Wir müssen noch eine Übergabe machen.«

»Wozu? Ein aktueller Fall steht nicht an, es ist ruhig zurzeit. Außerdem hast du dich gut eingearbeitet, du wirst zurechtkommen.«

»Du hast recht. Und in drei Wochen tritt ja schon die neue Kollegin ihren Dienst an.«

»Wenn sie bis dahin wieder gesund ist.«

»Bestimmt.«

»Wenn du vorher Unterstützung brauchst, wende dich an die Kollegen in Lannion, die sind in Ordnung.«

»Das werde ich tun.« Bayrou sah seinen Kollegen ernst an. »Eine Frage habe ich, es interessiert mich einfach. Welches Resümee ziehst du nach deiner langen Dienstzeit?«

Mathieu brauchte nicht lange zu überlegen. »Es war im Großen und Ganzen eine gute Zeit, ich war gerne Polizist. Mein Highlight war die Aufklärung des Mordes an der alten Virginie, die man tot in ihrer Badewanne gefunden hat. Eibengift! Das war eine harte Nuss.«

Seine Miene verdüsterte sich. »Mein Waterloo war die Sache mit den verschwundenen Mädchen. Diese Fälle konnte ich nie aufklären. Die Presse hat mich regelmäßig als Versager vorgeführt und mich als Sündenbock auserwählt. Das war eine schwere Zeit.«

»Ja, ich weiß, du hast manchmal davon erzählt. Aber du konntest nichts dafür, nicht alle Fälle werden aufgeklärt, nirgendwo. Das ist leider so.«

Mathieu legte die Hand auf sein Herz, sein trauriger Blick schweifte ab. »Ich träume ehrlich gesagt immer noch davon. Ich sehe grauenvolle Bilder und höre verzweifelte Schreie …«

»Am besten versuchst du, die ganze Geschichte zu vergessen und mit deiner Familie den Ruhestand zu genießen.«

»Das werde ich machen. Denk an die Abschiedsfeier heute Abend in der Auberge du Trégor. Wir treffen uns um zwanzig Uhr und machen einen drauf.«

»Ich werde da sein. Bis später, Mathieu.«

Das Telefon klingelte. Gewohnheitsmäßig warf sein Kollege einen Blick auf die Nummer auf dem Display. »Die Gendarmerie von Paimpol«, stellte er grinsend fest. »Sie rufen immer hier an, wenn sie ein Problem haben. Also bis dann, Jacques-Pierre.«

»Bis dann.« Der junge Commissaire griff nach dem Hörer.

Die freiwillige Feuerwehr von Paimpol traf als Erstes am Kreuzgang ein. Kurz darauf folgte der Rüstwagen, der mit Werkzeugen und Spezialgeräten ausgestattet war. Gemeinsam mit den Gendarmen und den Mitgliedern des Vereins warteten die Männer auf den Commissaire aus Tréguier, der eine halbe Stunde später mit einem Team der Spurensicherung eintraf. Nachdem Bayrou sich vorgestellt und seinen Dienstausweis gezeigt hatte, befragte er Jean-Charles, Paul und Michel. Bald darauf durften sie gehen.

Nach einer kurzen Lagebesprechung beschlossen sie, dass die Feuerwehrleute den Raum mit der runden Öffnung im Boden ausleuchten und dann eine Rettungsleiter in das Loch bis kurz vor den Sandboden hinablassen sollten. Sie hofften, auf diese Weise keine Spuren in der unterirdischen Kammer zu zerstören. Am Karabinerhaken, der am oberen Ende mit der Leiter verbunden war, wurde eine schwere Gliederkette befestigt, die um einen soliden Granitblock gelegt und gesichert wurde. Daraufhin stiegen Polizeitechniker und Bayrou, der einen weißen Schutzanzug übergezogen hatte, hinunter in den unterirdischen Raum. Bei jedem Schritt auf den wackeligen Sprossen wurde es kühler, und ein Luftzug war zu spüren. Der Commissaire fragte sich, was ihn da unten wohl erwartete.

Strahler wurden aufgebaut und erleuchteten den Keller bis in den letzten Winkel mit einem kalten weißen Licht. Die Form des Raumes erinnerte an eine Schildkröte. Die Grundfläche war ungefähr vier auf drei Meter groß, und die gewölbte steinerne Decke bildete den Panzer des Tiers. Auf einer Seite befand sich eine Höhlung. Die Wände schimmerten dunkel und waren bis auf einige Furchen und Vorsprünge glatt. Dünne Rinnsale bewegten sich wie Schlangen über den Fels. Ein Moosbett glänzte im Schein einer Lampe giftgrün, die Decke darüber glitzerte purpurrot.

Bayrou ging in die Hocke, zog einen Handschuh aus und berührte den Sandboden. Er war ein wenig feucht. Er wunderte sich, dass die Luft hier unten so frisch roch und leicht nach Seetang. Irgendwo mussten sich Luftschächte befinden. Ein fernes Rauschen war ganz leise zu vernehmen.

Die Polizeifotografin griff nach ihrer Kamera und fotografierte den Schädel, neben den ein Polizist ein Schild mit der Nummer eins aufgestellt hatte, aus verschiedenen Perspektiven.

»Wie sollen wir vorgehen?«, fragte Brigitte, die Chefin der Spurensicherung, eine attraktive rothaarige Frau, der sogar die Schutzhaube stand.

Bayrou sah sie mit ernster Miene an. »Wir müssen in Erwägung ziehen, dass hier mehr Gebeine liegen, nicht nur der Schädel.«

»Du meinst das vollständige Skelett?«

»Ja.«

Stirnrunzelnd ließ sie den Blick über den Boden gleiten. »Das ist durchaus möglich. Ich glaube, dass der

Sandboden sich immer wieder verändert. Von irgendwoher könnte Meerwasser eindringen und Sandkörner sowie zerriebene Muschelschalen hereinspülen.«

Bayrou folgte ihrem Blick. »Du könntest recht haben.«

Vorsichtig begann er mit einer Hand im Sand zu graben. Als er einen festen Gegenstand ertastete, stellten sich seine Armhärchen auf, und er fragte sich, ob seine Vermutung sich bestätigte. Er schob vorsichtig den Sand über dem Gegenstand weg. Es war eine Rippe, die er entdeckt hatte, und er legte nach und nach mit behutsamen Handgriffen einen Brustkorb frei.

»Okay.« Der Commissaire richtete sich auf. »Wir müssen Schicht um Schicht entfernen, mit kleinen Werkzeugen, damit nichts beschädigt oder gar zerstört wird.«

»Am besten, wir machen Planquadrate und teilen uns auf. Auf diese Weise können wir mehrere Flächen gleichzeitig untersuchen«, entschied Brigitte und erteilte präzise Anweisungen. »Wenn es erforderlich ist, arbeiten wir mit feinmaschigen Sieben.«

Die Techniker machten sich an die Arbeit, und der Commissaire beobachtete, zurückgezogen an die Stelle neben der Leiter, um nicht im Weg zu stehen oder Spuren zu zerstören, fasziniert, wie Schicht um Schicht abgetragen wurde und dabei allmählich immer mehr Knochen in unterschiedlichen Größen und Formen zum Vorschein kamen. Zweimal kletterte er hinauf und berichtete, was in der Kammer vor sich ging und was sie bisher gefunden hatten. Dabei bekam er einen heißen

Tee. Die Polizeitechniker wechselten sich ab, um sich kurz an einem Heizpilz aufzuwärmen und ebenfalls etwas zu trinken.

Bayrou wollte Berthier und Millot zurück auf die Wache schicken, da ihre Anwesenheit nicht mehr erforderlich war, doch sie wollten unbedingt bei der Bergung der Knochen anwesend sein. Er hatte nichts dagegen einzuwenden, schließlich waren sie über ihr Funkgerät zu erreichen, falls andere Pflichten riefen.

Während er an seinem Tee nippte, informierte er die Kollegen über den neuesten Stand.

»Die Techniker haben bisher drei Skelette ausgegraben. Ob alle Knochen vollständig vorhanden sind, kann ich nicht beurteilen. Aber es ist unverkennbar, dass es sich um Menschen handelt. Sie wollten die Suche vorhin schon einstellen, da fand ein Polizist einen weiteren Knochen, wahrscheinlich einen Oberschenkelknochen. Der siebte inzwischen.«

»Vielleicht war da unten vor Hunderten von Jahren eine Begräbnisstätte«, mutmaßte ein Feuerwehrmann.

»Dann könnten noch viel mehr Gebeine dort liegen.«

»Wir werden sehen.«

Bayrou trank seinen Tee aus und stieg wieder hinab. Nachdem das vierte Skelett geborgen war, fanden sie nichts mehr und beschlossen, die Suche für den Tag zu beenden. Sämtliche Funde wurden sorgfältig in Beweismittelbeutel gesteckt und im Bus der Spurensicherung in Spezialbehältern verstaut. Die Techniker würden sie gleich nach ihrem Einsatz in das rechtsmedizinische Institut in Lannion bringen, damit sie dort untersucht werden konnten.

Als die Polizistin Marie-Lise im Keller den letzten Strahler ausschalten wollte, bemerkte sie in einer Felsnische einen kleinen runden Gegenstand, der golden aufblitzte. Behutsam hob sie ihn auf und tütete ihn ein. Dann stieg sie als Letzte hinauf. Als sie ein Drittel der Leiter hinter sich gelassen hatte, hörte sie ein seltsames Geräusch, das lauter zu werden schien, dann hatte sie das Gefühl, dass irgendetwas nach ihren Beinen griff. Sie unterdrückte einen Schrei und ermahnte sich selbst.

Nimm dich zusammen, Marie-Lise, da ist nichts. Deine Phantasie geht mit dir durch. Kein Wunder nach den letzten Stunden in dieser Gruft.

Hastig kletterte sie weiter. Ein Feuerwehrmann nahm ihr die Lampe ab und half ihr aus dem Loch. Sie zeigte dem Commissaire ihren Fund.

Bayrou bedankte sich bei den Kollegen. »Ihr habt großartige Arbeit geleistet, Leute, das war ein schwieriger und langwieriger Einsatz. Packen wir zusammen. Die Absperrbänder lassen wir hängen, die Leiter muss entfernt werden, nicht, dass noch jemand auf dumme Gedanken kommt.«

»Sollen wir uns morgen früh weiter da unten umschauen?«, fragte Brigitte. »Vielleicht haben wir etwas übersehen.«

»Auf alle Fälle«, erwiderte der Commissaire. Sie vereinbarten eine Uhrzeit mit der Feuerwehr und machten sich auf den Weg. Inzwischen war die Dunkelheit hereingebrochen, und der Wind hatte an Stärke zugelegt. Unter einem buttergelben Mond fuhr er heulend durch den Kreuzgang und die Kirchenruine.

ZWEITER TAG

TRÉGUIER

Jacques-Pierre Bayrou hatte seinen Wecker auf sechs Uhr gestellt und wurde durch das schrille Klingeln aus dem Schlaf gerissen. Er rieb sich die Augen, gähnte und stieg aus dem Bett. Ein Blick aus dem Fenster sagte ihm, dass es aufgehört hatte zu regnen und der Wind sich beruhigt hatte. Hinter einem Wolkengebirge färbte sich der Himmel basaltgrau.

Das alte Haus, das er sich vor einem halben Jahr gekauft hatte, lag am Ortsrand von Penvénan, einem hübschen Dorf nordwestlich von Tréguier. Dahinter erstreckten sich Artischockenfelder bis zu einem Waldgebiet. Dort verlief eine seiner Lieblingslaufstrecken, die über einen Trampelpfad unter dichten Laubkronen, durch Heidelbeersträucher und an einem verwunschenen Seerosenteich vorbei führte. Aufgrund der Gebäudeschäden hatte er das Granithäuschen zu einem günstigen Preis bekommen und im Sommer mit den Renovierungarbeiten begonnen. Wenn alles gut ging, würde es ein bretonisches Schmuckstück mit einer Dachterrasse auf der Garage werden, die er mit Hortensien und Bougainvilleen begrünen wollte.

Nachdem er geduscht und sich angezogen hatte, trank

er an der Küchenzeile lehnend noch rasch einen *café au lait* und tunkte ein Croissant hinein. Für die Fahrt nach Tréguier brauchte er knappe zehn Minuten, und er parkte im Hof hinter dem Kommissariat. Er fragte den Polizisten am Empfang: »Sind Anrufe für mich eingegangen?«

Der junge Mann nickte. »Gustave hat schon dreimal angerufen und seine Frau Lisette als vermisst gemeldet. Er ließ sich kaum noch beruhigen.«

»Ich fahre später bei ihm vorbei und rede mit ihm.«

Gustave litt an einer fortgeschrittenen Altersdemenz und konnte nicht begreifen, dass Lisette vor ein paar Wochen verstorben und auf dem alten Friedhof nahe der Kathedrale begraben war. Fast jeden Tag rief er völlig verzweifelt auf der Wache an und verlangte, dass sie nach ihr suchten.

Das Handy von Bayrou klingelte, es war Brigitte.

»*Bonjour*, Jacques-Pierre. Wir haben noch etwas in der unterirdischen Kammer gefunden. Willst du vorbeikommen und es dir ansehen?«

»Was habt ihr gefunden?«

»Ein weiteres Skelett und eine goldene Halskette.«

»Ich komme.«

Mit einem Dienstwagen fuhr er zum Kreuzgang der Abtei, parkte davor und schlüpfte unter dem Absperrband hindurch. Nachdem er die Feuerwehrleute begrüßt hatte, machte er sich über die Rettungsleiter an den

Abstieg. Brigitte und zwei ihrer Mitarbeiter standen um eine rechteckige Aushebung, die ungefähr fünfzig Zentimeter tief war. Auf dem felsigen Untergrund lag ein Skelett, das sich von den anderen menschlichen Überresten unterschied. Die Struktur der Knochen schien poröser, und sie waren bräunlich verfärbt. Außerdem war das Skelett flacher, fast zweidimensional, als hätten Schichten von Sand und Geröll es im Laufe der Zeit plattgedrückt. Die Knochen der anderen Funde waren heller und bildeten einen Hohlkörper.

»Dieses Skelett ist viel älter als die anderen«, erklärte Brigitte. »Wir müssen einen Archäologen für die Untersuchung hinzuziehen. Aber zunächst bergen wir die Knochen und schaffen sie in die Rechtsmedizin.«

»Gut, was ist mit der Halskette?«

Sie zeigte ihm ein Tütchen. Darin lag eine fein gearbeitete goldene Gliederkette, die im Licht der Strahler funkelte. »Wie du siehst, ist sie sehr gut erhalten, nur der Verschluss ist kaputt. Sie kommt ins Labor, genau wie das Medaillon.«

»Welches Medaillon?«

»Der Gegenstand, den Marie-Lise gestern gefunden hat? Es lag nur unweit des Schädels. Sie hat es dir gezeigt.«

»Ja, natürlich.«

»Im Labor hat man festgestellt, dass es sich um ein Medaillon handelt. Darin befindet sich die Porträtfotografie einer Frau.«

»Womöglich können wir damit die Identität eines Leichnams herausfinden.«

»Ja. Ein Mitarbeiter des Labors hat Fotos gemacht, ich habe sie dir heute Morgen per Mail auf deinen Computer geschickt.«

»*Merci*, Brigitte. Ich fahre jetzt zurück ins Kommissariat und sehe sie mir an. Wir sind fertig hier, oder?«

»Ja, unter dem letzten Fund liegt blanker Fels, wie überall unter dem Sandboden, da kann nichts mehr sein.«

»Alles klar, *au revoir.*«

»*Au revoir.*«

Zurück in seinem Büro fuhr er den Computer hoch, öffnete den Mailanhang und klickte sich durch die verschiedenen Aufnahmen der Porträtfotografie. Sie waren gestochen scharf und zeigten den Kopf und die Schultern einer Frau, die um die fünfundsechzig Jahre alt war. Sie hatte ein herzförmiges Gesicht mit hoher Stirn und gerader Nase. Die Lippen waren rosafarben geschminkt. Unbefangen lächelte sie in die Kamera. Ihr nussbraunes Haar trug sie zu einem Pagenkopf geschnitten, die helle Bluse hatte einen Spitzenkragen. Bayrou betrachtete sie genau, und in seinem Kopf formte sich die Gewissheit, dass er sie schon einmal gesehen hatte. Er zermarterte sich das Hirn. Wo war das nur gewesen?

Sein Blick fiel auf den Aktenschrank. Eilig stand er auf und öffnete den Schrank. Die Akten über die verschwundenen Mädchen füllten ein ganzes Fach, es waren elf an der Zahl. Seit er vor einem Jahr hier im Kommissariat seinen Dienst begonnen hatte, hatte er die Akten auf Mathieus Aufforderung hin einige Male gründlich studiert. Sein Kollege hoffte, dass er auf einen Hinweis stieß, den er übersehen hatte und der sie weiterbringen würde. Leider hatte Bayrou nie etwas gefunden, das zu dem ersehnten Durchbruch verhalf. Der Fall blieb ein Rätsel.

Bayrou nahm eine Akte nach der anderen und sah sie durch. In der dritten wurde er fündig. Er stieß auf ein Foto der Frau aus dem Medaillon, das sie zeigte, wie sie an einem Pult neben einem ernst dreinblickenden Mann stand, vor sich ein Mikrofon. Es handelte sich um einen Zeitungsartikel, in dem auf eine Fernsehsendung verwiesen wurde, bei der es um vermisste Menschen ging. Angehörige konnten ihr Anliegen schildern, Hinweise zur Person geben und die Bevölkerung um Mithilfe bei der Suche bitten. Er kannte diese Sendung, sie arbeitete mit großen Emotionen und war in Frankreich sehr beliebt. Sie hieß *Disparu*, Vermisst.

Er druckte das Bild des Medaillons aus und legte es neben die Fotografie in dem Artikel. Sein Blick wanderte hin und her. Damals in der Fernsehsendung hatte die Frau graue Haare gehabt, sie lächelte nicht und wirkte verhärmt, aber es war dieselbe Person, da war er sich ganz sicher. Es handelte sich um Martine Vernier, die Großmutter von Caroline Vernier, dem Mädchen, das vor zwei Jahren spurlos verschwunden war.

Nervös rieb er sich das Kinn und überlegte fieberhaft, was er jetzt unternehmen sollte. Kurz entschlossen rief er Mathieu auf seinem Handy an. Der meldete sich sofort.

»*Bonjour*, Jacques-Pierre, hast du bereits Sehnsucht nach mir?« Er lachte.

»Wo bist du?«

»Im Baumarkt von Paimpol, ich will Fliesen für die Terrasse kaufen. Was ist los, deine Stimme klingt angespannt?«

»Du musst sofort herkommen, ich will dir etwas zeigen.«

»Was ist denn so wichtig? Meine Frau reißt mir den Kopf ab, wenn ich ohne Fliesen nach Hause komme.«

»Das spielt jetzt keine Rolle, du wirst schon sehen. Ich warte in meinem Büro auf dich.«

Mathieu seufzte. »In Ordnung, aber ich erwarte eine Tasse frischen Kaffee.«

»Den sollst du bekommen.«

Zwanzig Minuten später betrat Mathieu das Büro ohne anzuklopfen, so wie immer. Er trug einen Arbeitsoverall, Stiefel und einen Anglerhut. Bayrou drückte ihm eine Tasse Kaffee in die Hand, den er gerade aufgebrüht hatte, und bat ihn sich zu setzen.

»*Merci*, dass du gleich gekommen bist.«

»Jetzt bin ich neugierig.«

»Ich habe dir doch gestern Abend bei deinem Fest von den Knochenfunden in der Abbaye erzählt.«

»Ja, ich erinnere mich. Was ist damit?«

»Bei der Bergung der Gebeine wurde auch eine Halskette mit einem Medaillon entdeckt. Darin befand sich ein Foto.«

Er legte es vor dem Kollegen auf den Tisch, daneben den Zeitungsartikel.

»Sieh dir die Frauen an«, forderte er Mathieu auf.

Sein Kollege beugte sich über die Papiere und erstarrte. »Es ist Martine Vernier! *Mon Dieu*, das darf doch nicht wahr sein. Die alte Geschichte holt uns ein.«

Aufgeregt trank er einen Schluck seines Kaffees und verzog das Gesicht, als er sich die Zunge verbrannte.

»Sie hat damals massiven Druck ausgeübt, damit wir ihre Enkelin Caroline Vernier finden. Bei der Suche hat sie sich sehr engagiert, und sie hat nichts unversucht gelassen.«

»Was hat das zu bedeuten?«

»Das könnte bedeuten, dass eines der Skelette das von Caroline Vernier ist. Es gibt noch andere Möglichkeiten, beispielsweise, dass eine andere Person das Medaillon trug. Aber man muss es in Betracht ziehen.«

Er schüttelte resigniert den Kopf. »Jetzt geht alles wieder von vorne los.«

»Brigitte und ihr Team haben heute Morgen weitere Gebeine geborgen.«

Mathieu sah ihn verwirrt an. »Wie meinst du das? Waren die Skelette nicht vollständig?«

»Nein, ich meine, dass es ein fünftes Skelett gibt.«

»Was? Du weißt, dass vier Mädchen verschwunden sind? Nicht fünf. Du kennst die Akten.«

»Ja, natürlich, dennoch sind es nun mal fünf. Es scheint älter zu sein als die anderen.«

Der Polizist im Ruhestand überlegte nicht lange. »Ich rate dir, dass du dir schnell Hilfe holst, mein Junge. Dieser Fall ist eine ganz große Nummer. Was du brauchst, ist ein Polizist mit viel Erfahrung und einem frischen Blick auf die Sache. Ich will nicht, dass du so fulminant scheiterst wie ich.«

Bayrou sah ihn zweifelnd an. »Wer sollte das sein?«

»Pass auf, ich habe eine Idee. Mein Verhältnis zu Charlotte Duchamps, der Polizeipräsidentin der Bretagne, ist ziemlich gut. Es ist über die vielen Dienstjahre hinweg gewachsen, könnte man sagen. Sie ist in meinem Alter. Wenn du einverstanden bist, rufe ich sie an und bitte sie um Rat. Sie ist eine kompetente Frau.«

»Willst du uns nicht unterstützen? Vielleicht kann man den Renteneintritt ein wenig hinausschieben, oder du bekommst einen Spezialauftrag, weil du am meisten über den Fall weißt.«

Mathieu schüttelte energisch den Kopf. »Das geht nicht, Jacques-Pierre, und das weißt du auch. Ich bin voreingenommen und habe mit der Sache inzwischen abgeschlossen. Ich hätte viel zu große Angst, erneut zu scheitern. Also, soll ich mit Madame Duchamps reden?«

Der Commissaire sah Mathieu mit ernstem Blick an, dann nickte er. »*D'accord.*«

BARFLEUR, BASSE-NORMANDIE

Das malerische Fischerdorf Barfleur lag an der Nordostspitze der Halbinsel Cotentin. Um den Hafen reihten sich dicht an dicht Granitsteinhäuser mit weißen Sprossenfenstern, Klappläden und roten Kaminen auf den Schieferdächern. Es gab unzählige Cafés, Bistros, Restaurants sowie Souvenirläden, und die Promenade lud zum Bummeln ein. Im November hielten sich nur wenige Touristen in Frankreichs schönstem Dorf auf, und die Einheimischen genossen die beschauliche Ruhe.

Am Hafenausgang erhob sich die Kirche Saint-Nicolas mit dem Turm aus wuchtigem Granit. Gleich daneben, versehen mit einer Schienenrampe zum Meer, lag die Seerettungsstation. Der Tidenhub in dieser rauen Gegend konnte bis zu zehn Meter betragen, und festgemachte Schiffe lagen bei Ebbe auf Grund. Muschelgärten zogen sich, so weit das Auge reichte, die gesamte Küste entlang. Dort gediehen die berühmten goldenen Muscheln von Barfleur, die in jedem Restaurant in verschiedenen Varianten auf der Speisekarte standen. Klassisch wurden sie auf normannische Art in einer Speck-Sahne-Sauce serviert.

Wenige Kilometer weiter nördlich an der Pointe de Barfleur ragte der Leuchtturm von Gatteville empor, der höchste Leuchtturm Frankreichs. Von seiner Spitze konnte man den Ausblick auf die Marcouf-Inseln und die Klippen von Grandcamps genießen.

An diesem Tag war die gläserne Kuppel wolkenverhangen, und es nieselte seit dem Morgen. Der Wind frischte immer wieder auf und zerzauste die rosa blühenden Grasnelken auf den Dünen. Dennoch ließen sich die *pêcheurs à pied*, die Wattfischer, nicht davon abhalten, ihrer Lieblingsbeschäftigung nachzugehen. Ausgestattet mit Eimern, Schaufeln und kleinen Harken suchten sie bei Ebbe den Meeresboden nach Schalen- und Krustentieren ab und verzehrten sie nach der Zubereitung fangfrisch. Am Küstensaum von Gatteville-le-Phare fand man zwischen schwarz glänzendem Felsgestein und Seealgenteppichen besonders viele Wellhornschnecken, die wegen ihres nussigen Geschmacks in Feinschmeckerkreisen als Delikatesse galten.

Philippe Lagarde, Commissaire im Ruhestand, war am frühen Morgen mit seinem weißen Fischerboot auf das bleierne Meer hinausgefahren, um zu angeln. Es war mit seinem Innenbordmotor, einer Schlupfkajüte und einem kleinen Steuerstand hochseetauglich. Lagarde liebte das Gefühl der Freiheit auf See, den herben Geruch nach Fisch und Tang und den Geschmack von Salz auf seinen Lippen. Dort konnte er in Ruhe seinen Gedanken nachgehen und die Seele baumeln lassen.

Jetzt saß er in seinem Stammlokal *Au-Vent-des-Îles* an einem Bistrotisch und unterhielt sich mit dem Wirt Gaston. Es war wenig los. Am Nebentisch saßen drei Fischer, tranken Rotwein und spielten Karten, und am Tresen hatte sich ein Rucksacktourist auf einem Barhocker niedergelassen und wärmte sich mit einem *café au lait* auf.

Philippe Lagarde hatte die langen Beine unter dem Tisch ausgestreckt, die Leinenschuhe waren von der Sonne ausgeblichen. Lachfältchen umspielten seine auffallend saphirblauen Augen, und er trug einen Dreitagebart, weil seine Verlobte Odette das gerne mochte.

Nach einer Schussverletzung an der linken Schulter war er frühzeitig aus dem Polizeidienst ausgeschieden und genoss den Ruhestand mit Odette. Er konnte seinen bevorzugten Sport, das Rudern, nicht mehr ausüben und unternahm stattdessen ausgiebige Fahrten mit seinem Rennrad über die Halbinsel, um sich fit zu halten. Da er seinen Beruf geliebt hatte und nicht ganz loslassen konnte, führte er Seminare an der Polizeiakademie in Rennes durch und hielt in ganz Frankreich Vorträge über aktuelle Themen der Polizeiarbeit. Seine Spezialgebiete waren Geiselnahmen, Terroranschläge auf öffentliche Einrichtungen und Deeskalationstechniken. Er hatte eine Ausbildung im Nahkampf und konnte durchsetzungsstark auftreten, falls es die Situation erforderte. Im Privatleben galt er dagegen als warmherzig und hilfsbereit.

Gaston hatte ihm zwei Gläser Pastis, eine Karaffe mit Eiswürfeln und eine Schale Pistazien serviert, und die beiden Männer stießen an.

»Hast du etwas geangelt?«, erkundigte sich der Wirt.

»Eine Scholle und drei Makrelen.«

»Das ist eine gute Ausbeute. Grillst du die Fische heute Abend?«

»Nein, ich besuche Odette im *Mirabelle*. Wir wollen zusammen essen.«

Das Restaurant Mirabelle gehörte Odette, und sie führte es mit geschickter Hand und viel Charme. Es war ein über Barfleur hinaus bekanntes und beliebtes Feinschmeckerlokal, das vor einiger Zeit mit einer Kochhaube von Gault Millau ausgezeichnet worden war.

»Ich schenke die Fische meinen Nachbarn Angélique und Richard, sie werden sich freuen.«

Gaston knackte eine Pistazie und wechselte das Thema. »Dein letzter Fall mit dem toten Mädchen in Saint-Georges hat großes Aufsehen erregt, die Medien haben sich regelrecht überschlagen.«

Lagarde lächelte. »Stimmt. Es war eine komplizierte Ermittlung. Zum Glück ist sie abgeschlossen, und der Täter wurde gefasst.«

»Dann hast du jetzt Zeit, dein Rentnerdasein zu genießen?«

»So ist es, aber es gibt immer etwas zu tun. Ich werde mein Boot an Land bringen und Ausbesserungsarbeiten vornehmen, der Rumpf muss dringend lackiert werden.«

Der Tourist an der Bar zählte Geld ab und legte es auf die Theke, dann schulterte er seinen Rucksack und kam zu den Männern an den Tisch.

»*Excusez-moi, messieurs.* Darf ich Sie einen Moment stören? Ich habe vor, den Leuchtturm von Gatteville zu besichtigen und danach auf dem Zöllnerpfad weiterzuwandern, etwa fünfzehn Kilometer Richtung Cherbourg. Können Sie mir eine günstige Unterkunft empfehlen?«

Der junge Mann mit den zerzausten blonden Locken lächelte sie freundlich an. Er sprach sehr gut Französisch mit einem leichten deutschen Akzent.

Lagarde hatte eine Idee. »Bei Réthoville gibt es eine alte Mühle, *Le Moulin de Marie Ravenel*, mit einem Wintercampingplatz. Dort kann man beheizbare Hütten mieten. Soweit ich weiß, sind sie in der Nebensaison preisgünstig, und es gibt sogar einen Kajakverleih.«

Gaston nickte zustimmend. »Davon habe ich auch schon gehört.«

Der junge Mann strahlte. »*Merci beaucoup, messieurs.* Dann mache ich mich jetzt auf den Weg. *Au revoir.*«

Lagarde sah ihm hinterher, dann warf er einen Blick auf die Tafel mit dem Tagesmenü, die die Form eines Surfbrettes hatte.

»Ich möchte eine Kleinigkeit essen«, wandte er sich an Gaston.

»Essen wir doch gemeinsam, Philippe. Was hältst du

von Galettes, gefüllt mit Schinken, Käse und Champignons, dazu frischen Rapunzelsalat und ein Glas Rosé?«

»Großartig, wenn ich das höre, bekomme ich noch mehr Hunger.«

Nach dem Essen zahlte er und verabschiedete sich von Gaston. Sein Auto, ein himmelblauer zerbeulter Renault Express, stand direkt gegenüber vor der Kaimauer.

Er folgte der Küstenstraße Richtung Norden vorbei an einer Dünenlandschaft, auf der Strandhafer und Hornmohn wuchsen. Dahinter erstreckte sich der Ärmelkanal in unterschiedlichen Grautönen bis zum Horizont. Die Flut hatte eingesetzt, und hohe Wellen rollten mit schäumenden Kronen keilförmig auf die Küste zu.

In einem Kreisverkehr bog er links ab und erreichte nach einigen Hundert Metern sein Haus. Es war aus grauen, ockerfarbenen und rostroten Steinen erbaut worden, die Fensterlaibungen bestanden aus roten Ziegelsteinen. Die Fensterläden hatten Richard und er vor einem Jahr taubenblau lackiert. Auf dem Schieferdach saßen zwei Kamine. Lagarde hatte das Haus von seiner Großmutter geerbt und liebte es. Es lag oberhalb einer henkelförmigen, von Klippen umgebenen Bucht, zu der man durch ein Kiefernwäldchen gelangte. Im Sommer ging er dort schwimmen. Niemals würde er an einem anderen Ort leben wollen.

Lagarde parkte vor dem Anbau, der ihm als Holzlager

und Werkstatt diente, und holte den Eimer mit den sich windenden Fischen aus dem Kofferraum. Damit lief er zum Nachbargrundstück. Das normannische Fachwerkhaus von Angélique und Richard thronte auf einem Dünenkamm und verfügte zum Meer hin über einen Wintergarten und eine Dachterrasse. Im Garten erhoben sich knorrige Zedern.

Er klingelte an der Eingangstür, doch niemand öffnete. Lagarde umrundete das Gebäude und warf einen Blick auf die Garage. Sie war leer, das Tor nach oben geschoben. Die beiden waren unterwegs. Er stellte den Eimer vor der Haustür ab.

Als er auf dem gepflasterten Weg durch seinen Vorgarten lief, wurde der Nieselregen stärker, und ein rauer Wind kam auf. Er würde seinen Zaun an einem anderen Tag weiterstreichen. Stattdessen ließ er sich mit einem *bol* voller *café au lait* an seinem Schreibtisch nieder und begann Fachliteratur zu studieren, um einen Vortrag über die Verhandlungsführung bei Geiselnahmen vorzubereiten, den er vor Weihnachten in Lille bei der *police nationale* halten sollte. Konzentriert machte er sich Notizen, als sein Telefon klingelte. Es war Frank Lanoux, der Polizeipräsident der Normandie.

»*Bonjour*, Philippe. Störe ich?«

»Aber nein, ich arbeite zwar gerade an einem Vortrag, es ist aber nicht eilig.«

Wie immer kam Lanoux sofort zur Sache. »Ich habe ein Anliegen.«

Das hatte Lagarde sich schon gedacht, sonst würde er nicht anrufen. »Worum geht es?«

»Erinnerst du dich an die Geschichte mit den vier Mädchen, die vor einiger Zeit in der Bretagne verschwunden sind? Das Mädchen, das zuletzt verschwand, Caroline Vernier, wird inzwischen seit zwei Jahren vermisst.«

»Ja, ich erinnere mich. Der Fall war überall in den Schlagzeilen.«

»Jetzt gibt es neue Erkenntnisse. In der Abbaye de Beauport wurden in einer unterirdischen Kammer fünf Skelette entdeckt – und ein Medaillon mit einer Porträtaufnahme von Martine Vernier, Carolines Großmutter.«

»Interessant!«

»Diese Funde könnten endlich zum Täter führen.«

»Und was soll ich dabei tun?«

Lanoux lachte. »Bin ich so leicht zu durchschauen? Der Sachverhalt ist folgendermaßen: Der damals leitende Ermittler, Commissaire Mathieu Lias, ist in Ruhestand gegangen, und sein Kollege Bayrou hat erst ein Jahr Berufserfahrung. Die neue Kollegin von Bayrou, ebenfalls Berufsanfängerin, ist mindestens noch drei Wochen krank.«

»Du willst, dass ich Bayrou unterstütze?«

»Gerade heraus: ja. Der Fall hat damals hohe Wellen geschlagen, das Image der Polizei hat sehr gelitten. Meine Kollegin Charlotte Duchamps wäre unter dem enormen Druck beinahe zurückgetreten. Diesmal muss der Fall gelöst werden, sonst verliert die Polizei jede Glaubwürdigkeit.«

Er überlegte einen Moment, welche Argumente er noch vorbringen könnte, um Lagarde zu überzeugen. »Bayrou wünscht sich Unterstützung, du hast es also nicht mit einer widerspenstigen Kommissarin zu tun wie im Fall des Bogenschützen an der Loire.«

Lagarde grinste. »Wir sind zu einem Dream-Team zusammengewachsen. Aber gut. Wir machen es so: Ich werde heute Abend mit Odette darüber reden. Diese Entscheidung möchte ich nicht über ihren Kopf hinweg treffen. Im November ist im Mirabelle nicht so viel los, deshalb wollen wir etwas zusammen unternehmen.«

»Sie kann dich besuchen, wenn sie Lust hat. Die Bretagne hat um diese Jahreszeit einen mystischen Zauber, sie ist neblig, stürmisch und irgendwie gespenstisch.«

»Das wird ihr gefallen. Wann sollte es losgehen?«

»Morgen, spätestens übermorgen.«

»*D'accord*, ich melde mich.«

Lagarde schob die Notizen für den Vortrag beiseite, bereitete sich noch einen Milchkaffee zu und begann im Internet über den Fall der verschwundenen Mädchen zu recherchieren. Bald wurde ihm klar, dass die Ermittlungen eine große Herausforderung darstellen würden, falls er einwilligte, sie zu übernehmen. Er musste sich jedoch eingestehen, dass die Aufgabe ihn reizte. Das war eine ganz große Sache. Wenn er scheitern sollte, wie Lias, würde sein Ruf Schaden nehmen. Aber hatte ihn das jemals davon abgehalten, sich einer schwierigen Ermittlung zu stellen?

Ein Blick auf seine Armbanduhr sagte ihm, dass es an der Zeit war, zu duschen und sich in Schale zu werfen. Odette legte in ihrem Restaurant großen Wert auf die Kleiderordnung.

Als er in seinen Wagen stieg, trug er einen anthrazitfarbenen Anzug, ein weißes Hemd und elegante Lederschuhe. Er duftete nach seinem Aftershave. Das Mirabelle lag einige Kilometer nordwestlich von Barfleur, und sein Weg führte ihn landeinwärts durch einen dichten Buchenwald. Aufmerksam blickte er vor sich auf die Straße. Inzwischen war die Dunkelheit über das Cotentin hereingebrochen, und es bestand die Gefahr, dass es zu Wildwechsel kam. Tatsächlich entdeckte er auf der rechten Straßenseite ein Reh und ein gewaltiges Wildschwein.

Nachdem er einen Campingplatz passiert hatte, stellte er sein Auto auf dem Parkplatz des Mirabelle ab, wo bereits einige Fahrzeuge standen. Lagarde folgte einem beleuchteten Weg, vorbei am Haupthaus mit dem runden Turm, in dem Odette wohnte und in dem sich im ersten Stock vier Gästezimmer befanden. Um die Terrasse erhoben sich Kastanienbäume, auf deren Stämmen winzige weiße Lichter glitzerten. Der Wind rauschte durch die Blätter.

Das Restaurant, ein ehemaliger Schafstall, war ein Rundbau aus geschichteten Steinen. Im Speisesaal flackerten die Flammen im Kamin schwefelgelb und verbreiteten eine angenehme Wärme. Vier Tische waren besetzt.

Odette unterhielt sich mit zwei Gästen und beriet sie bei der Menüauswahl. Sie war völlig in ihr Tun vertieft und bemerkte ihn zunächst nicht, so dass er sie ungestört betrachten konnte. Sie hatte ihre langen braunen Haare locker hochgesteckt, einige Strähnen fielen ihr um das ovale Gesicht. Es wurde von den großen dunklen Augen dominiert. An den Ohren trug sie Brillantstecker, ein Geschenk von ihm. Der weinrote Hosenanzug betonte ihre schlanke Figur. Für ihn war sie die schönste Frau auf der Welt, und er war dankbar, dass sie mit ihm zusammen sein wollte.

Als sie ihr Gespräch beendet hatte und sich umdrehte, entdeckte sie ihn, und ein Strahlen breitete sich auf ihrem Gesicht aus. Sie ging auf ihn zu, und sie küssten sich. »*Bonsoir*, Philippe, wie schön, dass du da bist.«

»*Bonsoir*, *chérie*, ich freue mich, dich zu sehen.«

Kurz sah sie sich um. »Setz dich doch an den freien Tisch neben dem Kamin. Ich muss kurz in die Küche, dann habe ich Zeit für dich. Was möchtest du als Aperitif? Ein Glas Champagner?« Sie zwinkerte ihm zu. »Lieber ein kaltes Bier, nicht wahr? Ich bin gleich wieder bei dir.«

Kurz darauf kam sie mit den Getränken zurück und

setzte sich zu ihm. Sie hatte sich für einen Pommeau entschieden, einen süßen Likör aus verschiedenen Apfelsorten. Sie stießen an.

»Wie war dein Tag?«, fragte sie.

»Ich war angeln, und heute Nachmittag habe ich an einem Vortrag gearbeitet, du weißt schon, für die Veranstaltung in Lille. Und deiner?«

»Ich war in der Markthalle, und danach habe ich die Bäume auf der Terrasse mit Lichterketten geschmückt.« Sie musterte ihn mit gerunzelter Stirn und ihren warmen braunen Augen. »Was ist los mit dir? Du machst einen nachdenklichen Eindruck?«

Er erzählte ihr von dem Gespräch mit Lanoux. Odette nickte. »Ich erinnere mich daran, von den schlimmen Geschehnissen wurde in allen Zeitungen berichtet. Was wirst du tun?«

»Ich bin noch unschlüssig, schließlich habe ich dir versprochen, dass wir etwas zusammen unternehmen, solange es im Restaurant ruhiger ist. Andererseits reizt mich dieser Fall, das gebe ich zu.«

Sie lächelte ihn an. »Natürlich reizt er dich. Ich kann auch alleine etwas unternehmen, außerdem will ich die Gästezimmer neu gestalten. Ich finde, du solltest die Herausforderung annehmen.«

»Ernsthaft?«

»*Mais oui!* Wer sonst sollte diese komplizierten Ermittlungen zu einem erfolgreichen Ende führen?«

Er grinste. »Und wenn ich scheitere?«

»Dann flüchten wir und machen vier Wochen Urlaub auf Guadeloupe, bis Gras über die Sache gewachsen ist. Ich wollte schon immer einen Tauchkurs machen.«

Sie lachten.

»Du könntest mich besuchen. Das Côtes-d'Armor soll sehr schön sein.«

»Wir werden sehen. Jetzt essen wir erst einmal, du bist bestimmt hungrig.«

»Wie ein Bär.«

»Was hältst du von Entrecôte mit Kartoffelgratin und Selleriemousse?«

»Das hört sich phantastisch an.«

Nachdem sie gegessen hatten, tranken sie als Digestif noch einen Calvados und zogen sich dann in Odettes Privaträume zurück. Sie verschwand im Badezimmer, und er machte es sich in ihrem Bett gemütlich. Durch das große Bogenfenster schien der Mond als flache weiße Scheibe. Odette kam mit zwei Kristallgläsern und einer geöffneten Flasche Veuve Clicquot zurück und schenkte ein. Die Perlen tanzten in den Flöten empor. Sie hatte sich umgezogen und trug ein cremeweißes Seidenneglige mit einem Spitzeneinsatz, das ihren Körper umspielte.

»Du siehst hinreißend aus«, stellte Lagarde fest. Sie griffen nach ihren Gläsern und sahen einander in die Augen.

»*Merci*, mein Held. Lass uns auf deinen neuen Auftrag anstoßen. Ich wünsche dir viel Erfolg.«

»*Merci beaucoup.*«

Sie tranken einen Schluck, dann bat er sie: »Komm zu mir.«

DRITTER TAG

GRAND HOTEL

Als Lagarde am nächsten Morgen erwachte, schlief Odette noch tief und fest neben ihm. Sie lag ihm zugewandt und atmete ruhig. Er drückte ihr einen zarten Kuss auf die Stirn, nahm seine Kleider und verließ leise das Schlafzimmer.

Während er sich im Badezimmer rasierte, warf er einen Blick aus dem Fenster. Es hatte aufgehört zu regnen, am Himmel hing eine dicke Wolkendecke, und es war windstill. Nachdem er geduscht und sich angezogen hatte, setzte er in der Küche Kaffee auf und bereitete das Frühstück vor. Während er mit dem Schneebesen einen Teig anrührte, telefonierte er mit Lanoux und teilte ihm mit, dass er bereit sei, den Fall zu übernehmen. Der Polizeipräsident wirkte erleichtert und bedankte sich bei ihm. Sie vereinbarten, dass Lagarde sich im Laufe des Vormittags auf den Weg machen würde. Die Sekretärin des Polizeipräsidenten würde sich um eine Unterkunft für ihn kümmern und die Wache in Tréguier über seine Ankunft informieren.

Gerade als er das Gespräch beendet hatte, kam Odette in die Küche und küsste ihn. »*Bonjour, chéri.*«

»*Bonjour*, mein Liebling, möchtest du einen Kaffee?«

»Sehr gerne.«

Sie setzten sich an den Tisch. Lagarde hatte Crêpes zubereitet und servierte sie mit Puderzucker und Sauerkirschen.

»Hast du gut geschlafen?«, erkundigte er sich.

»Zuerst sehr gut, aber dann habe ich von Skeletten geträumt, die durch unterirdische Verliese huschten und ihre Knochen klappern ließen.«

»*Mon Dieu*, und ich bin schuld.«

»Aber nein, ich will doch wissen, an welchen Fällen du gerade arbeitest.«

Sie kostete die Crêpes und lächelte ihn an. »Sie schmecken sehr lecker. Hast du dir überlegt, ob du zusagst?«

»Ja. Ich habe vorhin mit Frank telefoniert, es soll schon heute losgehen.«

»Er hat es eilig.«

»Allerdings. Sobald die Nachricht von den Funden in der Abbaye in den Medien die Runde macht, wird ein Sturm losbrechen.«

Odette nickte. »Das kann ich mir vorstellen.«

»Nach dem Frühstück fahre ich nach Hause und packe. Ich vermisse dich jetzt schon.«

Sie schenkte ihm ein strahlendes Lächeln. »Ich dich auch.«

Zu Hause ging Lagarde über die Treppe in sein Schlafzimmer und holte einen Koffer und eine kleine Reisetasche vom Schrank. Er hatte keine Ahnung, wie lange sein Aufenthalt in der Bretagne dauern würde, aber er würde trotzdem nur eine Grundausstattung mitnehmen. Nachdem er mit dem Packen fertig war, betrat er die Terrasse und sah nach Alexandre. Der Wildkater mit dem buschigen gestreiften Schwanz war ihm vor einiger Zeit zugelaufen und ließ sich von ihm füttern. Streicheln durfte das scheue Tier jedoch niemand. Heute war er nirgends zu sehen. Lagarde säuberte die Schalen und füllte sie mit Kaninchenragout und Katzenmilch. Für seine Putzfrau Albertine hinterließ er eine Nachricht und bat sie, Alexandre regelmäßig zu füttern. Dann schloss er die Haustür hinter sich, legte sein Gepäck auf den Rücksitz und fuhr los.

Sein Weg führte auf der *autoroute* quer durch das Cotentin vorbei an Heckenlandschaften, Äckern und Salzwiesen, auf denen Kühe grasten. Hin und wieder tauchte ein Dorf auf, dessen Kirchturm in den grauen Himmel ragte. Die unsichtbare Grenze zwischen der Normandie und der Bretagne verlief in der Nähe des Mont-Saint-Michel. Südlich von Saint-Malo hielt er an einer Raststätte, trank einen Mokka und aß zwei *éclairs* mit Vanille- und Schokocremefüllung. Die Köstlichkeiten aus Brandteig waren sein Lieblingsgebäck.

In Saint-Brieuc verließ er die *autoroute*, zahlte an der Mautstation die fällige Gebühr und fuhr auf der *route nationale* nach Tréguier, das er nach einer knappen Stunde erreichte.

Direkt vor der Polizeistation fand er einen Parkplatz.

Er stieg aus und sah sich um. Die verwinkelte Altstadt mit den farbenfrohen Fachwerkhäusern und ihren schiefen Balkonen gefiel ihm, ebenso der Blick auf das Stadttor und den Fluss, der schiefergrau dem Meer zustrebte.

Am Empfang stellte er sich vor und zeigte der Polizistin seinen Dienstausweis. Freundlich lächelte sie ihn an.

»Sie werden bereits erwartet, Monsieur le Commissaire. Das Büro von Commissaire Bayrou befindet sich im Erdgeschoss, den Gang entlang, die vorletzte Tür auf der rechten Seite.«

Er bedankte sich und folgte dem beschriebenen Weg. Die Polizistin sah ihm gebannt hinterher. Dieser Mann also war der berühmte Philippe Lagarde. Sie fand, dass er mit den sympathischen Gesichtszügen und den tiefblauen Augen richtig gut aussah. Der elegante Anzug stand ihm hervorragend.

Lagarde klopfte an die Tür, die kurz darauf geöffnet wurde. Vor ihm stand ein blonder Mann mit jungenhaften Gesichtszügen in Jeans und einem gestreiften Hemd, der ihm die Hand reichte und sich als Jacques-Pierre Bayrou vorstellte.

»*Bienvenue*, Monsieur Lagarde, ich freue mich, Sie kennenzulernen.« Er zeigte auf eine Sitzecke. »Nehmen Sie doch bitte Platz, ich habe Kaffee und Madeleines besorgt, wenn Sie mögen.«

Sie setzten sich, und der Polizist rieb sich nervös die Hände. Schließlich schenkte er für beide Kaffee ein und richtete dann seine Aufmerksamkeit auf Lagarde.

»Danke, dass Sie so schnell gekommen sind. Sie wissen, worum es geht?«

»Der Polizeipräsident Lanoux hat mich gestern telefonisch über die wesentlichen Fakten informiert: die fünf Skelette in der Abbaye und das Medaillon mit dem Foto der Großmutter eines der verschwundenen Mädchen.«

»Genau, das Mädchen heißt Caroline Vernier.«

»Ihr Kollege Mathieu Lias war damals der leitende Ermittler, und der Täter wurde nicht gefunden.«

»Nein, obwohl Mathieu und sein Team allen Hinweisen akribisch nachgegangen sind und viele Befragungen durchgeführt haben. Ich bin erst seit einem Jahr hier tätig und kenne den Fall nur aus den Akten.«

»Ich halte es für eine gute Idee, dass Sie Unterstützung angefordert haben. Die ganze Angelegenheit scheint außerordentlich komplex zu sein. Ich sehe uns als gleichberechtigtes Team, in dem wir eng und vertrauensvoll zusammenarbeiten. Sonst schaffen wir das nicht. Sind Sie einverstanden?«

Er streckte ihm die rechte Hand hin, und der junge Mann schlug ein. »*D'accord*, das klingt gut.«

Lagarde merkte ihm an, wie erleichtert er über diese unkomplizierte Lösung war.

»Wie wollen wir vorgehen?«, fragte Bayrou.

»Zuerst möchte ich mir meine Unterkunft ansehen und mich dort ein wenig einrichten.«

»Wo sind Sie untergebracht?«

»Man hat für mich ein Ferienhaus in Trévou gemietet.«

»Den Ort kenne ich, er ist sehr hübsch und liegt direkt am Meer. Ich wohne in Penvénan, das ist ganz in der Nähe.« Er schwieg für einen Moment. »Gab es keine freien Zimmer in Hotels oder Pensionen? Das kann ich mir in dieser Jahreszeit überhaupt nicht vorstellen.«

»Ich wohne lieber ungestört und für mich, manchmal koche ich mir auch gerne eine Kleinigkeit.«

Der junge Mann nickte und wechselte das Thema. »Wollen Sie die Fallakten mitnehmen, um sich einen Überblick zu verschaffen? Ich kann sie Ihnen auch gerne vorbeibringen, wenn Ihnen das lieber ist.«

»Nein, das ist nicht nötig. Ich möchte mich dem Fall unvoreingenommen nähern. Außerdem müssen wir zunächst überprüfen, ob die Gebeine tatsächlich von den verschwundenen Mädchen stammen und was es mit dem fünften Skelett auf sich hat.«

»Da würde ich auch ansetzen. Wollen wir uns morgen früh hier auf der Wache treffen?«

»Neun Uhr?«

»In Ordnung.«

»Ich möchte mir den Fundort der Skelette ansehen, und wir brauchen einen Termin in der Rechtsmedizin.«

»Ich kümmere mich darum.«

Lagarde erhob sich. »Dann bis morgen. Ich freue mich auf unsere Zusammenarbeit.«

Bayrou lächelte. »Ich mich auch.«

Als Lagarde das Büro verlassen hatte, atmete der Polizist tief durch. Zu seiner Erleichterung hatte er ein gutes Gefühl, was Lagarde betraf. Sein neuer Partner schien kooperativ zu sein und keine Hierarchie in ihrer Zusammenarbeit zu wollen. Besonders gut gefiel ihm, dass Lagarde kein bisschen arrogant wirkte. Er fand den Commissaire aus der Normandie zumindest auf den ersten Blick sympathisch.

Lagarde stieg in sein Auto und machte sich auf den Weg nach Trévou. Er folgte der Landstraße, die ihn durch einige kleine Ortschaften, Artischockenfelder und Pinienhaine führte. Die Landschaft war hügelig, und einige Kilometer vor seinem Ziel gelangte er auf die Küstenstraße und hatte einen wunderbaren Blick auf den Ozean, der sich ruhig und bleiern bis zum Horizont erstreckte. In der Ferne lagen schemenhaft einige kleine Inseln. Eine Bucht reihte sich an die andere, geschützt von Felsen und Quadersteinen. Auf einem Wall erhob sich ein Kirchlein, das von einer knorrigen Zeder beschirmt wurde.

Er passierte Trévou-Plage, einen Badeort mit einigen Restaurants, die alle geschlossen waren. Ein einsamer Spaziergänger wanderte über den breiten Sandstrand. Hinter dem Ort vollführte die Straße eine scharfe Linkskurve und stieg steil an, dann hatte Lagarde Trévou erreicht. Den Mittelpunkt des Dorfes bildete eine imposante Kirche, an die sich ein Friedhof anschloss. Er folgte der Hauptstraße und suchte die Hausnummer sieben. Zwischen einem Granitsteinhaus mit roten Fensterläden und einem kleinen weißen Haus, das direkt an der Straße lag und einen vernachlässigten Eindruck machte, entdeckte er eine Zufahrt und bog ein. Sein Renault rumpelte über einen abschüssigen Feldweg, der zu einer Koppel führte, auf der Pferde weideten.

Zunächst dachte er, er hätte sich verfahren, doch dann sah er einen Giebel hinter hohen Büschen und stellte das Auto ab. Neben dem Gartentor, das schief in den Angeln hing, war auf den Briefkasten in weißer Farbe eine Sieben gemalt. Er hatte sein Ziel erreicht.

Rasch holte er sein Gepäck aus dem Auto und öffnete das Tor, das sich knarrend aufschieben ließ. Gerade als er das Grundstück betreten wollte, hörte er eine Stimme.

»*Bonsoir*, Monsieur! Kann ich Ihnen helfen?«

In der einsetzenden Dämmerung kam eine Frau auf ihn zu, ein kleiner Hund folgte ihr dicht auf den Fersen. Als sie vor ihm stand, musterte sie ihn misstrauisch, der Hund wedelte mit dem Schwanz und kläffte kurz zur Begrüßung. Die Frau trug einen farbenfrohen Kaftan und hatte die dunklen Locken mit einem silberdurchwirkten Band zurückgebunden. An ihren Ohren baumelten goldene Kreolen, der Mund war brombeerrot geschminkt.

Lagarde stellte sich vor. »*Bonsoir*, Madame. Ich habe das Ferienhaus gemietet.«

»Ach, Sie sind der neue Mieter. Dann sind wir Nachbarn. Ich habe die alte Villa gemietet, die sich an Ihr Haus anschließt. Ich bin schon seit zwei Wochen hier und versuche, mich zu erholen. Wenn Sie Lust haben, können wir bei Gelegenheit ein Glas Wein zusammen trinken.«

»Ja, warum nicht? Jetzt würde ich mir aber gerne das Haus ansehen und mich einrichten, ich habe eine lange Reise hinter mir. Gibt es hier einen Lebensmittelladen?«

»An der Straße, die nach Trévou-Plage führt, gibt es einen Bäcker und einen kleinen Supermarkt. Der Bäcker hat nur vormittags geöffnet. Gegenüber der Kirche befinden sich das Tourismusbüro und die Post. Mehr an Infrastruktur gibt es hier nicht.«

»Kann man irgendwo abendessen?«

»In Trévou-Plage gibt es ein Bistro, das leider häufig geschlossen hat, weil sich zu dieser Jahreszeit nur wenige Gäste hier aufhalten. Aber das Grand Hotel in Port Blanc hat geöffnet, dort kann man sehr gut essen.«

»*Merci*, Madame, ich wünsche Ihnen einen schönen Abend.«

»Das wünsche ich Ihnen auch. Übrigens, ich heiße Tina.«

Er lächelte. »Mein Name ist Philippe.«

Er sah ihr und dem Hund nach, bis sie um die Ecke verschwunden waren, dann ging er über den gepflasterten Weg zur verglasten Eingangstür. Er wusste, dass der

Schlüssel unter einem Blumentopf lag, und sperrte auf. Als er eintrat, stellte er fest, dass er mitten in der Küche stand. Vor der Terrassentür gab es einen ovalen Esstisch, um den sich vier Stühle gruppierten. Auf dem lachsfarbenen Tischtuch standen eine Vase mit Rosen und eine Schale mit Obst. Am Fenster sah er einen schmalen Tisch, den perfekten Platz für seinen Laptop. Zufrieden stellte er fest, dass es eine Kaffeemaschine und eine Mikrowelle gab. Rechter Hand schloss sich der gemütliche Salon mit einer Sitzecke voller bunter Kissen und Decken an. Es gab einen Ofen, neben dem sich in einem Korb Holzscheite stapelten.

Neugierig ging er in den ersten Stock und fand dort zwei Schlafzimmer vor. Er entschied sich für den Raum mit dem französischen Bett. Durch eine Glastür gelangte er auf ein Podest, von dem aus eine steinerne Treppe zur Eingangstür und in den Garten führte. Auf den Stufen standen bunt glasierte Tontöpfe mit Blumen und Sukkulenten.

Lagarde ging wieder nach unten und trat auf die Terrasse. Rechts erhob sich ein gemauerter Grill, und vor ihm lag der gepflegte Garten, der am Feldweg entlang von mannshohen Büschen und einem Jägerzaun begrenzt wurde. Hinter dem Zaun lag die Koppel, auf der er nur noch die Umrisse der Pferde erkennen konnte.

Ein zufriedenes Lächeln breitete sich auf seinem Gesicht aus. Das Haus gefiel ihm gut, hier würde er sich wohlfühlen. Er stellte sich vor, wie schön es im Sommer sein musste, wenn man den Grill anschürte und im Freien essen konnte. Vielleicht sollten Odette und er im nächsten Jahr ein paar Tage hier verbringen.

Er packte die Taschen aus und räumte seine Kleidung in den Schrank. Im Haus war es kalt, deshalb schichtete er Zeitungspapier und Scheite in den Ofen und entzündete das Brennmaterial. Danach stellte er fest, dass er Hunger hatte, und beschloss essen zu gehen. Er fuhr über die Küstenstraße nach Port Blanc, einem malerischen kleinen Dorf, das an einer Bucht lag. Das Grand Hotel lag gegenüber der Promenade.

Lagarde ging über die von Laternen beleuchtete Straße. Direkt oberhalb des Strandes gab es eine Terrasse. Wellen rauschten und rollten über den Sand, und die Muscheln klackerten leise. Nebelschleier zogen über das schwarze Wasser. Auf einem Felsen, der rechter Hand die malerische Bucht flankierte, erhob sich eine Kapelle mit einem Kreuz auf der Turmspitze. Entspannt verharrte Lagarde einen Moment und atmete die frische salzige Luft ein. Wie schön es hier war.

Im hell erleuchteten Restaurant führte ihn der Kellner zu einem freien, festlich eingedeckten Tisch an der Glasfront und zündete eine Kerze an. Es war nicht viel los, nur zwei weitere Tische waren besetzt, und drei Männer saßen an der Bar. Unter einem der Barhocker lag ein Hund und döste.

Lagarde studierte die Speisekarte und bestellte eine Muschelsuppe. Als Hauptgang wählte er eine gegrillte

Dorade auf Blattspinat, dazu Wasser und ein Glas Weißwein. Während er auf sein Essen wartete, beobachtete er die anderen Gäste. Die Männer an der Theke, die sich schon eine Weile aufgeregt unterhalten hatten, schienen allmählich in Streit zu geraten. Einer von ihnen, ein stämmiger Mann mit hellen Haaren und groben Gesichtszügen, wurde laut. Der Kellner ermahnte ihn, stellte drei Schnäpse auf den Tresen, und der Mann, den er mit Émile angesprochen hatte, beruhigte sich wieder.

Als Lagarde die Vorspeise serviert wurde, entschuldigte der Kellner sich für den Lärm. »Das sind drei Einheimische, die bei uns jeden Tag ihr Feierabendbier trinken. Die Streitkultur ist hier manchmal ebenso rau wie die Gegend.«

Lagarde winkte ab. »Alles in Ordnung.«

Das Essen schmeckte vorzüglich. Nachdem er zum Abschluss noch einen Mokka getrunken hatte, zahlte er, gab ein großzügiges Trinkgeld und machte sich durch den dichter werdenden Nebel auf den Weg zurück zu seinem Ferienhaus.

Vor dem lodernden Feuer trank er ein Glas Wein im Salon und dachte über den morgigen Tag nach. Er war gespannt auf die Ereignisse, die vor ihm lagen, und spürte, dass ihn das vertraute Jagdfieber gepackt hatte.

Als er schließlich im Bett lag, lauschte er in die Nacht. Durch das gekippte Fenster drang kein Laut. Doch plötzlich meinte er Schritte zu hören; ein Ast knackte, dann raschelten Blätter. Er schob die Decke zurück, stand auf und sah aufmerksam aus dem Fenster. Wer war hier um diese Zeit noch unterwegs? Im Lichtkegel einer einsamen Straßenlaterne erkannte er Tina, die zielstrebig dem Pfad zur Koppel folgte. Ihr Hund war nirgendwo zu sehen.

VIERTER TAG

DIE UNTERIRDISCHE KAMMER

Am nächsten Morgen erwachte Lagarde früh und fühlte sich frisch und ausgeruht. Er hatte gut geschlafen. Seinen ersten *café au lait* trank er auf der Terrasse. Die Wolken hatten sich verzogen, der Himmel wölbte sich lichtblau, und er erahnte die Sonne, die sich hinter dem Buschwerk und den Kastanienbäumen erhob. Es roch nach wildem Salbei. Lagarde beschloss, einen Spaziergang zum Bäcker zu machen und Gebäck für sein Frühstück zu kaufen.

Der Verkehr auf der Dorfstraße floss spärlich. Gemeindearbeiter waren unterwegs und säuberten mit einer Kehrmaschine den Gehsteig. Der Spielplatz des Kindergartens lag noch verwaist vor einem Granitsteinhaus mit taubenblauen Fensterläden. Ein Abbé eilte über den Kirchplatz und verschwand in der Kirche.

Die Schlange beim Bäcker reichte bis auf die Straße, und alle warteten geduldig, bis sie an der Reihe waren. Lagarde entschied sich für Croissants und eine Rosinenschnecke und kaufte eine Tageszeitung, deren Schlagzeile ihn mit fetten Lettern ansprang: *Skelette in der Abbaye de Beauport entdeckt! Ist das der Friedhof des Mädchenmörders? Wo steckt der Teufel in Menschengestalt?*

Eine Frau neben ihm bemerkte seinen Blick und deutete auf die Überschrift.

»Hoffentlich findet die Polizei diesen Teufel bald, wir haben Angst um unsere Töchter.«

Lagarde nickte. »Das hoffe ich auch, Madame.«

Er faltete die Zeitung zusammen und machte sich auf den Rückweg zum Ferienhaus.

Um Punkt neun Uhr klopfte er an Bayrous Bürotür und trat ein. Er erkundigte sich, ob es Neuigkeiten gab.

»Leider nicht«, erwiderte der junge Polizist. »Nichts, was den Fund in der Kammer betrifft. Aber die Presse hat Blut geleckt und wird sich schon bald auf den Fall stürzen.«

Lagarde seufzte. »Ich habe die Schlagzeile in der Morgenausgabe gelesen. Damit müssen wir jetzt leben und dürfen uns davon bei unseren Nachforschungen nicht irritieren lassen.«

Bayrou stimmte ihm zu. »Wenn Sie wollen, können wir uns gleich auf den Weg zur Abbaye machen. Die freiwillige Feuerwehr von Paimpol ist schon unterwegs.«

»Gut.«

»Wollen Sie mit mir im Dienstwagen fahren?«

»Gerne, dann können wir uns unterwegs austauschen.«

Während der Fahrt erkundigte Bayrou sich nach Lagardes Unterkunft.

»Es ist ein schönes Ferienhaus mit einem Garten und einem Grill«, erzählte er. »Ich fühle mich sehr wohl, und die Croissants vom Bäcker sind hervorragend.«

Nachdem sie das Dorf Kérity und den Wald hinter sich gelassen hatten, tauchte das sakrale Gebäude der Abbaye vor ihnen auf, und Lagarde war beeindruckt von der erhabenen Schönheit der Anlage und der fragilen Eleganz der Kirchenruine. Sonnenstrahlen tauchten die geschwungenen Steinbögen in goldenes Licht. Vor den zartrosa und orange angehauchten Wolken ragten Äste eines kahlen Baumes wie ein Scherenschnitt über die Mauern. Das gesamte Bauwerk schien zu leuchten.

Bayrou bemerkte seinen faszinierten Blick. »Es ist zauberhaft, nicht wahr?«

»Ja, das ist es.«

Der Rüstwagen stand vor dem Eingang zum Kreuzgang, davor standen zwei Feuerwehrmänner und rauchten. Der junge Kommissar stellte Lagarde vor, und die Männer begrüßten sich.

»Wir haben die Rettungsleiter bereits angebracht und Strahler bereitgestellt. Sie können hinuntersteigen«, informierte sie der Ältere der beiden. »Sollen wir Sie begleiten?«

Lagarde schüttelte den Kopf. »Das ist nicht nötig, wir gehen zu zweit. Danke, dass Sie schon alles vorbereitet haben.«

»In Ordnung, dann warten wir hier. Wenn Sie Hilfe brauchen, sagen Sie uns einfach Bescheid.«

Die Kommissare stiegen über das Absperrband und blieben vor dem Zugang stehen.

»Die Öffnung war zugemauert«, erklärte Bayrou. »Die Steine waren nur oberflächlich gefugt. Da sind sie.« Er wies auf die geschichteten Granitsteine.

»Ihre Farbe ist heller als die der restlichen Mauer«, stellte Lagarde fest.

»Ja, das ist uns auch aufgefallen.«

»Das könnte bedeuten, dass sie zu einem späteren Zeitpunkt benutzt wurden, um den Zugang zu verschließen.«

Er deutete auf die Überreste des verrosteten Scharniers rechts unten im Mauerwerk. »Vielleicht war da vorher eine Tür.«

»Das kann gut möglich sein«, stimmte Bayrou ihm zu.

Der Raum war taghell ausgeleuchtet, und Lagarde betrachtete das Loch, in dem die Rettungsleiter wie in einem Schlund verschwand. »Die Höhlung war nicht gesichert, zum Beispiel durch eine Holzplatte?«

»Nein.«

»Okay, steigen wir hinunter.«

Sie griffen jeder nach einem Strahler und machten sich an den Abstieg, Bayrou zuerst. Unten angelangt postierten sie die Lampen so, dass die Kammer hell erleuchtet wurde.

»Die Luft ist frisch«, stellte Lagarde fest. »Es gibt keinen Verwesungsgeruch.«

»Ja, es muss Luftschächte geben.«

Der Commissaire besah sich den sandigen Boden, der systematisch abgetragen worden war.

»In welcher Anordnung lagen die Gebeine?«

»Vier Skelette lagen nebeneinander, vom Felsen bis fast zum Loch. Von oben war nur ein Schädel zu sehen.«

»Und das fünfte Skelett?«

»Es lag unter den Gebeinen, die direkt am Gestein gefunden wurden. Die Knochen sind dunkler, und das Skelett scheint älter zu sein. Wir müssen die Einschätzung der Fachleute abwarten.«

»Wie gelangten die Körper in diese unterirdische Kammer?«, dachte Lagarde laut nach und sah sich um.

Bayrou blickte hoch zu dem Loch. »Ich weiß es nicht. Das Loch ist zu eng, um einen Leichnam über die Leiter zu transportieren.«

»Warum sprechen Sie von einem Leichnam?«

Der junge Mann runzelte die Stirn. »Sie meinen, die Menschen haben noch gelebt?«

»Ich weiß es nicht, wir müssen die Untersuchungen abwarten. Möglich ist im Moment aber alles.«

»Jemand hätte die Körper an einem Seil herablassen können.«

»Wie hat er dann den Knoten gelöst?«

»Er hätte heruntersteigen müssen.«

»Genau. Herunter musste er ja auf jeden Fall, weil er die Körper nebeneinandergelegt hat.« Lagarde sah vom

Loch bis zum Sandboden. »Es gibt noch eine Möglichkeit.«

»Welche?«

»Er hat sie heruntergeworfen, ist heruntergestiegen und hat sie arrangiert, sonst hätten sie übereinander gelegen.«

»Weshalb hätte er das tun sollen?«

»Damit man sie von oben nicht sieht.«

»Aber der Schädel wurde gesehen.«

»Womöglich wurde seine Position durch eindringendes Wasser verändert.«

»Das könnte sein.«

»Eine andere Möglichkeit ist, dass das Arrangement wichtig war, eine Bedeutung hatte, die wir noch nicht verstehen.«

Bayrou schüttelte den Kopf. »Falls es sich um die verschwundenen Mädchen handelt, ist der Täter tatsächlich ein Teufel.«

»Falls, Bayrou.«

»Glauben Sie es nicht?«

»Das Medaillon gibt mir zu denken.« Er sah sich noch einmal um und meinte dann: »Steigen wir wieder hinauf.«

Die Feuerwehrmänner tranken gerade Kaffee, als die Kommissare wieder zu ihnen stießen.

»Können Sie den Eingang mit Brettern verschalen?«, fragte Lagarde. »Ich will auf keinen Fall, dass sich jemand Zutritt verschafft.«

Der Jüngere nickte. »Das wird sofort erledigt, Monsieur le Commissaire.«

»*Merci.*«

In den Wintermonaten hatte die Klosteranlage von zehn Uhr bis sechzehn Uhr geöffnet, am Montag war Ruhetag. Die Polizisten sahen sich auf dem Gelände um und kamen nach wenigen Metern zum Haupteingang des Klosters. Sie betraten eine hohe, von Bögen getragene Halle aus bloßem Mauerwerk, die von Kälte durchdrungen war. Von dort aus gelangten sie durch eine zweiflüglige Glastür in den Souvenirladen. Beim Öffnen der Tür klingelte ein Glöckchen, und angenehme Wärme schlug ihnen entgegen. Schlanke weiße Kerzen in Messingständern flackerten, der Geruch von Weihrauch lag in der Luft, und mittelalterliche Cembalomusik erfüllte den Raum. Niemand war zu sehen, auch das hübsche kleine Café in der Ecke war verwaist. Auf den Regalen reihten sich Bücher über die Geschichte der Abtei sowie prächtige Bildbände, Gedichte und Erzählungen. Flaschen mit dem berühmten Cidre und Gläser mit Gelee standen auf schlichten Holztischen, daneben lagen Kochbücher und Prospekte über Veranstaltungen. In einer Woche sollte um Mitternacht eine Krimilesung stattfinden, anschließend war ein Mondscheinspaziergang durch die Klosteranlage geplant. Die Idee gefiel Lagarde, und er bedauerte für einen Moment, dass er dienstlich hier war und nicht privat mit Odette.

Plötzlich tauchte in der Tür hinter dem Verkaufstresen eine junge Frau in Jeans und Wollpullover auf und sprach sie mit einem gewinnenden Lächeln an.

»*Bonjour, messieurs*, sehen Sie sich in Ruhe um. Wenn Sie möchten, mache ich auch gern eine Führung für Sie.«

»Sie arbeiten hier?«, erkundigte Lagarde sich.

»Manchmal helfe ich hier aus. Ich studiere Kunstgeschichte in Saint-Brieuc und schreibe meine Doktorarbeit über die Abbaye.«

Lagarde zeigte ihr seinen Dienstausweis. »Sie haben sicher von den Funden in der unterirdischen Kammer gehört?«

Sie sah ihn mit großen Augen an. »Aber ja, die Leute hier reden über nichts anderes mehr. Alle fragen sich, wie diese Skelette dort hingelangt sind. Wenn die *police judiciaire* ermittelt, geht man nun mal von einem Verbrechen aus, nicht wahr?«

»Was fasziniert Sie so an der Abbaye, dass Sie Ihre Doktorarbeit darüber schreiben?«, wechselte Lagarde das Thema.

»Nun ja, mich fasziniert zum Beispiel, dass sich um die Abbaye zahlreiche Geschichten und Mythen ranken, um nur einen Grund zu nennen. Es gibt historische Quellen, die behaupten, dass im Mittelalter in der Abtei Frauen im Zuge der Hexenverfolgung gefoltert und getötet wurden und diese Verbrechen vertuscht werden sollten, um dem Ansehen des Ordens nicht zu schaden. Manche Historiker bestreiten das aber vehement und vertreten die Ansicht, dass die Brüder beteten, meditierten und friedvoll waren.« Sie lachte und warf ihren geflochtenen Zopf über die Schulter. »So ist das immer in der Historik, es ist schwer, die Wahrheit von Mutmaßungen zu unterscheiden.«

Ihre grauen Augen leuchteten, man sah ihr an, wie sehr sie sich für diesen Ort begeisterte.

Bayrou nickte. »Das kann ich mir vorstellen.« Nachdenklich betrachtete er sie. »Wie lange arbeiten Sie schon hier?«

»Seit etwa zwei Jahren.«

»Ist Ihnen in der Zeit irgendetwas aufgefallen, das Ihnen seltsam vorkam?«

Sie dachte nach und schüttelte den Kopf. »Nein, überhaupt nicht.«

»In Ordnung, dann machen wir uns wieder auf den Weg. Danke für Ihre Hilfe.«

»Warten Sie! Da fällt mir etwas ein. Bevor ich im Souvenirladen angefangen habe, hat Clarisse hier gearbeitet. Sie ist jetzt Rentnerin und besucht mich hin und wieder. Wenn nicht viel los ist, trinken wir einen Kaffee zusammen und plaudern ein bisschen.«

Bayrou sah sie fragend an.

»Seit ich sie kenne, behauptet sie, dass in diesem Gemäuer merkwürdige Dinge vor sich gehen.«

»Was denn zum Beispiel?«

»Es klingt immer etwas wirr, deshalb habe ich dem nie große Bedeutung beigemessen. Geräusche, Stimmen,

Schatten, verdächtige Gestalten, so etwas in der Art. Ich glaube, sie hat sich das alles eingebildet. Wenn man sich alleine in der Abbaye aufhält, ist es manchmal eben unheimlich, vor allem, wenn es draußen dunkel ist.«

»Haben Sie denn keine Angst?«

Sie lachte auf. »Aber nein, ich bin eine erfahrene Kickboxerin und weiß mich zu wehren.«

»Wo wohnt Clarisse, und wie lautet ihr Nachname?«, wollte Lagarde wissen.

»Clarisse Evran wohnt in Kérity direkt am Kirchplatz, es ist das Haus mit den blauen Fensterläden und dem Wetterhahn auf dem Dach.«

»*Merci*, Madame. Und wie ist Ihr Name?«

»Carole Fleury.«

Das Haus von Clarisse Evran war leicht zu finden. Sie parkten unter einem Ahornbaum und gingen durch den gepflegten Vorgarten zur Eingangstür. Auf ihr Klingeln hin öffnete niemand. Sie hörten jedoch Geräusche hinter dem Haus und umrundeten es. Vor dem Schuppen stand eine ältere Frau, die Stiefel, eine Arbeitshose und eine Daunenjacke trug und Holz hackte. Um die Haare hatte sie ein Kopftuch gebunden. Als sie ihre Schritte hörte, sah sie auf und ließ die Axt sinken. Ihr rundes Gesicht war von der Kälte und der anstrengenden Arbeit gerötet.

»*Bonjour, messieurs*, wollen Sie zu mir?«

»Sind Sie Madame Evran?«, fragte Lagarde.

»Ja, und wer sind Sie?«

Er stellte sich vor und zeigte ihr den Ausweis, den sie genau studierte.

»Die *police judiciaire*«, stellte sie fest. »Es geht um die Funde in der Abbaye, habe ich recht?«

»*Oui*, Madame. Darüber möchten wir mit Ihnen sprechen.«

»Lassen Sie uns doch in die Küche gehen, dort ist es schön warm.«

Kurz darauf saßen sie um den Esstisch in der Nähe des Holzofens, in dem ein Feuer loderte. Madame Evran schenkte ihnen Kaffee aus einer Thermoskanne ein.

»Wie kann ich Ihnen helfen?«

Nach einem Blickwechsel mit Lagarde ergriff Bayrou das Wort. »Wir waren vorhin im Souvenirladen und haben mit Carole Fleury gesprochen.«

Ein Lächeln breitete sich auf ihrem Gesicht aus. »Mit Carole! Sie ist ein liebes Mädchen und so intelligent. Sie studiert und macht ihren Doktor, müssen Sie wissen.«

Bayrou griff nach seiner Tasse. »Sie hat uns erzählt, dass Ihrer Ansicht nach in der Abbaye sonderbare Dinge vor sich gehen, sie sprach von seltsamen Geräuschen, Schatten und derartiges mehr. Könnten Sie uns Ihre Beobachtungen konkreter beschreiben? Erinnern Sie sich an etwas, das uns unter Umständen weiterhilft?«

Nachdenklich sah sie ihn an. »Wenn Sie mich so fragen, ja. Ich habe einen Mann gesehen, der mir verdächtig vorkam.«

»Wann war das?«

»Vor etwa zwei Jahren. Er stand gegen Mitternacht im Kreuzgang. Das Gebäude wird nachts angestrahlt, sonst hätte ich ihn überhaupt nicht gesehen.«

»Was haben Sie um diese Zeit dort gemacht?«

»Es fand eine Lesung statt, und ich habe danach noch aufgeräumt, die Lichter ausgeschaltet und abgeschlossen. Vor dem Haupteingang bin ich über eine Wurzel gestolpert und umgeknickt. Deshalb saß ich noch ein paar Minuten auf der Treppe, bis der Schmerz nachließ. Als ich mich schließlich auf den Heimweg machen wollte, habe ich ihn entdeckt.«

»Was hat der Mann getan?«, fragte Lagarde.

»Er stand einfach da. Als er mich gesehen hat, ist er schnell an mir vorbeigelaufen, hat etwas wie *bonne nuit* gemurmelt und ist in der Dunkelheit verschwunden. Ich war so erschrocken, dass ich überhaupt nicht reagiert habe.«

»Haben Sie eine Erklärung dafür, warum er nicht weggelaufen ist, sondern auf Sie zu? Wenn er offenbar nicht gesehen werden sollte?«

»Der Kreuzgang hat keine Hintertür.«

»Könnte es jemand vom Lesungspublikum gewesen sein, der sich noch ein wenig umschaute?«

Energisch schüttelte sie den Kopf. »Bei der Lesung waren nur Frauen und zwei junge Männer. Der Mann im Kreuzgang war älter.«

»Können Sie ihn beschreiben?«

»Er war schwarz gekleidet und trug eine Mütze. Sein Gesicht habe ich nur für einen Augenblick gesehen.«

»Wie sah es aus?«

»Es ging alles so schnell. Es war ein Durchschnittsgesicht, irgendwie unsympathisch.« Sie hielt inne und runzelte die Stirn. »Aber an seine Augen kann ich mich noch gut erinnern. Sie funkelten böse, abgrundtief böse.«

Die Kommissare tauschten einen raschen Blick.

»Ist Ihnen sonst noch etwas aufgefallen?«, wollte Lagarde wissen.

»Als er an mir vorbeilief, habe ich einen Geruch wahrgenommen.«

»Was für einen Geruch?«

»Er hat gerochen wie nasses Hundefell.«

»Haben Sie noch mehr Beobachtungen gemacht?«

»Nein, leider nicht.«

»Warum sind Sie damals nicht zur Polizei gegangen?«

»Ich wusste ja nicht, was der Mann dort wollte, vielleicht ist er einfach nur mit seinem Hund spazieren gegangen. Erst jetzt, nach den Knochenfunden, ist mir diese Begegnung wieder eingefallen.«

»*Merci* für Ihre Auskünfte und den Kaffee, Madame Evran.«

Um fünfzehn Uhr hatten die Ermittler einen Termin im rechtsmedizinischen Institut in Lannion. Das Städtchen südlich der Côte de Granit Rose wurde vom Fluss

Léguer durchschnitten, an dessen linkem Ufer sich das ehemalige Kloster Sainte-Anne erhob. Das eigentliche Zentrum mit den engen Kopfsteinpflastergassen, den Bistros, den Antiquitätenhändlern und einer berühmten Whisky-Destillerie erstreckte sich am rechten Flussufer und lag auf einem Hügel.

Auf der Place du Général Leclerc fanden sie einen Parkplatz, und Bayrou zog ein Ticket. Währenddessen sah Lagarde sich um und war von den Fachwerkhäusern mit den in kräftigen Farben gestrichenen Giebeln, die sich um den Platz drängten, begeistert. Gleich um die Ecke lagen die gusseisernen rostroten Markthallen.

Bayrou sah auf seine Armbanduhr. »Wir haben noch Zeit bis zu unserem Termin. Wollen wir in den Hallen mittagessen? Die Auswahl an frischen Meeresfrüchten ist sehr vielfältig.«

»Das hört sich gut an«, erwiderte Lagarde. »Machen wir das doch.«

Sie betraten die Hallen und bahnten sich einen Weg durch den Trubel. Einheimische und Touristen besahen sich die verlockenden Angebote, tauschten sich mit den Verkäufern aus und füllten ihre Einkaufstaschen mit den frischen Waren. An den Ständen der Metzger drehten sich fettig glänzende Kapaune und knusprige Kalbsschultern am Spieß. Von den Decken hingen saftige Schinken. Ein Fischhändler pries schillernde Goldbrassen an. In einem Aquarium krabbelten dunkelblaue Atlantikhummer kreuz und quer durcheinander, grell orange Taschenkrebse bewegten sich in Zeitlupe über den sandigen Boden. Die Scheren der Tiere wurden von Gummis zusammengehalten. Am Käsestand konnte man verschiedene Sorten probieren, die mit blauen Trauben auf einer Platte angerichtet waren. Eine Gemüsehändlerin reihte sattgrüne Artischocken in eine Kiste. Dieser Markt war ein Fest für alle Sinne.

Sie erreichten das Bistro und bekamen von einer Bedienung einen freien Platz zugewiesen. Durch die Glasscheibe konnten sie das Treiben auf der Straße beobachten. Die Kommissare entschieden sich für das Tagesmenü, das mit Kreide auf eine schwarze Schiefertafel geschrieben war: Austern aus Cancale, als Hauptgericht rosa Crevetten in Knoblauchbutter und als Dessert Mousse au Chocolat. Dazu bestellten sie einen Muscadet und eine Karaffe mit Wasser.

Während sie die mit Zitronensaft beträufelten Austern genossen und gebutterte Baguettescheiben dazu aßen, unterhielten sie sich über die Befragung von Clarisse Evran.

»Es ist schade, dass sie das Gesicht des Mannes nicht näher beschreiben konnte«, bedauerte Bayrou.

»Ja, mit ›böse funkelnden Augen‹ kann man nicht viel anfangen. Da ist womöglich die Phantasie mit ihr durchgegangen, man kann es ihr nicht verdenken, immerhin befand sie sich gegen Mitternacht auf einem verlassenen Anwesen.«

»Die Uhrzeit des Zusammentreffens ist tatsächlich ungewöhnlich, und Caroline ist vor genau zwei Jahren verschwunden.«

»Das stimmt. Wir müssen herausfinden, ob unter den Skeletten sterbliche Überreste von ihr sind. Wenn nicht, ist der Zeitpunkt dieser Begegnung vermutlich unerheblich.«

Bayrou sah das genauso.

Nachdem sie ihren Mokka getrunken hatten, beschlossen sie, zu Fuß zur Rechtsmedizin zu gehen. Es waren nur ein paar Schritte am Fluss entlang.

Der Léguer floss träge und dunkel in Richtung Norden und war von Pappeln gesäumt, deren Blätter vom Wind zerzaust wurden. Ein Angler saß reglos in seinem Boot, sein Hut schützte ihn vor dem Nieselregen. Ein schwarzes Trauerschwanenpaar mit korallenroten Schnäbeln glitt an ihm vorbei.

Bayrou zeigte auf ein unscheinbares, weiß verputztes Haus, das an der Uferpromenade lag. »Wir sind da, Monsieur le Commissaire.«

Lagarde wandte sich ihm zu. »Wollen wir uns mit dem Vornamen ansprechen? Wir sind doch jetzt ein Team. Ich heiße Philippe.«

Der junge Kommissar freute sich sichtlich. »Ich bin Jacques-Pierre.«

In der Eingangshalle saß eine Polizistin hinter einem Schreibtisch, die sie begrüßte und ihre Dienstausweise verlangte. Danach mussten sie sich in ein Buch eintragen. »Bei wem darf ich Sie anmelden?«, erkundigte sie sich.

»Wir haben um fünfzehn Uhr einen Termin bei Doktor Hubert Chagall«, informierte Bayrou sie.

»Sein Büro und die Autopsiesäle befinden sich im ersten Stock, da drüben ist die Treppe.«

»*Merci.*«

Sie fanden Doktor Chagall im ersten Saal. Der große schlanke Mann mit den graumelierten Haaren zog sich gerade die Gummihandschuhe aus und desinfizierte seine Hände. Auf einem rollbaren Edelstahltisch lag eine Leiche, die mit einem sterilen Tuch bedeckt war. Es roch nach Formaldehyd, Zitronenreiniger und Kaffee.

Als Chagall seine Besucher entdeckte, kam er auf sie zu. Die dunklen Augen hinter der randlosen Brille blickten wachsam, die buschigen Brauen darüber waren fast zusammengewachsen. Er und Bayrou kannten sich bereits von anderen Ermittlungen und begrüßten sich mit Handschlag. Der junge Kommissar stellte Lagarde vor. Der Rechtsmediziner hielt sich nicht mit Floskeln auf und kam gleich zur Sache.

»Die Gebeine befinden sich in einem temperierten, speziell ausgeleuchteten Nebenraum. Dort wartet die forensische Anthropologin Doktor Marie Ravel auf uns. Sie hat mir bei den Untersuchungen geholfen. Heute ist sie noch einmal aus Brest angereist, um bei unserer Besprechung dabei sein zu können. Das war uns wichtig.

Kommen Sie bitte mit, ein Assistent hat Kaffee für uns gekocht.«

Im Nebenraum stand eine junge Frau mit langen dunkelblonden Haaren und einem blütenweißen Arztkittel und trank Kaffee. Vor ihr waren mehrere Tische aneinandergerückt und mit hellen Tüchern bedeckt. Darauf lagen nebeneinander fünf Skelette, vier davon mit glatten hellen Knochen, die Gebeine des fünften waren dagegen braun und porös. Sie waren durchnummeriert, in der Reihenfolge, wie man sie in der Höhle gefunden hatte.

Marie Ravel riss den Blick von ihnen los und wandte sich den Männern zu. Chagall stellte sie vor. »Marie, das sind die Kommissare aus Tréguier, Bayrou und Lagarde.«

Doktor Ravel lächelte kühl und reichte ihnen die Hand. Bayrou fiel auf, dass der erdbeerrote Lippenstift perfekt mit ihrer blassen Haut und den zarten Sommersprossen harmonierte. Ihre großen grauen Augen blickten ernst.

»*Bonjour, messieurs*. Schön, dass wir uns kennenlernen. Was in der Abbaye entdeckt wurde, ist bedrückend und faszinierend zugleich. Die Untersuchungen waren eine Herausforderung.«

Chagall stimmte ihr zu. »In der Tat.«

»Was haben Sie herausgefunden?«, wollte Lagarde wissen.

»Willst du berichten, Marie?«, fragte der Rechtsmediziner. »Für ältere Leichen bist du die Spezialistin.«

Sie nahmen in der Sitzecke Platz, und Doktor Ravel schlug eine Mappe auf, während Chagall Kaffee einschenkte.

»Ich beginne mit den vier hellen Skeletten. Es handelt sich um Frauen, das erkennt man an den breiten Hüftknochen und den schmalen Schultern sowie an der Kinnpartie, die bei Männern ausgeprägter ist. Als sie starben, waren sie zwischen fünfzehn und dreißig Jahre alt, das sagt uns die Knochenstruktur. Es liegen keinerlei Verformungen vor, wie sie beispielsweise durch Arthritis hervorgerufen werden. Ihr Tod trat vor zwei bis vier Jahren ein. Bei einer Liegezeit von etwa zwei Jahren sind Sehnen und Muskeln in der Regel bereits aufgelöst, so dass nichts mehr die Knochen zusammenhält. Genauer kann ich den Zeitrahmen nicht einschränken.«

»Woran sind sie gestorben?«, fragte Bayrou.

»Wir haben festgestellt, dass bei allen vieren der Kehlkopf verletzt war. Er setzt sich aus vier Knorpelteilen zusammen, die durch Muskeln und Bänder zusammengehalten werden, die sich bereits zum größten Teil zersetzt hatten.«

»Das könnte bedeuten, dass sie erwürgt oder erdrosselt wurden?«, fragte Lagarde nach.

Die Ärztin nickte. »Es ist durchaus denkbar. Dabei müssen wir unterscheiden, dass Erwürgen nur durch Fremdeinbringung möglich ist, Erdrosseln hingegen auch durch Selbsteinbringung, etwa mithilfe eines Seils oder einer Krawatte.«

Sie trank einen Schluck Kaffee und fuhr fort: »Eine weitere Auffälligkeit besteht darin, dass unterschiedliche Knochen gebrochen waren: Bei Skelett Nummer eins der linke Oberschenkelhals, bei Skelett Nummer zwei die rechte Hüfte, bei Skelett Nummer drei die rechte Schulter. Bei Skelett Nummer vier gab es dagegen keinen Bruch.«

Die Kommissare wechselten einen Blick, und Bayrou wandte sich an die Ärztin. »Wir haben überlegt, wie diese Personen in die Kammer gelangten. Kann es sein, dass sie durch das Loch hinuntergeworfen wurden und beim Aufprall einen Knochenbruch erlitten?«

»So könnte es gewesen sein.« Sie überlegte. »Oder sie wurden vor ihrem Tod misshandelt.«

»Konnten Sie feststellen, ob sie vor dem Sturz erwürgt beziehungsweise erdrosselt wurden oder danach?«

»Das kann ich Ihnen leider nicht sagen.«

»Haben Sie Reste von Kleidungsstücken gefunden?«, wollte Lagarde wissen.

»Nein.«

»Bedeutet das, dass die Frauen unbekleidet waren?«

»Nicht unbedingt. Das Material kann sich im Laufe der Zeit zersetzt haben.«

»Wie sieht es mit Haaren aus?«

»Ebenfalls negativ. Infolge der hohen Luftfeuchtigkeit, der Sauerstoffzufuhr und der relativ konstanten Raumtemperatur hat sich der Verwesungsprozess kontinuierlich fortgesetzt.«

»Ist es vorstellbar, dass nicht die Körper, sondern die Gebeine in die Kammer geschafft wurden?«

Entschieden schüttelte sie den Kopf. »Nein, das halte ich für ausgeschlossen. Wir haben die zahlreichen Knochen, die getrennt in fünf Behältern transportiert wurden, wieder zu Skeletten zusammengesetzt und sie mit den Fotografien verglichen. Das braucht viel Zeit und setzt medizinische Kenntnisse voraus. Bei der Rekonstruktion eines Skelettes wäre ein Laie aller Wahrscheinlichkeit nach überfordert.«

»Das würde auch keinen Sinn ergeben«, dachte Lagarde laut nach. »Warum hätte jemand das tun sollen? Es wäre viel einfacher gewesen, die Gebeine zum Beispiel im Meer zu versenken.« Nachdenklich rührte er in seiner Tasse. »Die Körper der Frauen wurden hinuntergeworfen, ob tot oder lebendig. Das bedeutet, dass wir im Moment nicht sagen können, ob der Fundort der Tatort ist.«

Ravel blätterte in den Unterlagen und setzte ihren Bericht fort. »Wir haben außerdem festgestellt, dass bei allen vier Skeletten das erste Glied des Ringfingers fehlt. Das zweite Glied ist an der Schnittstelle glatt, so dass der Schluss naheliegt, dass es mit einem Messer abgetrennt oder mit einer Zange abgezwickt wurde. Eine Säge hätte Rillen hinterlassen. Wenn es ein Tier gewesen wäre, würde die Stelle anders aussehen, unregelmäßiger oder ausgefranst.«

Sie sahen sich mit ernsten Mienen an.

»Warum hat der Täter das getan?«, überlegte Bayrou. »Wollte er eine Trophäe behalten? Als Erinnerung an die Frauen?«

»Das ist durchaus vorstellbar«, erwiderte Lagarde. »Unser Täter wäre nicht der Erste, der so etwas tut. Was haben wir noch?«

»Wir konnten anhand der Knochen DNA-Analysen erstellen«, sagte die Ärztin. »Sie haben bestätigt, was wir ohnehin wussten, nämlich, dass es sich um Frauen handelt.« Sie machte sich eine Notiz.

»Wir brauchen Vergleichsproben, damit wir die Identität der Opfer klären können. Immerhin konnten wir die Augenfarben mit fünfundneunzigprozentiger Sicherheit feststellen. Skelett eins und zwei hatten blaue Augen, Skelett drei braune, und das vierte grüne.«

Bayrou war erstaunt. »Das geht?«

Sie lächelte ihn an. »Aber ja.«

»Caroline Vernier hat blaue Augen«, erinnerte er sich.

»Das muss nichts bedeuten.«

»Nein, natürlich nicht. Was ist mit dem fünften Skelett?«

»Ich habe zusätzlich zu unseren Untersuchungen eine Archäologin zurate gezogen, die unsere Einschätzung bestätigte: Das Skelett ist zwischen vierhundert und sechshundert Jahre alt, und es handelt sich zweifelsfrei um eine Frau, die an fortgeschrittener Arthrose litt. Das Fußgelenk ist gebrochen.« Sie schloss ihre Mappe. »Mehr Informationen haben wir nicht für Sie.«

»Das war doch sehr viel«, entgegnete Lagarde. »Wir bedanken uns bei Ihnen.«

Nachdem sie sich von Doktor Ravel verabschiedet hatten, forderte Chagall sie auf, ihn in sein Büro zu begleiten. Dort griff er nach einer Akte auf seinem Schreibtisch. »Das ist ein Laborbericht, den ich Ihnen geben soll. Ein Polizist hat ihn vorhin vorbeigebracht.«

Er reichte ihn Bayrou. »*Au revoir*, ich wünsche Ihnen viel Erfolg bei Ihren Ermittlungen. Wenn Sie Fragen haben, ich stehe jederzeit gerne zu Ihrer Verfügung. Doktor Ravel selbstverständlich auch.«

Auf dem Flur überflog Bayrou die Ergebnisse der Untersuchung. »Bei dem Medaillon und der Halskette handelt es sich um vierzehnkarätigen Goldschmuck. Die beiden Schmuckstücke gehören zusammen. Es konnte der Teilabdruck eines Fingers festgestellt werden, der schwer zu identifizieren ist. Die Kollegen arbeiten aber daran.«

Lagarde sah ihn mit gerunzelter Stirn an. »Der Anhänger und die Kette wurden wenige Zentimeter neben dem Schädel gefunden, den die Mitglieder des Fördervereins entdeckt hatten. Wir wissen also mit großer Wahrscheinlichkeit, dass Skelett Nummer eins blaue Augen hatte und die Halskette trug.«

Bayrou erwiderte seinen Blick. »Das heißt, bei Skelett Nummer eins handelt es sich wohl tatsächlich um Caroline Vernier.«

»Exakt, Kollege.«

Martine Vernier wohnte in dem Weiler Kermaria, ungefähr in der Mitte zwischen Lannion und Tréguier. Das zweistöckige Mehrfamilienhaus lag zwischen dem Fußballplatz und dem mit Graffiti bemalten Wasserturm. Lagarde klingelte, und kurz darauf erklang eine helle Stimme aus der Sprechanlage. »Wer ist da?«

»*Police judiciaire*, wir möchten mit Madame Vernier sprechen.«

Stille trat ein, dann kam leise die Antwort: »Ich wohne im ersten Stock. Kommen Sie doch bitte herein.«

Der Türöffner surrte.

Madame Vernier stand im Türrahmen und wartete auf sie. Bayrou stellte fest, dass sie älter aussah als in der Fernsehsendung und einen niedergeschlagenen Eindruck machte. Tiefe Schatten lagen unter ihren Augen. Die Haare trug sie inzwischen kurz geschnitten, und sie war mit einer grauen Hose und einem altrosafarbenen Twinset bekleidet. Ihre elegante Perlenkette passte zu den Ohrringen.

Die ältere Dame starrte Lagarde angstvoll an. Ihr Gesicht war kalkweiß. »Sie haben Caroline gefunden? Ist sie tot?«

Lagarde empfand tiefes Mitgefühl mit ihr und antwortete mit ruhiger Stimme: »Das wissen wir nicht, Madame Vernier. Dürfen wir hereinkommen?«

»Selbstverständlich, bitte.«

Sie folgten ihr durch einen hellen Korridor in den Salon mit einer Couchecke, einem Sekretär und Bücherregalen. Auf dem Sofa lag Strickzeug, auf dem Beistelltisch eine aufgeschlagene Zeitschrift mit einem Kreuzworträtsel. Vor den beiden Fenstern standen Blumentöpfe mit weiß und grün blühenden Orchideen. Auf der Kommode entdeckte Lagarde mehrere gerahmte Fotografien, die alle dasselbe Mädchen in verschiedenen Altersstufen zeigten. Die schulterlangen blonden Haare umrahmten ein schmales Gesicht mit strahlend blauen Augen und einer kecken Nase. Caroline mit einer rosa Schultüte, die fast so groß war wie sie. Caroline inmitten einer Wiese mit einem Welpen auf dem Arm. Caroline auf einer Schaukel, daneben ein älterer Mann. Caroline in einem Sommerkleid, wie sie die Kerzen auf einer Geburtstagstorte ausblies. Auf allen Schnappschüssen wirkte das Mädchen fröhlich und unbeschwert. Madame Vernier bemerkte seinen Blick.

»Das ist Caroline«, erklärte sie. »Der Mann neben ihr ist Robert, mein verstorbener Mann.«

Sie schien in Gedanken weit weg zu sein und lächelte wehmütig, dann wandte sie sich wieder den Besuchern zu. »Nehmen Sie bitte Platz. Möchten Sie einen Kaffee?«

Die Polizisten lehnten dankend ab. Lagarde eröffnete das Gespräch.

»Sie haben sicherlich von den Funden in der Abbaye de Beauport gehört?«

»Ja, in der Zeitung stand, dass dort Skelette gefunden wurden. Alle reden darüber.« Nervös rieb sie sich die Hände. »Ich frage mich die ganze Zeit, ob es sich bei einem der Funde um Caroline handelt. Es ist ein Alptraum, den ich seit ihrem Verschwinden durchlebe, und seit ich von den Funden gehört habe, kann ich überhaupt nicht mehr schlafen.«

Lagarde nickte. »Das kann ich mir vorstellen, Madame Vernier.«

Er holte aus einem Briefumschlag Fotos von dem Medaillon und der Halskette hervor und reihte sie auf dem Tisch auf. Madame Verniers Blick fiel darauf, und sie erstarrte. »Dieses Medaillon habe ich ihr zu ihrem sechzehnten Geburtstag geschenkt. Es symbolisiert eine Abmachung zwischen uns, ein Versprechen. Wo haben Sie es her?«

»Es lag in der unterirdischen Kammer, in der die Skelette entdeckt wurden.«

Die Augen der Frau wurden feucht, und ihre Hände begannen zu zittern. »Ich wusste, sie ist tot. Mein Mädchen ist tot«, flüsterte sie mit tonloser Stimme. »Sie hat das Medaillon immer getragen.«

»Wir wissen noch nicht mit Sicherheit, ob es sich bei einem der Funde um Caroline handelt«, warf Lagarde ein. »Die Halskette könnte aus einem anderen Grund dort gelegen haben.« Er wusste selbst, wie falsch seine Worte in ihren Ohren klingen mussten. »Eine forensische Anthropologin konnte anhand der Knochen eine DNA-Analyse erstellen. Wir brauchen ein Vergleichsobjekt, ein Kleidungsstück oder eine Zahnbürste beispielsweise.«

Madame Vernier nickte kraftlos. »Caroline hat ein eigenes Zimmer bei mir. Lassen Sie uns nachsehen, ob wir etwas finden, das Ihnen weiterhilft.«

Sie begleiteten die Frau in einen kleinen Raum neben dem Salon. »Das ist ihr Reich«, sagte sie. »Seit sie verschwunden ist, habe ich nichts verändert. Ich habe immer gehofft und gebetet, dass sie zurückkommt.«

Der Raum war mit einem französischen Bett eingerichtet, das mit einer tiefblauen Decke bedeckt war. Auf dem Kissen thronte ein leicht ramponierter Stoffhase mit riesigen Schlappohren. Vor den aufgereihten Büchern im Regal standen Tierfiguren aus Glas, Ton und Holz. In der Ecke sah Lagarde ein Keyboard. Es war ein freundliches Mädchenzimmer mit rosa Gardinen vor den Fenstern. Es lag auf der Südseite des Hauses und hatte Zugang zu einem eigenen kleinen Balkon, auf dem ein Bistrotisch, zwei Stühle und Blumenkästen standen. In der Erde steckten Windräder, die sich im Herbstwind drehten.

»Ich habe ihre Kleidung gewaschen und in den Schrank gelegt; die Zahnbürste habe ich weggeworfen und durch eine neue ersetzt.« Madame Vernier lächelte gedankenverloren. »Alles musste immer rosa oder blau sein, sonst war sie nicht zufrieden.«

Sie sah sich um und deutete auf ein Regalbrett.

»Dort steht ihr Schminktäschchen, daneben liegt ihre Bürste. Vielleicht hilft sie weiter.«

»Dürfen wir sie mitnehmen?«, fragte Bayrou.

»Selbstverständlich.«

Er steckte sie in einen Beweismittelbeutel und verschloss ihn sorgfältig. Das Labor von Lannion würde eine DNA-Analyse erstellen.

Als sie wieder im Salon saßen, bat Lagarde die Frau, von ihrer Enkelin zu erzählen.

»Was möchten Sie wissen?«, fragte sie.

»Alles, was Ihnen einfällt.«

Madame Vernier seufzte. »Meine Tochter Nicole wurde von einem Mann schwanger, den sie nur flüchtig kannte und der bereits vor Carolines Geburt verschwand. Zuerst lief es ganz gut, doch als meine Enkelin in den Kindergarten kam, begannen die Probleme. Sie akzeptierte keine Regeln und schrie beim geringsten Anlass unaufhörlich. Eine Kinderpflegerin riet Nicole zu einer ärztlichen Untersuchung ihrer Tochter. Bei den Tests stellte sich heraus, dass Caroline eine kognitive Entwicklungsverzögerung hatte, und daraufhin bekam sie einen Platz in einer Frühfördereinrichtung. Aber auch dort kam es bald zu Schwierigkeiten. Caroline konnte sich nicht in die Gruppe integrieren. Erschwerend kam hinzu, dass meine Tochter es an keinem Arbeitsplatz lange aushielt, dadurch häufig arbeitslos war und von staatlicher Unterstützung lebte. Irgendwann war sie einfach überfordert und konnte sich nicht mehr angemessen um Caroline kümmern. Ich hätte sie gerne finanziell unterstützt, doch die Pflege, die Krankenhausaufenthalte und die Medikamente für meinen

Mann kosteten viel Geld. Deshalb bot ich ihr an, dass Caroline bei mir leben könne. Ich bin immer gut mit meiner Enkelin zurechtgekommen und liebe sie von Herzen. Die staatliche Fürsorge hat meinen Vorschlag jedoch abgelehnt mit dem Argument, ich sei selbst durch meinen schwerkranken Mann zu stark belastet, und vermittelte sie stattdessen in eine Pflegefamilie. Das ging nicht lange gut, und sie wurde in einem Heim untergebracht.«

»Wo befindet sich dieses Heim?«, hakte Bayrou nach.

»In Perros-Guirec. Es heißt Saint-André.«

»Wie ging es dann weiter?«

»Sie wurde immer wieder von Gastfamilien aufgenommen, und jedes Mal gab es rasch Ärger, so dass sie in die Einrichtung zurückkehren musste. Dort lebte sie bis zu ihrem Verschwinden.«

»An welchem Tag verschwand Ihre Enkelin?«, wollte Lagarde wissen.

»Am siebten November vor zwei Jahren, da war sie siebzehn Jahre alt. Sie besuchte eine Gastfamilie und stieg am späten Nachmittag in den Bus, um zurück zum Heim zu fahren. Dort kam sie nie an.«

»Wo wohnt die Gastfamilie?«

»Auch in Perros-Guirec, in der Nähe der Anlegestelle zu den *Sept-Îles*. Die Familie, die sie kurz vor ihrem Verschwinden besucht hatte, heißt Moulin. Die Eltern haben einen leiblichen Sohn, Claude. Von ihm hat Caroline öfter gesprochen. Ich glaube, sie mochte ihn.«

»Was war das für ein Versprechen, das Sie vorhin erwähnt haben? Wofür stand das Medaillon?«

»Wir hatten vereinbart, dass meine Enkelin an ihrem achtzehnten Geburtstag zu mir ziehen darf. Die zuständige staatliche Behörde hatte zugestimmt. Caroline durfte mich zuletzt auch häufiger besuchen, um sich einzugewöhnen.«

Mit einer verzweifelten Geste fuhr sie sich durch die Haare. »So weit ist es nie gekommen. Was hatten wir für schöne Pläne …« Ein trauriges Lächeln erschien auf ihrem Gesicht. »Wir hatten einen Urlaub geplant. Caroline wollte unbedingt in das Disneyland Paris. Darauf haben wir gespart.«

»Was ist passiert, nachdem Ihre Enkelin verschwunden ist?«, fragte Lagarde.

»Am selben Abend hat mich die Heimleitung von Saint-André angerufen und mir mitgeteilt, dass Caroline nicht nach Hause gekommen sei. Man hat mich gefragt, ob sie bei mir sei oder ob ich wisse, wo sie sich aufhält. Ich konnte nicht weiterhelfen, und die Heimleitung sagte, sie werde sicherheitshalber die Polizei informieren, gehe jedoch davon aus, dass Caroline ausgerissen sei und nicht gefunden werden wolle. So etwas komme häufiger vor.« Madame Vernier schüttelte verständnislos den Kopf. »Caroline hatte nie vor auszureißen, sie wollte mit mir zusammenleben.«

»Wie ging es weiter?«

»Gar nicht, keine Behörde suchte nach ihr. Es gab

keine Fortschritte bei den Nachforschungen. Ich hatte das Gefühl, sie wurden nur halbherzig durchgeführt. Es war ein Skandal.«

»Haben Sie etwas unternommen?«

»Natürlich. Ich bin in einer Fernsehsendung aufgetreten und habe die Suche nach ihr öffentlich gemacht. Unterstützt wurde ich dabei von einem Verein, der sich für die Rechte behinderter Menschen einsetzt und der eine sehr große Lobby hat. Er brachte den Fall in die Medien.«

»Hat sich dann etwas bewegt?«

»Ja, es stellte sich heraus, dass drei weitere Mädchen, die in dem Heim gelebt hatten, in den letzten beiden Jahren verschwunden waren: Joséphine, Bernadette und Mélissa. Niemand hatte nach ihnen gesucht. Auch bei ihnen führten die Ermittlungen zu keinem Erfolg. Womöglich lag Behördenversagen vor. Als das ans Licht kam, begann sich die Justiz dafür zu interessieren, und Commissaire Lias von der *police judiciaire* Tréguier nahm die Ermittlungen auf. Er hat sich wirklich sehr engagiert, dennoch blieb die Suche erfolglos. Nach einem Jahr wurde die Akte des Falles geschlossen. Deshalb beschloss ich, einen Privatdetektiv damit zu beauftragen, meine Enkelin zu suchen. Doch einige Wochen, nachdem wir alles besprochen hatten, wurde er tot in seiner Garage gefunden. Angeblich hatte er aufgrund familiärer und finanzieller Probleme Selbstmord begangen.«

»Angeblich?«

»Nun, er hat auf mich einen sehr positiven Eindruck gemacht, nicht so, als hätte er große Sorgen gehabt.« Sie runzelte nachdenklich die Stirn. »Bei unserem letzten Telefonat hat er so eine Andeutung gemacht, als sei er auf etwas Interessantes gestoßen. Das beschäftigt mich bis heute.«

»Hat er erzählt, was er entdeckt hat?«

»Leider nein. Er sagte, er müsse erst noch etwas überprüfen und werde sich dann wieder mit mir in Verbindung setzen.«

Die Kommissare wechselten einen kurzen Blick.

»Wie hieß der Privatdetektiv?«, erkundigte sich Bayrou.

»Jules Brelot.«

»Fällt Ihnen noch etwas ein, was für uns wichtig sein könnte?«

»Im Moment nicht.«

Bayrou legte seine Visitenkarte auf den Tisch. »Sie können uns gerne jederzeit anrufen.«

»Danke für Ihre Auskünfte, Madame Vernier«, sagte Lagarde. »Wenn der DNA-Abgleich vorliegt, melden wir uns bei Ihnen.«

Sie schluckte. »In Ordnung.«

FÜNFTER TAG

SEPT-ÎLES

Am nächsten Morgen trafen sich die Kommissare in Bayrous Büro. Lagarde hatte beim Bäcker Zimtschnecken besorgt, sein Kollege war für den Kaffee zuständig. Sie nahmen in der Sitzecke Platz und breiteten ihre Unterlagen vor sich aus.

Lagarde trank einen Schluck Kaffee und schlug sein Notizbuch auf. »Für mich hat die Identifizierung der vier jüngeren Skelette absolute Priorität, vorher können wir nicht zielgerichtet arbeiten.«

Bayrou nickte. »Eine Mitarbeiterin des Labors hat versprochen, dass die Haare an Caroline Verniers Bürste so schnell wie möglich untersucht werden. Die Frage ist, wie wir die Identität der drei anderen Skelette herausfinden können.«

»Durch einen Zahnabgleich«, entgegnete Lagarde.

Sein Kollege sah ihn fragend an.

»Die drei verschwundenen Mädchen Joséphine, Bernadette und Mélissa lebten in der stationären Einrichtung Saint-André. Ich kann mir vorstellen, dass ein Heimleiter oder ein Erzieher einen Zahnarzt ausgesucht hat, von dem alle Kinder und Jugendlichen behandelt werden und der seine Praxis wahrscheinlich in

Perros-Guirec hat. Das wäre allein schon aus organisatorischen Gründen vorteilhaft.«

Bayrou verstand sofort, worauf er hinauswollte, und gab die entsprechende Anfrage in die Suchmaschine auf der Homepage der Gemeinde Perros-Guirec ein. Er landete vier Treffer und begann zu telefonieren. In der dritten Zahnarztpraxis bekam er von einem freundlichen Angestellten die Auskunft, dass Doktor Anglade tatsächlich die Kinder und Jugendlichen von Saint-André zahnärztlich behandelte. Bayrou müsse jedoch persönlich vorbeikommen und sich ausweisen, um weitere Informationen zu erhalten. Bayrou ließ sich die Adresse geben und bedankte sich.

Nachdem sie ihren Kaffee getrunken hatten, machten sie sich auf den Weg zur Place des Chardons in Perros-Guirec. In dem beliebten Seebad fuhren sie zunächst am Hafen entlang. Es war Ebbe, und die Boote lagen auf Algenteppichen im Schlick. Die Marina war von einer gewaltigen Kaimauer begrenzt. Aufgereiht lagen dort Segler, Fischerboote und Motoryachten, über denen sich ein azurblauer Himmel wölbte. Auf dem Hügel im Hintergrund thronten weiße Villen mit Kaminen und Schieferdächern, die in der Sonne glänzten. Dazwischen erhoben sich Zedern und Pinien. Die Place des Chardons erreichten sie über eine steil ansteigende Straße, auf der reger Verkehr herrschte. Bayrou fand eine Parkbucht. Auf dem Platz gab es eine Bar-Tabac, eine Metzgerei und ein Café. Aufgrund der milden Temperaturen saßen einige Gäste an Bistrotischen auf dem Gehsteig und genossen die Sonne. Die Praxis des Zahnarztes befand sich im Erdgeschoss eines gelben Hauses. Ein Schild neben der Eingangstür sagte ihnen, dass es sich um die Gemeinschaftspraxis von Hugo Anglade und Hélène Anglade handelte.

Der Eingangsbereich war hell und freundlich gestaltet. Hinter dem Empfangstresen saß ein junger Mann mit einer weißen Hose und einem dunkelblauen Poloshirt und telefonierte.

Nachdem er das Gespräch beendet hatte, wandte er sich ihnen zu.

»*Bonjour, messieurs*, haben Sie einen Termin?«

Bayrou zeigte seinen Dienstausweis. »Wir möchten Doktor Anglade sprechen.«

Der Angestellte lächelte. »Haben Sie vorhin bei uns angerufen?«

»Ja.«

»Doktor Anglade hat soeben eine Behandlung beendet und hält sich jetzt in seinem Büro auf.« Er wies auf eine Tür. »Klopfen Sie einfach. Ich habe ihm von Ihrem Anruf erzählt.«

Bayrou klopfte, und sie betraten einen lichtdurchfluteten Raum. Doktor Anglade saß hinter seinem Schreibtisch, auf dem sich Unterlagen stapelten. Er war ein großer Mann mit einem grauen Vollbart und einem gewaltigen Bauch, über dem sich der Arztkittel spannte. Auf einem Papierstoß stand eine Pralinenschachtel, aus der er sich gerade mit einem Lächeln der Vorfreude bediente.

Bayrou stellte sich und Lagarde vor. »Wir haben ein paar Fragen an Sie.«

Der Arzt wies auf zwei Stühle ihm gegenüber. »Wenn es nicht zu lange dauert – ich habe in zehn Minuten den nächsten Termin. Worum geht es denn?«

Er lehnte sich zurück, verschränkte die Arme und bedachte sie mit einem gemütlichen Lächeln. »Mein Assistent erzählte, dass Sie sich erkundigt haben, ob ich Kinder und Jugendliche aus Saint-André behandle. Das ist der Fall, schon seit vielen Jahren.«

Lagarde ergriff das Wort. »Wir kommen wegen der Skelette, die in der Abtei von Beauport gefunden wurden. Sie haben davon gehört?«

»Aber ja, meine Schwester spricht von nichts anderem mehr.«

»Zwischen 2015 bis 2017 sind vier Mädchen aus dem Heim verschwunden und nie wieder aufgetaucht.«

Der Arzt nickte betrübt. »Ich weiß, eine schreckliche Geschichte.«

»Verschiedene Anhaltspunkte deuten darauf hin, dass es sich bei den Funden in der Abbaye um die Skelette dieser Mädchen handelt.«

Anglade machte einen bestürzten Eindruck. »*Mon Dieu!* Was kann ich dabei tun?«

»Die Identität eines Skeletts können wir durch eine Haaranalyse feststellen. Bei den anderen fehlt uns ein

Vergleichsobjekt. Deshalb dachten wir an Röntgenaufnahmen der Gebisse.«

»Ich verstehe.« Er begann auf seiner Computertastatur zu tippen. »Wie waren die Namen?«

»Joséphine Betancour, Bernadette Hache und Mélissa Ronné«, antwortete Bayrou.

Der Arzt suchte eine Weile und nickte dann. »Ich habe Röntgenaufnahmen von den drei Mädchen. Wohin sollen wir sie schicken?«

Bayrou schrieb ihm die E-Mail-Adresse des Labors in Lannion auf. Der Arzt bedankte sich. »Mein Assistent wird sich sofort darum kümmern.«

Lagarde hatte noch eine Frage. »Behandelt Ihre Schwester die Heimbewohner ebenfalls?«

»Ja, das tut sie.«

»Können wir mit ihr sprechen?«

»Einen Moment.« Er griff nach dem Telefonhörer und wählte eine Nummer. »Hélène, zwei Kommissare von der *police judiciaire* Tréguier möchten dich sprechen.« Er erklärte ihr, worum es ging, und wandte sich dann wieder Lagarde und Bayrou zu. »Sie ist in ihrem Büro. Den Gang entlang, die letzte Tür auf der rechten Seite.«

Als die beiden Kommissare eintraten, stand Doktor Hélène Anglade am Fenster und sah hinaus auf den Platz. Sie drehte sich um, begrüßte sie und bat sie, Platz zu nehmen. Sie war eine hagere Frau mit halblangen grauen Haaren und wachen Augen. Ihre Miene drückte

Bestürzung aus. »Mein Bruder sagte mir, dass es sich bei den Funden in der Abbaye um die vier verschwundenen Mädchen handeln könnte?«

Lagarde nickte. »Oui, Madame le Docteur.«

»Ich kann mich gut an sie erinnern. Sie waren so fröhlich und unbeschwert, ein bisschen unbedarft vielleicht. Ich war damals sehr erschüttert, als ich hörte, dass sie verschwunden sind, und habe mir viele Gedanken gemacht. Aber wie kann ich Ihnen denn helfen?«

»Es geht um Knochenbrüche, die bei der rechtsmedizinischen Untersuchung festgestellt wurden, ein linker Oberschenkelhalsbruch, eine gebrochene rechte Hüfte und eine rechte Schulter. Hatten die Mädchen irgendwelche alten Verletzungen dieser Art?«

Sie sah ihn verblüfft an. »Da brauche ich nicht in meine Unterlagen zu sehen. Keineswegs, sie hatten keine Brüche, das weiß ich genau. Hin und wieder eine Erkältung, eine Mandelentzündung, Ohrenschmerzen, Sportverletzungen, Prellungen oder verstauchte Knöchel. Nichts Gravierendes.« Nachdenklich fuhr sie sich durch den grauen Schopf. Hoffnungsvoll fügte sie hinzu: »Dann handelt es sich wohl nicht um Caroline, Joséphine, Bernadette und Mélissa, nicht wahr?«

»So einfach ist es leider nicht«, antwortete Lagarde. »Haben Sie vielen Dank für Ihre Auskünfte. *Au revoir*, Madame Anglade.«

Als sie das Zimmer verlassen hatten, starrte die Ärztin ihnen nach.

Nach den Befragungen der beiden Ärzte beschlossen die Ermittler, einen Mokka zu trinken, und fanden vor dem Café *Granit Rose* einen freien Tisch. Während sie auf ihre Getränke warteten, ließen sie die Blicke über das lebhafte Treiben schweifen und hingen ihren Gedanken nach. Lagarde empfand es als angenehm, dass man mit Bayrou auch schweigen konnte. Plötzlich erregten zwei Frauen, die die Bar-Tabac verließen, seine Aufmerksamkeit. Es waren Tina und eine junge Frau, die sich bei ihr eingehakt hatte und über das ganze Gesicht strahlte. Seine Nachbarin trug wieder ihr silberdurchwirktes Haarband und einen Kaftan, der orangerot schillerte. Sie lachte und sagte etwas zu ihrer Begleitung. Das Mädchen in der sandfarbenen Cargohose und dem weißen Hemd vollführte eine lebhafte Geste. Sie war eine grazile Schönheit mit hohen Wangenknochen, die ihr strohblondes Haar kinnlang trug. Lederbändchen schmückten ihre Handgelenke, und an den Ohren glänzten goldene Halbmonde in der Sonne. Tina schien seinen Blick zu bemerken, denn sie winkte ihm zu. Lagarde hob grüßend die Hand und lächelte. Nach ein paar Schritten bogen sie um die nächste Straßenecke.

Bayrou trank einen Schluck von seinem Mokka und packte einen Keks aus, der auf dem Unterteller lag.

»Jetzt können wir nur noch auf die Ergebnisse der Untersuchungen warten.«

Lagarde stimmte ihm zu. Sie konnten erst weitermachen, wenn sie wussten, ob es sich bei den Skeletten um die sterblichen Überreste der verschwundenen Mädchen handelte.

»Waren Sie schon einmal auf den Sept-Îles?«, fragte Bayrou.

»Nein, was ist das?«

»Ein Vogelparadies. Jede volle Stunde fährt vom Schiffsableger in Perros ein Motorboot dorthin. Haben Sie Lust auf einen kleinen Ausflug?«

»Warum nicht?«

Im Tourismusbüro kaufte Bayrou zwei Tickets, Mineralwasser und eine Tüte Croissants. Als sie sich auf dem Ableger in die Schlange einreihten, klingelte sein Handy. Er trat einen Schritt auf die Seite, nahm das Gespräch an und hörte zu. Schließlich bedankte er sich und informierte Lagarde mit leiser Stimme: »Es war das Labor. Der Teilabdruck auf der Innenseite des Medaillons konnte identifiziert werden. Er ist aber leider nicht im Polizeisystem registriert.«

Lagarde nickte. »Es wäre ja auch zu einfach gewesen. Der Abdruck könnte ebenso von Caroline Vernier oder ihrer Großmutter stammen. Wir müssen das überprüfen.«

Nachdem das Boot abgelegt hatte, erzählte einer der Skipper über Lautsprecher Wissenswertes über die unbewohnten Inseln, die ungefähr vier Kilometer vom Festland entfernt lagen. Bis Anfang des zwanzigsten Jahrhunderts war die Jagd auf Seevögel eine der Touristenattraktionen der Küste des rosa Granits gewesen.

1912 wurden die Inseln schließlich zum Naturreservat erklärt und beherbergten verschiedene Vogelarten und Brutpaare, die den Sommer dort verbrachten.

Die beiden Männer standen an der Reling, hielten sich wegen des rauen Seegangs am Geländer fest und ließen sich den Wind um die Nase wehen. Das glasklare Meer um sie herum zeigte Farbschattierungen von Türkis bis Ultramarinblau, die Gischttröpfchen waren eiskalt. Die Île Rouzic rückte immer näher, und Lagarde konnte die schroffen Felsformationen und die grüngraue Macchia erkennen. Auf einem Felsen im Wasser sonnte sich eine Kegelrobbe.

Das Motorboot legte an der Mole der Île aux Moines, der Mönchsinsel, an, und die Passagiere verließen das Schiff. Lagarde und Bayrou ließen sich ein wenig zurückfallen und erklommen den sandigen Weg, der an einem ehemaligen Franziskanerkloster und einer verfallenen Festung vorbei zum Leuchtturm führte. Dort oben war die Aussicht auf den Ärmelkanal, die Inseln und den Küstensaum überwältigend. Lagarde entdeckte am Ufer einen gewaltigen rosa Granitstein, der die Form eines Schildkrötenkopfes hatte.

Sie ließen sich gerade auf einer Mauer nieder, als sich Bayrous Handy erneut meldete. Nach dem Gespräch sah er Lagarde mit ernster Miene an.

»Wir haben drei Treffer. Die Röntgenaufnahmen von den Zähnen der Skelette stimmen mit denen der verschwundenen Mädchen überein.«

Lagarde rieb sich das Kinn.

»*Merde.* Jetzt haben wir Gewissheit: Jemand hat Joséphine, Bernadette und Mélissa in dieses Loch geworfen, ob lebendig oder tot.«

Kurz vor ihrer Ankunft in Perros-Guirec kam der dritte Anruf. Er verschaffte ihnen die grausame Gewissheit, dass es sich bei Skelett Nummer eins zweifelsfrei um Caroline Vernier handelte.

Auf dem Rückweg zur Wache in Tréguier beschlossen Lagarde und Bayrou, über den Weiler Kermaria zu fahren, um Madame Vernier die traurige Nachricht persönlich zu überbringen. Graue Wolken zogen auf und verdunkelten den Himmel, und Böen zerrten an den Ästen der Pappeln am Straßenrand. Der Nieselregen breitete einen grauen Schleier über die Landschaft.

Als sie an der Haustür des Mehrfamilienhauses klingelten, öffnete niemand. Martine Vernier war offenbar nicht zu Hause. Als sie zum Dienstwagen zurückgingen, näherte sich ein Bus und hielt an der Haltestelle am Fußballplatz. Eine einzige Person stieg aus. Es war Carolines Großmutter. Sie stellte ihre Taschen ab, um ihren Schirm aufzuspannen, doch der starke Wind stülpte ihn sofort um. Sie gab ihr Bemühen auf und ging auf das Wohnhaus zu. Ihr Gang war schleppend, als sei jeder Schritt eine Anstrengung. Erst kurz vor der Eingangstür sah sie auf und entdeckte die beiden Männer. Sie blieb wie angewurzelt stehen und starrte sie an.

Feuchte Haarsträhnen klebten an ihren Wangen. Auf ihrem Gesicht breitete sich Entsetzen aus.

»*Bonjour*, Madame Vernier«, begrüßte Lagarde sie. »Darf ich Ihnen die Taschen abnehmen? Ich schlage vor, wir begleiten Sie in Ihre Wohnung. Wir möchten mit Ihnen sprechen.«

Die alte Dame nickte nur.

In der Küche setzten sie sich um den Tisch. Madame Vernier sah Lagarde an.

»Was ist passiert?« Ihre Stimme war heiser.

»Wir müssen Ihnen leider eine schlimme Nachricht überbringen. Der DNA-Abgleich zwischen den Knochen aus der Abbaye und den Haaren von Carolines Bürste ist positiv ausgefallen. Es gibt keine Zweifel: Ihre Enkelin Caroline ist tot. Sie ist einem Verbrechen zum Opfer gefallen. Wir möchten Ihnen unser aufrichtiges Beileid aussprechen.«

Carolines Großmutter reagierte nicht, sondern fixierte einen unsichtbaren Punkt an der Wand. Bayrou stand auf, ließ Leitungswasser in ein Glas laufen und stellte es vor sie auf den Tisch. »Trinken Sie einen Schluck«, bat er sie.

Sie blickte ihn verwirrt an, als hätte sie ihn noch nie gesehen.

»Haben Sie eine Freundin, zu der wir Sie bringen können?«, erkundigte sich Lagarde.

Endlich zeigte sie eine Reaktion. »Das ist nicht nötig, *merci*. Ich habe eine liebe Nachbarin, zu der kann ich gehen, wenn ich das Bedürfnis nach Gesellschaft verspüre. Aber im Moment möchte ich lieber alleine sein. Würden Sie bitte gehen?«

Die Männer standen auf.

»Selbstverständlich«, sagte Lagarde und legte eine Visitenkarte auf den Tisch. »Rufen Sie mich gerne jederzeit an. *Au revoir*, Madame Vernier.«

Sie erhob sich mühsam und griff nach seiner Hand. »Ich bitte Sie, finden Sie den Mörder meiner Enkelin. Versprechen Sie es!«

Lagarde und Bayrou tauschten einen kurzen Blick.

»Wir werden ihn finden, Madame«, versicherte Lagarde. Es war ihm klar, dass er sich weit aus dem Fenster lehnte. »Ich verspreche es.«

Im Büro begannen sie Steckbriefe der Mädchen zu erstellen, um wichtige Informationen zu sammeln und zu bündeln. Bayrou heftete vier weiße Papierbögen an das Board und schrieb die Namen auf.

Caroline Vernier

- *Skelett Nummer eins*
- *leichte geistige Behinderung*
- *verschwand im Alter von siebzehn Jahren am 7. November 2017 am späten Nachmittag*
- *fuhr mit dem Bus von der Gastfamilie Moulin in*

Perros-Guirec zum Heim Saint-André und ist dort nie angekommen
- *linker Oberschenkelhals gebrochen*
- *blaue Augen*
- *erstes Glied des Ringfingers fehlt*
- *Todesursache: erwürgt oder erdrosselt*

Bayrou nahm eine Fotografie des Mädchens aus Commissaire Lias' Akten und heftete sie neben den Namen. Lagarde trank einen Schluck Milchkaffee und betrachtete sie aufmerksam. »Auf dem Foto sieht sie aus wie auf dem Bild mit der Geburtstagstorte, nur die Haare sind ein bisschen kürzer.«

Bayrou nickte. »Ja, sie war ein hübsches Mädchen.«

Er blätterte die Akten weiter durch und entnahm ihnen Ermittlungsdaten und Fotografien der drei anderen Mädchen. Lagarde half ihm dabei. Dann setzte er seine Arbeit am Whiteboard fort.

Joséphine Betancour

- *Skelett Nummer zwei*
- *leichte geistige Behinderung*
- *verschwand im Alter von fünfzehn Jahren am 12. Mai 2017 am frühen Abend*
- *Ihr Pflegevater Justin Garnier hat sie mit seinem Wagen von ihrem Wohnort Trégastel zum Heim*

Saint-André gefahren und vor dem Tor abgesetzt. Sie wollte an einer Gruppenveranstaltung teilnehmen. Seitdem hat sie niemand mehr gesehen.

- *rechte Hüfte gebrochen*
- *blaue Augen*
- *erstes Glied des Ringfingers fehlt*
- *Todesursache: erwürgt oder erdrosselt*

Die Fotografie, die er neben den Namen heftete, zeigte ein molliges Mädchen mit lockigen dunklen Haaren, das komplett schwarz gekleidet war. Sie hatte ein rundes Gesicht und sah mit großen Augen ernst in die Kamera. Auf Lagarde wirkte sie für ihr Alter noch ziemlich kindlich.

Bayrou schrieb weiter.

Bernadette Hache

- *Skelett Nummer drei*
- *leichte geistige Behinderung*
- *verschwand im Alter von einundzwanzig Jahren am 9. September 2016 am Nachmittag*
- *fuhr von ihrer Arbeitsstelle, einer Gärtnerei in Penvénan, mit dem Bus nach Saint-André und ist dort nicht angekommen*
- *rechte Schulter gebrochen*
- *braune Augen*

- *erstes Glied des Ringfingers fehlt*
- *Todesursache: erwürgt oder erdrosselt*

Auf dem Foto war eine dünne Frau mit kurzen aschblonden Haaren zu sehen. Ihr Lächeln wirkte gezwungen, das unscheinbare Gesicht war hager.

Mélissa Ronné

- *Skelett Nummer vier*
- *leichte geistige Behinderung*
- *verschwand im Alter von 19 Jahren am 7. Dezember 2015 am frühen Abend*
- *Ihre Adoptivmutter Nadja Dubois fuhr sie zur Eröffnung des Weihnachtsmarktes von Lannion nach Perros-Guirec, wo sie sich mit ihrer ehemaligen Wohngruppe bei der Musikbühne treffen wollte. Dort kam sie nie an.*
- *kein Bruch*
- *grüne Augen*
- *erstes Glied des Ringfingers fehlt*
- *Todesursache: erwürgt oder erdrosselt*

Von ihr gab es in der Akte eine Porträtfotografie, die ein lachendes Mädchen zeigte. Ihre schulterlangen kastanienbraunen Haare umrahmten ein herzförmiges Gesicht mit einer Stupsnase und einem Schmollmund.

Als sie alle Informationen an der Tafel gesammelt hatten, traten sie einige Schritte zurück und betrachteten ihr Werk. »Fällt Ihnen etwas auf?«, fragte Lagarde.

»Die Mädchen sind alle leicht geistig behindert«, fasste Bayrou zusammen.

»Die Altersspanne reicht von fünfzehn bis einundzwanzig Jahren. Zwei Mädchen haben den Bus genommen, die anderen beiden wurden gefahren.«

»Im Moment kann ich keine Auffälligkeiten erkennen«, antwortete Lagarde. »Wissen Sie, was der Unterschied zwischen einer Gastfamilie und einer Pflegefamilie ist?«

»Ja. Caroline hat im Heim gewohnt und die Gastfamilie Moulin besucht. Joséphine hingegen hat bei der Pflegefamilie gewohnt und wollte die Heimbewohner besuchen.«

»Okay. Bernadette wohnte im Heim, und Mélissa war adoptiert.«

»Genau.« Bayrou runzelte die Stirn. »War Caroline das letzte Opfer, das in die Kammer gebracht wurde?«

»Ich denke schon, sie lag am nächsten beim Loch.« Lagarde überlegte. »Das erste Opfer war Mélissa, neun Monate später Bernadette, acht Monate später Joséphine, sechs Monate später Caroline.«

»Die Abstände werden kürzer, bis der Täter vor zwei Jahren aufgehört hat.«

»Hat er das?«

Als Lagarde zu seinem Ferienhaus zurückfuhr, war es bereits dunkel. Er hatte das Autoradio eingeschaltet und sang ein Lied von Michel Sardou mit: »*Je vais t'aimer comme on ne t'a jamais aimée.*« Ich werde dich lieben, wie keiner dich jemals geliebt hat.

Es schüttete wie aus Kübeln, und die Scheibenwischer seines Renault Express schafften es kaum noch, der Wassermassen Herr zu werden. Böen zerrten an der Karosserie. Er hielt vor dem kleinen Supermarkt in Trévou, lief auf die Eingangstür zu und betrat das hell erleuchtete Geschäft. Die Frau an der Kasse begrüßte ihn freundlich.

Er nahm sich einen Einkaufskorb, ging durch die Regale und überlegte, was er sich zum Abendessen kochen könnte. Nach dem langen Arbeitstag war er hungrig. Sein Blick fiel auf die Gemüseauslage, auf der er frische braune Champignons entdeckte. Spontan beschloss er, ein Pilzomelette zuzubereiten und als Vorspeise grünen Salat mit Oliven und Ziegenkäse. Er hatte Glück und legte das letzte frische Baguette in seinen Korb.

Im Ferienhaus war es kalt, deshalb heizte er zunächst den Holzofen an. Dann holte er eine Flasche Kronenbourg aus dem Kühlschrank und telefonierte mit Odette. Sie erzählte von ihrem Tag, und er freute sich, dass es ihr gut ging. Es hatte eine kleine Auseinandersetzung zwischen ihr und ihrem genialen, mimosenhaften Chefkoch Jacques gegeben, aber das kam alle paar Tage vor. Inzwischen hatten sie sich wieder vertragen oder zumindest einen Waffenstillstand geschlossen. Er berichtete in groben Zügen vom Stand der Ermittlungen. Odette fand den Fall entsetzlich und hoffte, dass er den Täter bald überführen würde.

Nach dem Telefonat ließ er sich in einem Sessel nieder und schaute in die lodernden Flammen. Seine Gedanken kreisten um den Fall. Am meisten beschäftigte ihn die Frage, ob die Mädchen noch lebten, als der Täter sie in das Loch geworfen hatte. Dieses Vorgehen war an Grausamkeit kaum zu überbieten, und er fragte sich, welche Persönlichkeitsstruktur ein Mann haben musste, um so etwas zu tun, und was ihn antrieb. Lagarde war sich sicher, dass sie nach einem Mann suchten.

Gerade als er Eier, Milch und Kräuter in einer Porzellanschüssel verquirlte, klopfte jemand an die Glastür. Er drehte sich um und konnte nur einen Schatten erkennen. »Die Tür ist offen«, rief er, und herein kam Tina. In ihren dunklen Haaren glänzten Regentropfen. Diesmal trug sie eine Jeans und einen schilfgrünen Rollkragenpullover, der ihr gut stand.

»*Bonsoir*, Philippe, ich störe hoffentlich nicht?«

»Aber nein. Hängen Sie Ihre nasse Jacke an die Garderobe, und machen Sie es sich bequem. Ich koche gerade.«

Sie wollte ihre Stiefel ausziehen. »Bitte lassen Sie die Schuhe an. Haben Sie Lust, mit mir zu Abend zu essen? Ich finde, alleine schmeckt es nicht so gut.«

»Sehr gerne. Ich habe eine Flasche Burgunder mitgebracht, auf gute Nachbarschaft.«

»*Merci beaucoup.*«

Er holte Weingläser aus dem Küchenschrank, entkorkte geschickt die Flasche und schenkte ein.

»*A votre santé*, Tina. Ich mache noch die Vinaigrette für den Salat und decke den Tisch, dann kann es losgehen.«

»Es duftet köstlich.«

Als er fertig war, setzten sie sich an den Esstisch und genossen das einfache Mahl.

»Hatten Sie einen schönen Urlaubstag?«, erkundigte Tina sich. »Lassen Sie mich raten, Sie waren doch bestimmt auf den Sept-Îles?«

»Ja, das war ich, die Inseln sind wunderschön. Am besten haben mir die Robben gefallen. Allerdings mache ich keinen Urlaub, ich bin dienstlich hier.«

»Darf ich fragen, was Sie machen?«

»Ich bin Polizist und führe mit einem Kollegen Ermittlungen durch.«

»Die Knochenfunde in der Abbaye?«

»Ja, aber mehr darf ich dazu nicht sagen.«

»Das verstehe ich. Jeden Morgen, wenn ich beim Bäcker Croissants hole, reden die Leute darüber. Sie kennen kein anderes Thema mehr, abgesehen natürlich von der Politik unserer Regierung.«

Sie lachten und stießen an.

»Ich werde morgen mit meiner Tochter Zoë die Inselgruppe besichtigen. Wir wollen auf alle Fälle den Leuchtturm besteigen.«

»Ist das das Mädchen, das Sie heute begleitet hat?«

Sie strahlte. »Ja, sie ist sechzehn, und ich bin sehr stolz auf sie.« Dann verdunkelte sich ihre Miene. »Man hat sie mir weggenommen, als sie acht Jahre alt war. Ich war damals keine gute Mutter und hatte nur Partys, Drogen und Männer im Kopf, bis ich nach dem Tod meiner besten Freundin durch eine Überdosis auf einmal zur Besinnung kam. Jahrelang habe ich um mein Kind gekämpft. Ich habe eine Entziehungskur gemacht, eine Langzeittherapie durchgezogen und mir Arbeit gesucht. Mein Lebenswandel ist inzwischen tadellos.« Lagarde war erstaunt über ihre plötzliche Offenheit. »In ein paar Tagen ist es endlich so weit, Zoë darf Saint-André verlassen und nach Hause kommen. Ich habe eine hübsche kleine Wohnung in Saint-Brieuc gefunden und sie gemütlich für uns eingerichtet. Es müssen nur noch ein paar Formalitäten erledigt werden. Die Zeit bis zu unserer Abreise nutzen wir und unternehmen jeden Tag etwas Schönes. Vorgestern waren wir im *Aquarium Marin* in Trégastel, das müssen Sie sich unbedingt ansehen. Zoë war ganz aus dem Häuschen.«

Tina sah ihn ernst an.

»Zoë hat eine leichte geistige Behinderung und kann sich freuen wie ein Kind.«

Kurz darauf lächelte sie wieder. Ihre Lebensfreude war regelrecht ansteckend.

»Wir werden uns ein schönes Leben machen, meine Tochter und ich.«

»Das freut mich sehr für Sie, Tina. Wo ist sie jetzt? Sie hätte doch mit uns essen können.«

»Sie muss im Heim übernachten, ich habe sie zur vereinbarten Zeit dort abliefert.«

Nach dem Essen bot Lagarde Tina einen Calvados an. Sie tranken ihn im Salon und sahen den Flammen zu, die hinter der Glasscheibe schwefelgelb züngelten. Sie erhob ihr Glas, so dass die Flüssigkeit bernsteinfarben leuchtete.

»Ich hoffe, wir schaffen es.«

Lagarde stieß mit ihr an. »Sie werden es schaffen, Tina, davon bin ich fest überzeugt.«

Als er wieder allein war, schenkte er sich noch ein Glas Wein ein und starrte gedankenverloren ins Feuer. Schon wieder Saint-André, diese Einrichtung verfolgte ihn allmählich.

Es war schon spät am Abend, als der Mann mit seinem dunkelblauen Kombi durch den Weiler Kérity fuhr. Straßenlaternen warfen ihre gelben Lichtkegel auf den schmalen Bürgersteig und die Straße. Kein Mensch war zu sehen, und nur in einem Haus brannte noch Licht. Der Regen hatte nachgelassen, und der Wind war zur Ruhe gekommen. Beim ersten Kreisverkehr hinter der Ortschaft bog er nicht zum ausgewiesenen Parkplatz der Abbaye ab, sondern fuhr langsam auf einem Schotterweg geradeaus weiter, vorbei an der Kirchenruine bis zu der Mauer, die das Anwesen zur Seeseite hin begrenzte. Dort parkte er seinen Wagen hinter einem Maulbeergebüsch und stieg aus. Die Tür ließ er leise ins Schloss fallen. Aufmerksam sah er sich um. Die Abtei zeichnete sich in der Dunkelheit als Schatten ab. Nur ab und zu blitzte ein Stern durch die Wolkendecke. Kurz erhellte die Mondsichel den Ozean, dessen Wogen grollend auf das Ufer zurollten und sich brachen. Er liebte dieses archaische Geräusch. Er lauschte in die Dunkelheit, konnte nichts Ungewöhnliches hören. Er war alleine hier, da war er sich sicher. Nicht zum ersten Mal. Deshalb konnte er sich auch nachts auf dem Gelände zurechtfinden.

Langsam, mit lautlosen Schritten durchquerte er auf dem durchnässten Boden die Kirche bis zum ehemaligen Hauptportal, dann wandte er sich nach rechts und erreichte nach wenigen Metern den Kreuzgang. Er hob das Absperrband und schlüpfte hindurch. Jetzt stand er vor dem mit Brettern versperrten Eingang zu dem Raum mit dem Loch in der Erde, durch das man in die Kammer gelangte.

Durch eine Zeitungsmeldung hatte er von den Knochenfunden erfahren und beschlossen, sich vor Ort ein Bild von der Situation zu machen. Er musste einfach dorthin, die Anziehungskraft war magnetisch. Sein Gesicht versteinerte, und seine Augen funkelten. Unbändiger Zorn erfüllte ihn. Sie hatten das Grab seiner

Mädchen gefunden und geplündert, ihre heilige Ruhe gestört. Wie vermessen von dieser unfähigen Polizei!

Er erschrak, als er Schritte hörte, die rasch näher kamen. Der Kies knirschte. Schnell zwängte er sich hinter einen mannshohen Ginsterbusch, verharrte reglos und versuchte, leise und gleichmäßig zu atmen. Gleichzeitig holte er ein Klappmesser aus der Hosentasche und zog mit dem Daumennagel die scharfe Klinge aus der Scheide. Die Waffe hatte ihm bereits gute Dienste geleistet. Feixend dachte er an die Souvenirs in seinem Keller.

Ein Schemen tauchte im Eingang des Kreuzganges auf. Trotz der Dunkelheit konnte er erkennen, dass es eine Frau mit einem Zopf war.

»Ist hier jemand?«, rief sie. Dann kam sie mit entschlossenen Schritten auf ihn zu. Er hielt sein Messer fest in der Hand, bereit zuzustechen. Nur noch einen Meter, dann würde sie für ihre Neugierde bezahlen müssen. Kurz bevor sie ihn erreicht hatte, blieb sie stehen und sah sich um. Gleich darauf machte sie kopfschüttelnd kehrt und stapfte davon.

»Hier ist niemand«, sagte sie mit tadelnder Stimme zu sich selbst. »Seit der Geschichte mit den Skeletten siehst du Gespenster, Carole.«

Er wartete fünf Minuten, ehe er zu seinem Wagen schlich und davonfuhr.

SECHSTER TAG

SAINT-ANDRÉ

Die Kommissare hatten sich um neun Uhr auf der Wache in Tréguier verabredet. Als Lagarde Bayrous Büro betrat, zog der gerade ein Fax aus dem Gerät und überflog den Text. »Der Laborbericht ist da«, informierte er seinen Kollegen. »Der Fingerabdruck auf der Innenseite des Medaillons wurde mit den Spuren auf Carolines Haarbürste sowie mit Abdrücken ihrer Großmutter verglichen. Gendarmen haben sie noch gestern Abend im Rahmen der Amtshilfe abgenommen. Der Abdruck stammt weder von dem Mädchen noch von Martine Vernier.«

»Es könnte eine Spur sein, die der Täter hinterlassen hat«, vermutete Lagarde.

»Ja, das halte ich für sehr wahrscheinlich, im Moment hilft sie uns jedoch nicht weiter.«

Sie setzten sich an den Besprechungstisch. Der junge Kommissar schenkte Kaffee ein und nahm sich ein *pain au chocolat*. »Wir haben uns gestern Abend die Frage gestellt, ob der Täter tatsächlich vor zwei Jahren aufgehört hat, Mädchen zu entführen und sie zu töten.«

Lagarde nickte. »Normalerweise hört ein Serientäter nicht einfach auf, das wäre aufgrund seiner Psyche unüblich. Seine Sehnsüchte, Gedanken und Begierden treiben ihn an. Es muss einen Grund dafür geben. Eine schwere Erkrankung zum Beispiel oder einen Gefängnisaufenthalt.«

»Auf jeden Fall hat mir diese Frage keine Ruhe gelassen, und ich habe gestern Abend ein wenig recherchiert. Die Bretagne hat vier Départements, und in jedem Bezirk gibt es drei Heime für geistig behinderte Menschen, also insgesamt zwölf. Aus diesen Einrichtungen ist in den letzten zwei Jahren niemand verschwunden. Nur eine Frau, die in einem Heim in Lorient lebte, wurde vor etwa einem Jahr als vermisst gemeldet. Sie wollte spazieren gehen und kam nicht mehr zurück. Nach Tagen fand man sie tot in einem Wald. Bei der rechtsmedizinischen Untersuchung wurde festgestellt, dass sie eines natürlichen Todes gestorben war. Mehr habe ich auf die Schnelle nicht herausgefunden.«

Lagarde lächelte ihm anerkennend zu. »Gute Idee, es hätte ja durchaus sein können.«

Sein junger Kollege freute sich. »Wie gehen wir weiter vor?«

»Auf meiner Prioritätenliste steht Saint-André ganz oben.«

Bayrou grinste. »Auf meiner auch.«

Das Heim Saint-André stand auf der Nordseite des Hügels, auf dem sich Perros-Guirec ausbreitete. Man erreichte es über die Rue Maurice Denis. Unterhalb des stattlichen sandfarbenen Gebäudes mit den vielen kleinen quadratischen Fenstern erstreckte sich der Strand von Trestrignel. Im Sommer war er die ruhigere Alternative zum Hauptstrand, jetzt lag er verlassen im Regen. Nur zwei Möwen stolzierten auf das Meer zu, das sich weit zurückgezogen hatte.

Bayrou stellte den Dienstwagen auf dem Parkplatz vor dem Gebäude ab, und sie betraten den Hof durch ein offen stehendes Tor. Die Fläche war gepflastert und von Blumenrabatten durchsetzt. In der Mitte stand ein Pavillon aus Holz mit einem kegelförmigen Dach, der von einer Pinie beschirmt wurde. Darin saßen zwei Mädchen in dicken Jacken auf einer Bank und rauchten. Eine davon war Zoë Chevalier, die eine froschgrüne Bommelmütze trug und ihren Mund erdbeerrot geschminkt hatte. Sie lächelte die Männer an und zeigte eine Reihe ebenmäßiger Zähne.

»*Bonjour, Messieurs.* Kann ich Ihnen helfen?«

Lagarde nickte. »Wir möchten mit der Heimleitung sprechen, wo finden wir sie?«

Sie wies auf eine Glastür. »Gehen Sie durch den Haupteingang, den Flur geradeaus, die erste Tür auf der rechten Seite. Dort befindet sich das Büro von Madame Fernand.«

»*Merci, mademoiselle.*«

Die Mädchen kicherten.

Im Eingangsbereich öffnete sich nach links eine Küche, in der sich eine Gruppe junger Leute um einen

Tisch versammelt hatte. Sie trugen schneeweiße Kochschürzen und kneteten jeder eine Teigkugel. Es duftete nach Zimt und Vanille. Sie waren so konzentriert auf ihre Tätigkeit, dass sie die Besucher gar nicht wahrnahmen.

Lagarde klopfte an die Bürotür. Madame Fernand, eine attraktive Frau Mitte vierzig, saß an ihrem Schreibtisch, vor sich eine aufgeschlagene Akte. Sie blickte auf und sah sie fragend an.

»*Messieurs?* Kann ich etwas für Sie tun?«

Die Polizisten stellten sich vor und zeigten ihre Dienstausweise.

»Wir möchten mit Ihnen sprechen, es ist wichtig«, erklärte Lagarde. »Sie sind doch Madame Fernand?«

Die grauen Augen verdunkelten sich, und das offene Lächeln verschwand aus ihrem Gesicht. Nervös griff sie nach ihrer Halskette und drehte den blauen Stein zwischen den Fingern. Sie nickte.

»Ja, ich bin Madame Fernand. Die Mädchen«, fuhr sie mit leiser Stimme fort. »Es geht um die Mädchen, nicht wahr? Ich habe die schreckliche Nachricht heute Morgen im Radio gehört.«

Lagarde nickte. Die Pressemeldung war noch gestern am späten Abend rausgegangen, inzwischen hatten sich die spektakulären Informationen verbreitet und waren sicher Gesprächsstoff Nummer eins in der Region, wahrscheinlich sogar in ganz Frankreich geworden.

»Dürfen wir uns setzen?«

»Selbstverständlich. Entschuldigen Sie bitte meine Unhöflichkeit, aber ich bin total schockiert.« Sie wies auf zwei Stühle vor ihrem Schreibtisch. »Darf ich Ihnen einen Kaffee anbieten?«

Sie lehnten dankend ab. Lagarde übernahm die Gesprächsführung.

»Wir haben herausgefunden, dass die vier Mädchen, Mélissa Ronné, Bernadette Hache, Joséphine Betancour und Caroline Vernier, Opfer eines Gewaltverbrechens wurden und in einer unterirdischen Kammer in der Abbaye de Beauport versteckt worden sind.«

Ihr Teint wurde um eine Nuance blasser. »Es ist so furchtbar, ich kann es gar nicht fassen. Haben Sie schon einen Verdacht?«

»Nein, wir stehen erst am Anfang unserer Ermittlungen. Verbrechen aufzuklären, die Jahre zurückliegen, ist immer kompliziert. Die Menschen vergessen schnell, Zeugen sind nicht mehr aufzufinden, Spuren verlaufen sich im Sand.«

»Ich verstehe.«

»Wie lange leiten Sie dieses Heim schon?«

»Im Januar werden es zehn Jahre.«

»Sie haben also das Verschwinden der Mädchen miterlebt?«

Sie nickte traurig. »So ist es. Es ist der Alptraum jeder Heimleitung, wenn Bewohner oder ehemalige Schützlinge auf einmal verschwinden und niemand weiß, was passiert ist.«

»Wie haben Sie darauf reagiert?«

»Es war im Grunde jedes Mal mehr oder weniger der gleiche Ablauf. Bernadette und Caroline lebten in Saint-André. Als sie nicht nach Hause kamen, haben wir sie überall gesucht. Joséphine lebte in einer Pflegefamilie. Sie wollte uns besuchen und an der Probe unserer Band teilnehmen, so wie jede Woche. Sie spielte Bassgitarre. Am späten Abend rief ihr Pflegevater hier an, weil sie nicht heimgekommen war. Mélissa ist von einem Weihnachtsmarktbesuch, bei dem sie sich mit Jugendlichen aus dem Heim treffen wollte, nicht zu ihrer Adoptivfamilie zurückgekehrt. Die Adoptivmutter rief mitten in der Nacht hier an. Auch in ihrem Fall haben wir sofort eine Suchaktion gestartet.«

»Joséphine und Mélissa haben auch mal hier gelebt?«

»Ja, bei ihnen ist es gelungen, sie in Familien unterzubringen. Bei Bernadette und Caroline hat das leider nicht funktioniert.« Sie lächelte wehmütig. »Ihr Verhalten war manchmal … nun ja, wie soll ich sagen … sozial unverträglich. Manche Familien haben damit Probleme. Dabei waren die beiden Mädchen sehr liebenswert, nur eben etwas anders. Wir nennen das verhaltensoriginell.«

»Die Mädchen wurden also gesucht?«

»Ja, natürlich, überall. Doch wir konnten sie nicht finden. Deshalb haben wir die Polizei eingeschaltet und sie als vermisst gemeldet.«

»Was hat die Polizei unternommen, um sie zu finden?«

Sie runzelte die Stirn. »Meiner Ansicht nach viel zu wenig. Sie sind davon ausgegangen, dass die Mädchen ausgerissen sind und nicht gefunden werden wollten. Sie haben die Vermisstenanzeigen an alle Polizeidienststellen weitergeleitet, und das war es dann. Erst als Carolines Großmutter vor zwei Jahren an die Öffentlichkeit gegangen ist, wurde Commissaire Lias von der *police judiciaire* in Tréguier mit dem Fall betraut. Leider konnte auch er nichts herausfinden. Es war wie verhext, keine Spuren, keine Zeugen, keine Verdachtsmomente, nichts. Der Mann hat mir leidgetan, er hat wirklich alles unternommen, was in seiner Macht stand, doch vergeblich. Die Presse hat sich auf ihn gestürzt, der Druck der Öffentlichkeit war enorm. Er war öfter hier, und wir haben einen Kaffee zusammen getrunken, deshalb weiß ich das.«

»Dachten Sie auch, dass die Mädchen ausgerissen sind?«

»Nein, zu keinem Zeitpunkt. Schauen Sie, die Situation bei ihnen war vor ihrem Verschwinden folgendermaßen: Mélissa wurde adoptiert. Sie hat sich in der Familie wohlgefühlt. Bernadette hatte sich damit abgefunden, im Heim zu leben, und ging in ihrer Arbeit in der Gärtnerei auf. Sie war zufrieden. Joséphine hatte sich in der Pflegefamilie gut eingelebt und machte sich große Hoffnungen, ebenfalls adoptiert zu werden. Caroline wusste, dass die Gastfamilie sie wahrscheinlich nicht aufnehmen würde. Das machte ihr aber nichts aus, weil sie viel lieber mit ihrer Großmutter zusammenleben wollte.«

Sie sah ihn ernst an. »Alle vier Mädchen hatten keinen Grund wegzulaufen.«

»Sie hatten recht mit Ihrer Einschätzung«, sagte Bayrou.

»Ja, aber das hilft meinen Schützlingen nichts mehr. Jemand hat sie getötet. Wir werden in Saint-André einen Trauergottesdienst für unsere Jugendlichen abhalten, damit sie sich von den Mädchen verabschieden können. Unser Psychologe wird sich für Gespräche bereithalten.«

»Bevor die Mädchen verschwunden sind – ist Ihnen irgendetwas an ihrem Verhalten aufgefallen? Oder haben sie etwas erzählt über Vorkommnisse, die sie beunruhigt haben, Vorfälle, die ihnen Angst machten? Sonderbare Dinge, die geschehen sind?«

Sie schüttelte den Kopf. »Commissaire Lias hat mich das auch gefragt. Nein, ich wüsste nicht. Ich habe mir immer wieder den Kopf darüber zerbrochen, auch zusammen mit meinem Personal, aber mir fällt nichts ein.«

»Wir möchten gerne mit Ihrem Personal sprechen, ist das möglich?«

Sie sah auf ihre Armbanduhr. »In fünf Minuten findet unsere tägliche Teambesprechung statt. Kommen Sie bitte mit.« Sie stand auf und schlüpfte in ihr elegantes Kaschmirjackett. »Das Besprechungszimmer ist gleich nebenan.«

Der Raum, in den Madame Fernand sie führte, war gemütlich eingerichtet und erinnerte eher an das Esszimmer einer Studentenwohngemeinschaft als an einen Besprechungsraum. Die Wände waren sonnengelb gestrichen, an einer Seite standen Bücherregale, am Fenster Topfpflanzen. Auf eine Korkplatte neben der Tür waren Schnappschüsse, Zeichnungen und Veranstaltungsflyer geheftet. Mitten im Raum stand ein ausladender ovaler Holztisch, um den sich zehn Stühle gruppierten.

Die Heimleiterin stellte die Kommissare vor und bat sie, sich zu setzen. Dann wandte sie sich an das Team.

»Wie ihr wisst, wurden die sterblichen Überreste von Mélissa, Bernadette, Joséphine und Caroline in der Abbaye de Beauport gefunden. Die Mädchen sind einem Gewaltverbrechen zum Opfer gefallen. Monsieur Lagarde und Monsieur Bayrou ermitteln in dem Fall und wollen mit euch sprechen.«

Keiner sagte ein Wort. Madame Fernand nahm ebenfalls Platz und wandte sich an die Kommissare. »Das sind einige meiner pädagogischen Mitarbeiter.«

Sie wies auf eine junge schlanke Frau mit langen roten Haaren und einem blassen, unscheinbaren Gesicht, die eine mit Pailletten bestickte Weste trug und ein Tuch um den Hals geschlungen hatte. Ihr Blick war ausdruckslos. »Rosalie Colbert, Erzieherin. Neben ihr Natalie Amiral, Heilpädagogin.« Die Frau, die Lagarde auf etwa fünfzig Jahre schätzte, hatte graubraune Locken, die ein breitflächiges Gesicht mit rosigen Wangen umrahmten. Unter ihren Augen lagen Schatten. Den Rollkragen ihres Pullovers hatte sie bis zum Kinn hochgezogen und zupfte daran herum. Sie lächelte ihnen verhalten zu.

»Alain Braden, Sozialarbeiter und Vertrauenspädagoge. Für unsere Heimbewohner ist er der erste Ansprechpartner, wenn sie etwas auf dem Herzen haben.«

Der etwa fünfundsechzigjährige Mann mit den schütteren grauen Haaren und dem silbernen Ohrring nickte ihnen mit ernstem Gesichtsausdruck zu. Hinter seinem Ohr steckte eine selbstgedrehte Zigarette.

»Christian Dupont, Heilerziehungspfleger.« Von der Gruppe schien er der jüngste Kollege zu sein. Er fuhr sich hektisch durch den blonden Haarschopf. An seinem Handgelenk klimperte ein Bettelarmband.

Madame Fernand fuhr fort. »Unser Psychologe ist krank, und eine weitere Erzieherin ist im Urlaub. Das Stammpersonal arbeitet seit mindestens fünf Jahren hier, alle kannten die Mädchen.«

»Wie viele Menschen betreuen Sie in Ihrer Einrichtung?«, wollte Lagarde wissen.

»Wir haben fünf Gruppen mit jeweils zehn bis zwölf Personen, die von zwei pädagogischen Fachkräften betreut werden.«

»In welchem Alter sind die Heimbewohner?«

»Unsere Einrichtung bietet Plätze für Kinder, Jugendliche und junge Erwachsene. Unsere Bewohner sind zwischen zwölf und siebenundzwanzig Jahre alt.«

»Wie muss ich mir die Krankheitsbilder vorstellen? Welche Diagnosen haben die Bewohner?«

Die Frau runzelte die Stirn. »Das ist natürlich sehr komplex und lässt sich nicht in wenigen Worten darstellen. Zusammengefasst kann ich aber sagen, dass wir in unserer Einrichtung hauptsächlich junge Menschen mit einer leichten geistigen Behinderung betreuen, die in einigen Fällen mit einer psychischen Erkrankung einhergeht, zum Beispiel Borderline.«

Lagarde nickte. »Welches Personal haben Sie noch?«

»Pädagogische Hilfskräfte, Praktikanten, Küchenpersonal, Hauswirtschaftskräfte und einen Hausmeister. Bei diesem Personal ist die Fluktuation höher. Manche haben noch nicht hier gearbeitet, als die Mädchen verschwunden sind.«

»Ist nachts Betreuungspersonal im Haus?«

»Ja, wir haben einen Nachtdienst. Das ist unerlässlich, allein schon wegen der Aufsichtspflicht.«

Lagarde sah in die Runde. »Erinnern Sie sich an etwas, das uns weiterhelfen könnte? Lassen Sie sich ruhig Zeit.«

Alain Braden meldete sich zu Wort. »Das hat uns Commissaire Lias auch gefragt. Es ist schon so lange her, und wir haben die Verantwortung für fünfzig bis sechzig Kids. Einen Sack Flöhe zu hüten ist leichter, das können Sie mir glauben.«

»Vielleicht ist Ihnen danach noch etwas eingefallen, auch wenn es nur eine Kleinigkeit ist, die Ihnen unbedeutend erscheinen mag. In einer Mordermittlung ist alles wichtig.«

Natalie Amiral ließ von ihrem Kragen ab und ergriff das Wort.

»Nachdem ich von den Funden in der Abbaye gehört hatte, habe ich mir Gedanken gemacht, ob es sich um unsere Mädchen handeln könnte. Ich weiß nicht, ich hatte so ein ungutes Gefühl. Daraufhin habe ich meine alten Notizen herausgesucht. Wenn ich Dienst habe, dokumentiere ich jeden Tag, was ich mit den Mädchen gemacht habe und welche Besonderheiten es gab. Damit meine ich Verhaltensauffälligkeiten oder Entwicklungsfortschritte, Konflikte oder positives Verhalten.« Sie dachte kurz nach. »Dabei ist mir etwas aufgefallen. Es gab kurz vor ihrem Verschwinden mit allen vier Mädchen weniger Konflikte als üblich. Sie waren ausgeglichener, fröhlicher, gut gelaunt. Sie schminkten sich gerne, lackierten sich die Fingernägel, achteten mehr auf die Frisur und die Kleidung. Mir fiel außerdem auf, dass sie plötzlich Dinge besaßen, die ich vorher noch nie bei ihnen gesehen hatte. Neue Klamotten, Modeschmuck, teure Pralinen, CDs.«

»Haben Sie sie darauf angesprochen?«, hakte Lagarde nach und beugte sich interessiert vor.

»Ja, selbstverständlich. Sie haben gesagt, dass sie sich hin und wieder etwas Schönes von ihrem gesparten Taschengeld kaufen.«

»Haben Sie das geglaubt?«

»Ich hatte meine Zweifel. Aber es gibt immer wieder Phasen, in denen die Mädchen sich mit Begeisterung Modemagazine anschauen, sich daran orientieren und versuchen, den Models nachzueifern. Außerdem gibt es eine Taschengeldregelung, die jedoch häufig von den Familien umgangen wird.«

»Könnte es sein, dass jemand ihnen Geschenke gemacht hat?«

»Wenn ich jetzt darüber nachdenke, ja, das könnte durchaus sein.«

»Haben Sie eine Vorstellung, wer diese Person gewesen sein könnte?«

Nachdenklich schüttelte sie den Kopf. »Ich habe keine Ahnung.«

Rosalie Colbert fiel etwas ein. »In Christians Gruppe ist doch Marc, für den schwärmen alle Mädchen. Könnte er es gewesen sein?«

»Marc hat eine dissoziale Störung, ist introvertiert und hat nie Geld«, wandte der junge Erzieher ein. »Das Theater, das die Mädchen um ihn machen, ist ihm unangenehm und nervt ihn total.« Empört sah er in die Runde. »Ihr glaubt doch nicht, dass er der Täter ist?«

Alain winkte ab. »Niemals, zu so einem Verbrechen ist er nicht fähig. Außerdem hat er kein Auto und keinen Führerschein.«

Madame Fernand nickte. »Alain hat recht.«

»Wir möchten trotzdem mit ihm sprechen«, beharrte Lagarde. Es war ihm klar, dass der junge Mann nach der

Beschreibung der Pädagogen dem Täterprofil in keiner Weise entsprach, aber sie mussten ausschließen können, dass er derjenige war, der die Mädchen beschenkt hatte. Dann hätten sie möglicherweise einen ersten Hinweis auf den Täter, der versucht haben könnte, eine positive Bindung zu den Mädchen aufzubauen.

»Selbstverständlich können Sie mit ihm sprechen«, versicherte die Heimleiterin.

Es klopfte an der Tür, und Zoë steckte ihren Kopf durch den Spalt. »Maman ist da, wir fahren jetzt.«

»In Ordnung«, entgegnete Madame Fernand. »Ich wünsche euch beiden einen schönen Tag.«

Das Mädchen zeigte ein charmantes Lächeln. »Darf ich bei meiner Mutter übernachten?«

»Nein, du kennst die Regeln. Spätestens um zweiundzwanzig Uhr bist du wieder hier und meldest dich beim Nachtdienst.«

»Verdammt, was soll der Quatsch? In ein paar Tagen bin ich sowieso nicht mehr da.«

»Ich möchte nicht, dass du dich so ausdrückst. Achte bitte auf deinen Ton.«

Zoë rollte die Augen, zog den Kopf zurück und knallte die Tür hinter sich zu. Im Korridor hörte man einen wütenden Schrei: »Fucking Psychoknast!« Dann war es still.

Alain stand auf und wollte hinterher. Madame Fernand hielt ihn zurück.

»Lass sie, wenn du sie jetzt zur Rede stellst, gibt es

einen Riesenkrach. Das muss nicht sein. Rede später mit ihr, wenn sie sich beruhigt hat.«

»Ich finde, du bist zu nachsichtig, Léa.«

Madame Fernand hatte den Kommissaren einen Gruppenraum zur Verfügung gestellt, in dem sie ihre Befragungen ungestört durchführen konnten. Er befand sich im zweiten Stock auf der Nordseite des Gebäudes, und die Aussicht auf den Ärmelkanal und den Vogelarchipel war überwältigend. Regentropfen trommelten gegen die Fensterscheiben. In dem mintgrün gestrichenen Zimmer gab es Sofas und Sessel, auf denen bunte Decken und Kissen lagen. Auf einem Schachbrett waren die Figuren spielbereit aufgestellt.

Sie hatten beschlossen, dass der Heilerziehungspfleger Christian Dupont bei dem Gespräch mit Marc anwesend sein sollte. Wenn man ihn mit zwei fremden Männern alleine ließ, würde er eingeschüchtert reagieren und vermutlich keinen Ton sagen.

Marc saß in schwarzen Jogginghosen und einem T-Shirt neben Dupont auf einer Couch den Kommissaren gegenüber. Er starrte auf die Tischplatte und rieb sich unruhig die Hände. Bayrou konnte sich gut vorstellen, dass die Mädchen für ihn schwärmten. Der junge Mann mit den schwarzen Haaren, den großen dunklen Augen und langen Wimpern war zweifellos attraktiv. Nachdem sie sich vorgestellt hatten, begannen sie mit der Befragung.

»Können Sie sich an die ehemaligen Heimbewohnerinnen Mélissa, Bernadette, Joséphine und Caroline erinnern?«, wollte Bayrou wissen.

Marc vermied jeden Blickkontakt und fing an, mit den Fingern zu knacken.

»Beantworte bitte die Frage«, forderte sein Betreuer ihn mit sanfter Stimme auf. »Es ist wichtig, das weißt du. Wir haben darüber gesprochen.«

Marc nickte. »Okay. Natürlich kann ich mich erinnern. Es waren nette Mädchen. Christian hat mir erzählt, dass jemand sie getötet hat. Das tut mir sehr leid.« Seine Stimme war dunkel und melodisch. »Hoffentlich finden Sie den Schuldigen bald.«

»Haben Sie eine Idee, wer das getan hat?«

»Nein.«

»Ist Ihnen an den Mädchen etwas aufgefallen? Erinnern Sie sich an eine Beobachtung oder ein Gespräch?«

Marc lehnte sich zurück und starrte an die Decke. »Mélissa hat viel mit dem Hausmeister zusammengesteckt.«

»Wie meinen Sie das?«

»Ich meine, dass sie zusammengesteckt haben.«

Dupont sah ihn verblüfft an. »Mit Victor?«

»Ja.«

»Warum?«

»Ich weiß nicht.«

»Die anderen Mädchen auch?«, wollte Lagarde wissen.

»Nicht so oft wie Mélissa.«

»Sie haben keine Idee, was sie und Victor miteinander zu tun hatten?«

Sein Ton wurde ruppig. »Das habe ich doch gerade gesagt.«

»In Ordnung, Marc, ich glaube Ihnen. Ich habe noch eine wichtige Frage, okay?«

»Okay.« Sein Unmut war so schnell verflogen, wie er aufgekommen war.

»Haben Sie den Mädchen Geschenke gemacht? Schmuck, Pralinen?«

Er sah ihn überrascht an. »Ich?«

»Ja.«

»Nein, ich brauche mein Geld für mich selbst, das gebe ich nicht für Mädchen aus.«

»Wofür brauchen Sie Ihr Geld?«

»Für dies und das.«

»Geht es ein wenig genauer?«

»Ich spare auf ein neues Saxophon.«

»Er spielt in unserer Hausband«, erklärte Dupont. »Sie heißt *Les Rossignols*, die Nachtigallen.«

»Mélissa war die Frontsängerin, sie war total cool«, sagte Marc leise. »Bernadette hat auch schön gesungen, aber Méli hatte eine richtige Röhre.«

Lagarde lächelte. »Das kann ich mir gut vorstellen.«

Dann fiel ihm etwas ein. In dem Zimmer, das Caroline bei ihrer Großmutter bewohnte, hatte ein Keyboard gestanden. Er wandte sich erneut an Marc. »Hat Caroline auch in der Band mitgemacht?«

»Ja, sie konnte toll Keyboard spielen.«

Die Kommissare wechselten einen raschen Blick.

»Wer ist der Leiter der Band?«, wollte Lagarde von ihm wissen.

»Unser Psychologe.«

»Wie heißt er?«

»Richard Étienne.«

»Gut, das war es vorläufig. Wir bedanken uns bei Ihnen für das Gespräch. Wenn Ihnen noch etwas einfällt, melden Sie sich bitte bei uns.«

»Kann ich auch mit Christian sprechen?«

»Selbstverständlich, wie Sie wollen.«

Nachdem Marc und sein Betreuer den Raum verlassen hatten, kam Natalie Amiral in Begleitung von zwei jungen Frauen herein. Sie setzten sich.

»Das sind Denise und Annie. Sie waren mit Mélissa, Bernadette, Joséphine und Caroline in einer Wohngruppe.«

Die Heilpädagogin lächelte die Frauen aufmunternd an. »Denise ist sechsundzwanzig Jahre alt und wohnt seit acht Jahren hier. Annie ist dreiundzwanzig Jahre alt und seit sechs Jahren bei uns.«

»*Merci*, Madame Amiral«, sagte Lagarde. Dann wandte er sich den Frauen zu, die beide etwas übergewichtig waren und weite Kleidung trugen.

»Sie wissen, was passiert ist, nicht wahr?«

Denise blies ihren Kaugummi zu einem Ballon auf

und ließ ihn schließlich platzen, dabei starrte sie Lagarde unverwandt an.

»Nimm bitte den Kaugummi aus dem Mund!«, forderte die Heilpädagogin sie mit strenger Stimme auf. »Das ist ein offizielles Gespräch und kein Kaffeeklatsch.«

Unbeeindruckt spuckte Denise ihn in ein Taschentuch und ließ es in der Hosentasche verschwinden.

»Beantwortet bitte die Fragen der Kommissare.«

»Ja«, entgegnete Denise. »Wir wissen, was passiert ist. Die vier Mädchen wurden getötet, und Sie suchen ihren Mörder.«

»So ist es«, bestätigte Lagarde. »Spielen Sie auch in der Band *Les Rossignols* mit?«

Annie blies die Backen auf und fixierte ihn mit wasserblauen Knopfaugen. »Nein, wir wollten gerne mitmachen, als Background-Sängerinnen. Deshalb haben wir mit Monsieur Etienne gesprochen.«

Aus ihrer Stimme klang Empörung. »Er hat uns mit der Begründung abgewiesen, wir seien völlig talentfrei. Er hat uns nicht einmal vorsingen lassen.«

Denise fuchtelte mit den Händen und unterbrach sie. »Das wissen doch alle, dass er nur hübsche schlanke Mädchen in seine Band aufnimmt. Unfair ist das. Ich wollte mit Monsieur Braden darüber sprechen, doch er hat mir überhaupt nicht zugehört.«

Lagarde wechselte das Thema. »Können Sie sich an etwas erinnern, das wichtig für die Aufklärung des Falles sein könnte? Zum Beispiel, ob jemand den Mädchen Geschenke machte oder sie sich mit jemandem trafen? Gab es ein Geheimnis?«

»Mit einem Mann?«, wollte Annie wissen.

»Ja, es kann durchaus ein Mann gewesen sein.«

Ein anzügliches Lächeln überzog ihr Gesicht. »Bernadette hat oft damit geprahlt, dass sie ein Verhältnis mit einem älteren Mann habe.«

»Hat sie einen Namen genannt?«

»Nein, ich glaube, sie hat ihn erfunden, um sich wichtig zu machen.«

»Sie haben also keine Idee, wer dieser Mann gewesen sein könnte?«

»Nein.« Sie kratzte sich am Kopf. »Keine Ahnung.«

Denise ergriff das Wort. »Caroline hat manchmal vom Sohn ihrer Gastfamilie erzählt, er heißt Claude. Regelrecht geschwärmt hat sie von ihm. Ich glaube, sie war in ihn verknallt.« Unvermittelt brach sie in lautes Gelächter aus. Bayrou fuhr zusammen. Schnell stellte er die nächste Frage. »Mélissa soll häufig Kontakt zum Hausmeister gehabt haben, wissen Sie etwas darüber?«

Beide schüttelten den Kopf.

»Fällt Ihnen zu Joséphine etwas ein?«

Annie lächelte versonnen, und Bayrou hatte zum ersten Mal in diesem Gespräch den Eindruck, dass sie Empathie zeigte.

»Josephine? Unser Nesthäkchen! Das war eine ganz Süße. Sie müssen ihren Mörder finden.«

»Wir tun, was wir können, Annie. Danke für Ihre Auskünfte. Ihre Betreuerin hat unsere Kontaktdaten, falls Ihnen beiden noch etwas einfällt.«

Als die drei Frauen den Raum verlassen hatten, sahen Lagarde und Bayrou sich an.

»Viel haben wir ja nicht gerade herausgefunden«, bedauerte Bayrou. »Seit den Verbrechen ist viel Zeit vergangen.«

»Den einen oder anderen Hinweis haben wir schon erhalten. Jetzt müssen wir die Hintergründe und den Wahrheitsgehalt der Aussagen überprüfen.«

»Wissen Sie, welche Frage mir nicht aus dem Kopf geht, Philippe?«

»Welche Frage?«

»Warum sind ausgerechnet aus diesem Heim vier Mädchen verschwunden und aus keinem anderen?«

»Dafür gibt es nur eine Erklärung: Der Täter muss einen Bezug zu dem Haus oder der Gegend haben.«

Die Polizisten fanden den Hausmeister Victor Lanlaire in seiner Werkstatt, die sich im Keller der Einrichtung befand. Die Tür stand offen, und Lagarde klopfte mit der Faust gegen den Rahmen.

»*Bonjour*, Monsieur Lanlaire, *police judiciaire*, wir wollen mit Ihnen sprechen.«

Der korpulente Mann im grauen Arbeitsoverall, der an seiner Werkbank arbeitete, drehte sich erschrocken um. In seiner großen Hand hielt er einen Schraubenschlüssel, der darin wie ein Kinderspielzeug wirkte. »Polizei? Was wollen Sie von mir?«

»Wir haben ein paar Fragen.«

Er legte das Werkzeug ab und rieb sich mit einem Tuch den Schmutz von den Händen, dann zeigte er auf einen klobigen Holztisch, der direkt unter einer gleißend hellen Neonröhre stand. Die Oberfläche wies Kratzer und Schnitte auf. Darauf reihten sich Spraydosen, Silikonspritzen, Ölkannen und andere Arbeitsmaterialien. Auf einer freigeräumten Ecke standen auf einem Häkeldeckchen ein Samowar und Teegläser sowie eine Dose mit Kandiszucker.

»Setzen Sie sich. Wollen wir einen Tee zusammen trinken?«

»Gerne«, sagte Bayrou.

Monsieur Lanlaire schenkte ein und setzte sich ebenfalls an den Tisch. »Das ist guter russischer Schwarztee«, erklärte er mit sonorer Stimme. Seine bergseeblauen Augen blitzten auf. »Kein Teebeutelaufguss.«

Auffällig waren seine kantigen Gesichtszüge und die zur Seite gekämmten schütteren Haare.

»Wir ermitteln im Fall der vier verschwundenen Mädchen, die hier in der Einrichtung gelebt haben«, erklärte Lagarde. »Wir haben sie gefunden und wissen jetzt, dass sie getötet wurden.«

Er nickte, über sein Gesicht fiel ein Schatten der Trauer. »Ich weiß. Alle hier wissen es.« Auf seiner Stirn bildeten sich Schweißperlen. »Ich habe für sie gebetet, damit ihnen kein Leid geschieht, aber Gott hat mich nicht erhört.«

Er schlug ein Kreuz.

»Sie kannten die Mädchen, Monsieur Lanlaire?«

»Ja, ich kannte sie. Wissen Sie, ich arbeite schon neun Jahre hier. Es ist eine gute Arbeit. Die Chefin, Madame Fernand, ist sehr nett und hat immer ein offenes Ohr für ihre Angestellten.« Ein breites Lächeln erschien auf seinem Gesicht. »Ich warte ihr Fahrrad regelmäßig, in dieser Hinsicht ist sie ein bisschen ungeschickt.« Sofort nahm er sie in Schutz. »Schließlich muss sie ein Heim leiten, das ist sehr viel Arbeit.«

Lagarde führte ihn zum Thema zurück. »Wie gut kannten Sie die Mädchen?«

Der Mann sah ihn misstrauisch an. »So wie alle Jugendlichen hier, ich sah sie ab und zu, wie die anderen auch.« Er schob sich eine Haarsträhne aus dem Gesicht. »Das sind nette Mädchen und Jungs, aber es kommt oft vor, dass etwas kaputtgeht. Das ist keine Absicht von ihnen, aber Sie würden nicht glauben, wie viele verstopfte Abflüsse ich schon in Ordnung gebracht habe.«

Lagarde fuhr unbeirrt fort. »Kann es sein, dass Sie Mélissa besonders gut kannten?«

Lanlaire fuhr hoch. Sein Gesicht färbte sich feuerrot. »Wie kommen Sie darauf? Wer sagt so etwas? Das stimmt nicht!«

Tief atmete er durch. »Sie verdächtigen doch nicht etwa mich? Ich bin ein redlicher Mann.«

»Bitte beruhigen Sie sich, Monsieur Lanlaire. Niemand verdächtigt Sie. Das sind reine Routinefragen.«

Der Mann entspannte sich ein wenig.

»Uns liegt eine Zeugenaussage vor, dass Sie und Mélissa häufiger zusammen waren. Was war der Grund dafür?«

Er nahm einen Schluck Tee aus dem filigranen Glas, das beinahe in seiner Hand verschwand.

»Also gut, ich erzähle Ihnen, wie es war. Es war eine harmlose Sache. Mélissa besuchte zwar die Förderschule, aber sie war handwerklich erstaunlich begabt. Sie liebte diese Arbeiten. Deshalb hat sie mich gefragt, ob sie ab und zu helfen dürfe. Ich hatte nichts dagegen. Wir beide haben gut zusammengearbeitet, es hat Spaß gemacht. Sie war so wissbegierig, und ich habe ihr alles erklärt. Sie konnte zum Beispiel ein undichtes Abflussrohr auswechseln, und die kaputten Räder der Jugendlichen hat sie alleine repariert. Wir waren ein tolles Team. Das Mädchen konnte richtig zupacken, und es machte ihr nichts aus, sich die Hände schmutzig zu machen.«

»Wusste die Heimleitung davon?«, fragte Bayrou.

Der Hausmeister schüttelte den Kopf. »Nein, Méli wollte das nicht. Wir haben auch nichts Verbotenes getan. Einmal hat Madame Fernand uns im Hof gesehen, als wir die defekte Gangschaltung von Marcs Mountainbike reparierten. Achtzehn Gänge, das ist kompliziert. Sie hat sich gefreut und uns gelobt.«

Bayrous Stimme wurde eine Nuance schärfer. »Was wollte sie dafür von Ihnen? Oder andersherum: Was haben Sie dafür verlangt, dass sie Ihnen helfen durfte?«

Es dauerte Sekunden, bis der Mann die Frage verstand. Dann sprang er abrupt auf, und sein Stuhl fiel krachend zu Boden. Seine Augen funkelten wütend.

»Was wollen Sie mir unterstellen? Ich habe das Mädchen nie angerührt, so etwas würde ich niemals tun! Ich habe eine Frau und fünf Kinder, davon drei Mädchen. Méli und ich waren wie Kumpels, sie hat mir vertraut.«

»Setzen Sie sich bitte wieder hin«, forderte Bayrou ihn auf. Der Hausmeister packte den Stuhl, stellte ihn polternd auf und ließ sich schnaufend darauf nieder.

Lagarde sah ihm direkt in die Augen und wiederholte die Frage. »Was wollte sie von Ihnen?«

»Das ist ein Geheimnis zwischen ihr und mir.«

»Monsieur Lanlaire, dies ist eine Mordermittlung, da gibt es keine Geheimnisse mehr. Beantworten Sie meine Frage!«

Er seufzte. »Sie haben ja recht. Méli ist tot. Sie wollte nichts sehnlicher auf der Welt, als von der Familie Dubois adoptiert zu werden. Ich glaube, dafür hätte sie alles getan. Deshalb hat sie darüber nachgedacht, wie sie die Familie für sich einnehmen könnte. Sie hat herausgefunden, dass Monsieur Dubois ein leidenschaftlicher Schachspieler ist, und bat mich, ihr das Spiel beizubringen, damit sie ihn beeindrucken kann.« Er klopfte sich mit beiden Fäusten auf die breite Brust und lächelte etwas wehmütig. »Ich bin Russe. Russen können gut Schach spielen. Méli war gar nicht schlecht.«

Er schenkte für alle Tee ein und bediente sich großzügig mit dem Kandiszucker. Dann erzählte er weiter. »Madame Dubois ist in Russland geboren, so wie ich, und hat Monsieur Dubois bei einem Urlaub auf der Krim kennengelernt. Sie spricht sehr gut Französisch, hat aber Sehnsucht nach ihrer Muttersprache. Kurz und gut, ich habe Méli etwas Russisch beigebracht, Grundkenntnisse und ein wenig Schreiben. Madame Dubois war entzückt.«

Er lehnte sich zurück und verschränkte die Arme. »Méli wurde schließlich wirklich adoptiert, ihr Traum ging in Erfüllung. Doch bald darauf wurde sie entführt, und jetzt ist sie tot, das arme Mädchen.« Verstohlen wischte er sich eine Träne aus dem Augenwinkel.

Nach der Befragung des Hausmeisters wollten sich Lagarde und Bayrou bei Madame Fernand für ihre Unterstützung bedanken und sich von ihr verabschieden, doch sie war nicht in ihrem Büro. Als sie auf den Hof traten, sahen sie, dass die Heimleiterin zusammen mit einem Mann vor einem weißen Kleinbus stand und sich mit ihm unterhielt. Auf der Schiebetür prangte ein azurblauer Schriftzug: *Tours Bretons*.

Als Madame Fernand sie entdeckte, winkte sie die Männer zu sich heran.

»Darf ich Ihnen unseren Busfahrer vorstellen? Émile Losier. Émile, das sind die beiden Polizisten, die den Fall der getöteten Mädchen bearbeiten.«

Der kräftige Mann nickte ihnen zu und zeigte ein sympathisches Lächeln. Lagarde schätzte ihn auf fünfundvierzig Jahre. Er trug eine dunkelblaue Dienstuniform, dazu eine farblich passende, korrekt sitzende Krawatte und schwarze Lederschuhe.

»Bonjour, messieurs.« Seine Stimme war für einen Mann auffällig hoch.

»Wie meinen Sie das, unser Busfahrer?«, fragte Lagarde. »Ist er ein Angestellter von Ihnen?«

Madame Fernand lächelte. »Nein, das Busunternehmen *Tours Bretons* arbeitet für uns. Wir brauchen ständig Kleinbusse, die unsere Bewohner transportieren. In die Förderschule, zur Arbeitstherapie, zum Arbeitsplatz, zu Ärzten und so weiter. Wir hatten zuerst eigenes Personal, aber es gab bei Krankheitsausfällen und Urlauben immer Probleme, alle Fahrten abzudecken. Deshalb haben wir diese Aufgaben nach außen verlagert. Seitdem klappt alles gut, wir sind sehr zufrieden. Émile ist ein umsichtiger Fahrer und kann gut mit unseren Bewohnern umgehen. Wenn er Dienst hat, fährt meistens er für uns.« Sie nickte dem Mann freundlich zu. »Wir sind sehr zufrieden mit ihm.«

Er deutete eine kleine Verbeugung an, und seine Augen strahlten vor Freude über das Lob. »*Merci*, Madame Fernand. Es ist mir eine Ehre, für Sie zu arbeiten.«

»Dürfen wir Ihnen ein paar Fragen stellen, Monsieur Losier?«, erkundigte sich Lagarde.

»Selbstverständlich, Monsieur le Commissaire.«

»Wie lange arbeiten Sie schon als Fahrer für das Heim?«

»Seit sieben Jahren.«

»Arbeiten Sie auch für andere Einrichtungen?«

»Kaum, hier gibt es viel zu tun.«

»Sie haben die Mädchen also gekannt?«

»Ja, das ist richtig.«

»Sie haben sie auch gefahren?«

»Ja, ich fahre alle Bewohner.«

»Kannten Sie sie näher?«

»Wir haben manchmal ein Schwätzchen im Bus gehalten, das war alles. Schließlich ist es meine Aufgabe, die Passagiere sicher zu transportieren.«

»Hatten Sie mit den Mädchen auch privaten Kontakt?«

»Nein, natürlich nicht.«

»Fiel Ihnen damals, bevor die Mädchen verschwunden sind, etwas auf, was Ihnen eigenartig vorkam? Jede Kleinigkeit zählt.«

»Das habe ich mich immer wieder gefragt, aber mir ist nichts eingefallen. Alles war wie immer.«

»Hat ein Mädchen etwas Seltsames erwähnt, das Ihnen zu denken gab?«

»Nein. Es tut mir wirklich leid, aber ich kann Ihnen nicht helfen.«

»Haben Sie jetzt einen Auftrag?«

»Ja, ich fahre eine Gruppe mit ihrem Erzieher ins Wellenbad.«

»*Merci*, Monsieur Losier.«

Lagarde wandte sich an Madame Fernand. »Wir machen uns wieder auf den Weg. Wenn wir noch Fragen haben, melden wir uns. *Au revoir.*«

»*Au revoir, messieurs.*«

Als er mit Bayrou zum Dienstwagen ging, dachte er darüber nach, wo er diesen Émile Losier schon einmal gesehen hatte. Dann fiel es ihm wieder ein. Es war im Grand Hotel gewesen, als er an seinem ersten Abend dort gegessen hatte. Losier war der Mann, der mit den anderen an der Bar in Streit geraten war.

Carolines Gastfamilie lebte in Perros-Guirec am Boulevard du Sémaphore. Von Saint-André aus waren es etwa drei Kilometer am Hauptstrand Trestraou entlang, vorbei an der Anlegestelle zu den Sept-Îles und weiter den Hügel hinauf Richtung Ploumanac'h. Dort oben standen zwischen Seekiefern elegante Villen mit parkähnlichen Gärten. Das Haus der Familie Moulin war weiß verputzt, die Türen und Fensterläden rot lackiert, auf dem Schieferdach saßen zwei Kamine. In einem Anbau befand sich ein Wintergarten, in dem Bananenstauden und Palmen wuchsen. Vom Gartentor aus konnte man durch die verglaste Seite eine Frau und einen Mann erkennen. Als die Frau sie entdeckte, stand sie auf und öffnete die Terrassentür. Groß und schlank, die dunkelblonden Haare hochgesteckt, stand sie in einem eleganten Kostüm im Türrahmen. »*Bonjour, messieurs*. Kann ich etwas für Sie tun?«

Bayrou hob seinen Dienstausweis. »*Bonjour*, *Madame*. Commissaire Bayrou.« Er wies mit dem Kopf auf seinen Kollegen. »Das ist Commissaire Lagarde. Wir möchten mit der Familie Moulin sprechen.«

»Ich bin Audrey Moulin. Kommen Sie bitte herein.«

Als sie im Wintergarten standen, stellte sie den jungen Mann vor, der auf dem Sofa saß. »Das ist Claude, mein Sohn. Mein Mann ist beruflich in Nantes.«

Claude, ein attraktiver junger Mann mit kurzen Haaren, der mit Jeans und Pullover bekleidet war, erhob sich und begrüßte sie per Handschlag. »*Bonjour*, nehmen Sie doch bitte Platz. Maman und ich trinken gerade Kaffee, darf ich Ihnen eine Tasse anbieten?«

Sie nahmen dankend an. Madame Moulin schenkte ein, dann sah sie die Polizisten fragend an. »Sie kommen wegen der Mädchen?«

Bayrou nickte mit ernster Miene. »Ja, Madame Moulin, der Fall wird neu aufgerollt, und wir haben ein paar Fragen an Sie und Ihren Sohn.«

»Selbstverständlich wollen wir Ihnen behilflich sein. Fragen Sie.«

»Bevor Caroline verschwand, hat sie im Heim gewohnt und Sie regelmäßig besucht. Ist das richtig?«

»Ja, wir waren ihre Gastfamilie.«

»Wie dürfen wir uns das genau vorstellen?«

»Sie hat unter der Woche in Saint-André gewohnt, und am Wochenende hat sie uns besucht.«

»Wie lange ging das schon?«

»Sie war fünfzehn Jahre alt, als sie das erste Mal zu uns kam. Wir wussten, dass sie schon vorher in Gastfamilien war, aber es hat nie funktioniert. Mein Mann und ich sowie unser Sohn Claude waren fest entschlossen, ihre Pflegefamilie zu werden, so dass sie ganz bei uns wohnen kann. Auch eine Adoption war angedacht. Wir haben uns Caroline als Claudes Schwester und als unsere Tochter gewünscht.«

»Wie ist es gelaufen?«

Sie runzelte die Stirn. »Nicht so einfach, wie wir uns das vorgestellt hatten. Caroline war einerseits ein reizendes Mädchen, andererseits konnte sie sehr schwierig sei. Das kam immer aus heiterem Himmel, als hätte man einen Schalter umgelegt.«

»Gab es irgendeinen Auslöser?«, wollte Lagarde wissen.

»Das ist schwer zu sagen. Manchmal waren es Kleinigkeiten, zum Beispiel unsere Regel, dass das Handy bei Tisch weggelegt und ausgeschaltet wird. Manchmal hat sie es, ohne zu protestieren, getan, manchmal weigerte sie sich, und es gab Streit. Sie wurde jedes Mal so wütend, dass ein ruhiges Gespräch mit ihr nicht mehr möglich war.«

Claude ergriff das Wort. »Meine Eltern haben sich

wirklich viel Mühe mit ihr gegeben. Sie waren geduldig und einfühlsam, dennoch ist Caroline hin und wieder total ausgerastet.«

Madame Moulin nickte. »Am schlimmsten war es, wenn sie den Eindruck hatte, dass wir Claude bevorzugen.«

Er lächelte. »Dabei war das keineswegs der Fall. Wenn sie da war, hat sich immer alles um sie gedreht. An ihr ist niemand vorbeigekommen. Sie hatte eine ungeheure Präsenz.«

»Mein Sohn war der Einzige, der sie beruhigen konnte«, fuhr die Frau fort. »Wenn sie anfing, um sich zu schlagen und Gegenstände durch den Raum zu schleudern, hat Claude sie in den Arm genommen und ist mit ihr trotz heftigen Widerstands in den Garten gegangen. Dabei hat er besänftigend auf sie eingeredet. Es hat immer funktioniert. Sie hat sich beruhigt, und die beiden haben mit dem Fußball gespielt und ihn an die Hauswand gekickt. Irgendwann hat sie wieder gelacht und war das sanftmütigste Mädchen der Welt.«

Sie seufzte. »Sosehr wir uns auch angestrengt haben, es ist fast an jedem Wochenende zu einer Szene gekommen.«

»War das der Grund, warum Sie Caroline nicht ganz bei sich aufnehmen wollten?«

»Wir haben uns viele Gedanken darüber gemacht, aber zu einer Entscheidung ist es nie gekommen. Caroline hat sich dazu entschlossen, an ihrem achtzehnten

Geburtstag zu ihrer Großmutter zu ziehen. Die beiden waren immer schon ein Herz und eine Seele.«

»Deshalb das Medaillon.«

»Ja, sie hat es immer getragen. Es war sehr wichtig für sie.«

»Eine junge Frau im Heim hat behauptet, dass Caroline in Claude verliebt gewesen sei. Können Sie das bestätigen?«

Mutter und Sohn wechselten einen überraschten Blick. »Nein, das war sie nicht«, sagte Claude. »Jedenfalls habe ich davon nichts bemerkt.«

»Sie waren wie Bruder und Schwester«, bestätigte Madame Moulin.

»Sicher?«

»Aber ja!«

»Hat Caroline in der Zeit vor ihrem Verschwinden etwas erzählt, das uns weiterhelfen könnte? War sie beunruhigt, hatte sie Angst? War sie anders als sonst?«

»Nein«, sagte Claude nach kurzem Nachdenken.

»An dem Tag, an dem sie verschwand, war sie da vorher bei Ihnen?«

»Ja«, bestätigte Madame Moulin.

»Ist an diesem Tag etwas Besonderes passiert?«

»Das kann man wohl sagen. Es war an einem Dienstagnachmittag. Sie kam nach der Schule zu uns. Wir hatten sie zum Kaffeetrinken eingeladen, weil mein Mann Geburtstag hatte. Auch andere Gäste waren anwesend. Was soll ich sagen? Sie ist wegen einer Kleinigkeit wütend geworden, und Claude hat mit ihr den Salon verlassen. Als sie sich beruhigt hatte, wollte sie, dass er sie ins Heim zurückbringt. Er hatte damals gerade den Führerschein gemacht und fragte meinen Mann, ob er sein Auto nehmen dürfe. Mein Mann war so verärgert über Carolines Benehmen, dass er sich weigerte, Claude den Autoschlüssel zu geben.« Sie rieb sich die Schläfen. »Hätten wir sie nur zurückgebracht, vielleicht wäre sie dann noch am Leben.«

Ihr Sohn legte liebevoll den Arm um sie. »Du darfst dir keine Vorwürfe machen, Maman. Niemand konnte ahnen, dass so etwas Schreckliches passieren würde.«

»Wie ist sie zurück nach Saint-André gekommen? Nach unseren Informationen mit dem Bus.«

»Ja«, bestätigte Claude. »Sie wollte nicht laufen, das Wetter war scheußlich an diesem Tag, es stürmte und schüttete wie aus Kübeln. Die öffentliche Buslinie fährt stündlich. Danach verliert sich ihre Spur.« Claude sah die Kommissare eindringlich an. »Ich habe Caroline wie eine Schwester geliebt. Es tut mir so leid, was ihr zugestoßen ist. Bitte finden Sie dieses Schwein.«

»Glauben Sie mir, wir tun, was wir können.«

»Wann findet die Beerdigung statt?«, erkundigte sich Madame Moulin.

»Wir sagen Ihnen Bescheid, wenn die Gerichtsmedizin sie freigegeben hat. Am besten wenden Sie sich dann an Carolines Großmutter.«

»Danke, ich wünsche Ihnen viel Erfolg.«

Als sie die Villa verließen, hatte die Dämmerung bereits eingesetzt, und Regentropfen funkelten im fahlen Schein der Straßenlaternen. Rasch liefen sie zum Auto und stiegen ein. Während Bayrou den Motor startete, fragte Lagarde: »Kennen Sie ein schönes Restaurant in der Nähe?«

»Gleich unten am Hauptstrand beim Thalassozentrum befindet sich das *Café La Terrasse*. Es ist bekannt für seine abwechslungsreiche regionale Küche. Lassen Sie uns doch gemeinsam zu Abend essen.«

Sie fanden direkt vor dem Lokal einen Parkplatz, anscheinend waren wegen des schlechten Wetters nur wenige Leute unterwegs. In dem schlicht eingerichteten Gastraum war es angenehm warm. Ein Kellner führte sie zu einem freien Tisch, reichte ihnen die Speisekarte und wies auf das Tagesmenu hin. Auf der Schiefertafel, die an der Wand lehnte, stand in Kreideschrift:

Gänseleberpastete auf Feldsalat
Entrecôte mit Pommes frites
Bretonische Käseplatte
Crème brûlée

Weinempfehlung:
ein roter Landwein aus den Corbières

Lagarde und Bayrou entschieden sich für das Tagesmenü und bestellten zum Wein eine Karaffe Wasser.

Während sie die Vorspeise genossen, unterhielten sie sich über die Situation von Heimkindern.

»Es ist sicher schwierig, wenn man keine Familie hat«, meinte Bayrou. »Caroline zum Beispiel wünschte sich eine neue Familie, doch es kam nie dazu.«

»Zumindest hatte sie zu ihrer Großmutter ein gutes Verhältnis, das hat ihr bestimmt Halt gegeben.«

»Ja, das stimmt. Ich kann mir vorstellen, dass Mädchen, die sich in einer solchen Lebenslage befinden, Menschen gegenüber zutraulicher sind, die ihnen Geschenke machen und freundlich mit ihnen umgehen. Sie werden als Individuum wahrgenommen, als etwas Besonderes und nicht als Teil einer Gruppe.«

»Es ist eine clevere Strategie, sich ihr Vertrauen zu erschleichen.«

»Sie könnten freiwillig mit ihrem Mörder mitgegangen sein.«

»Das würde bedeuten, dass sie ihn gekannt haben.«

»Also suchen wir keinen Fremden?«

»Nein.«

SIEBTER TAG

DER PSYCHOLOGE

Am nächsten Morgen zeigte sich das Wetter von seiner besten Seite. Es war ein milder, sonniger Herbsttag, ein laues Lüftchen wehte, und der hohe Himmel war rauchblau. Wie jeden Tag ging Lagarde zu Fuß zum Bäcker, um ein Baguette und süße Teilchen für sein Frühstück zu holen. Er reihte sich in die Schlange ein und beschloss, heute Rosinenschnecken zu kaufen. Sein Blick wanderte über die Schlagzeilen der Tageszeitungen und der Boulevardpresse, und er stutzte. Neugierig nahm er eine Zeitung aus dem Ständer und sah sich die Titelseite an. Darauf waren Fotografien von ihm und Bayrou abgebildet, die die halbe Seite füllten. Sie mussten bei der Pressekonferenz aufgenommen worden sein. Jacques-Pierre und er hatten nebeneinandergesessen, elegant gekleidet mit Jackett, weißem Hemd und Krawatte, vor sich die Mikrofone. Die Schlagzeile, die den Leser in fetten roten Lettern förmlich ansprang, lautete: *Sonderermittler aus der Normandie und Kommissar aus Tréguier rollen den Fall der verschwundenen Mädchen neu auf! Wird es ihnen gelingen, den Teufel von Beauport zu finden?*

Darunter waren Porträtfotos der vier Mädchen abgelichtet. Die Polizei hatte sie der Presse zur Verfügung gestellt und die Bevölkerung um Mithilfe gebeten.

Als Lagarde an der Reihe war, sah die Bäckerin auf und starrte ihn überrascht an.

»*Bonjour, Madame.*«

»Sie sind doch der Polizist in der Zeitung?«

Alle Köpfe drehten sich zu ihm um. Was blieb ihm anderes übrig?

»Ja, Madame.«

Sie strahlte über das ganze Gesicht. »So ein berühmter Mann in meiner Bäckerei!«

»Darf ich jetzt mein Frühstück kaufen? Wir haben wirklich viel zu tun.«

Ehrfürchtig nickte sie. »Selbstverständlich, Monsieur le Commissaire. Das verstehe ich doch. Wissen Sie, was? Ich packe Ihnen noch zwei Éclairs dazu, ganz frisch aus dem Backofen, mit Pistazien- und Himbeerhäubchen.«

»Das ist sehr freundlich von Ihnen, Madame. *Merci beaucoup!*«

Als er die Bäckerei verließ, bohrten sich ihre Blicke in seinen Rücken, und sie konnte es nicht fassen, dass ein so attraktiver Mann Polizist war. Alleine schon diese saphirblauen Augen!

Vor dem Laden stieß Lagarde beinahe mit Christine Chevalier zusammen. Sie lachte ihn an.

»*Bonjour*, Philippe. Ich will nur rasch ein Baguette kaufen, dann hole ich Zoë ab. Wir wollen in der Bucht von Port Blanc Kajak fahren. Sie freut sich schon so darauf.«

»Im November?«

»Aber ja. Wir ziehen Neoprenanzüge an.«

»Dann wünsche ich Ihnen einen schönen Tag.«

Kurz nach neun Uhr hatten sich Lagarde und Bayrou auf der Wache von Tréguier zusammengesetzt und tauschten sich über die Ergebnisse der gestrigen Befragungen aus. Bayrou, der noch nicht gefrühstückt hatte, nahm sich das Éclair mit dem Himbeertürmchen, probierte und lächelte selig.

»Ein Genuss, besser kann man es nicht machen.«

Dann konzentrierte er sich wieder auf seine handschriftlichen Notizen.

»Wollen wir mit Marc anfangen?«

Lagarde nickte. »Wir konnten uns zusätzlich zur Einschätzung der Pädagogen selbst ein Bild von ihm machen. Meiner Ansicht nach kommt er aufgrund seiner Beeinträchtigungen nicht als Täter infrage. Unser Täter ist organisiert, sehr gut sogar. Ich versuche, mir den Ablauf aufgrund der Fakten, die wir bisher gesammelt haben, vorzustellen. Er entführt die Mädchen, vielleicht gehen sie auch freiwillig mit ihm mit. Dann muss er sie irgendwo verstecken. Es muss ein sicheres Versteck sein, wo niemand ihn und seine Opfer findet. Schließlich kommt der Moment, in dem er beschließt, sie zu töten. Unbemerkt transportiert er sie zum Fundort. Dort entledigt er sich der vier Opfer, er wirft sie weg wie Abfall, immer an derselben Stelle, ohne dass ihn jemand sieht. Viermal der gleiche Ablauf, und niemand bemerkt etwas. Das deutet darauf hin, dass er keine Angst hat, kaltblütig ist und planvoll vorgeht. Außerdem muss er sich auf dem Gelände von Beauport gut auskennen.«

»Ein hypothetischer Gedanke«, warf Bayrou ein. »Was ist, wenn Marc einen Komplizen hatte?«

»Nein, nicht einmal als Helfershelfer kann ich ihn mir vorstellen. Außerdem erkenne ich kein Motiv.«

Bayrou nickte. »Sie haben wohl recht, das ergibt kein schlüssiges Bild.«

»Was ist mit Claude?«, überlegte Lagarde. »War Caroline in ihn verliebt?«

»Er streitet das ab, und seine Mutter behauptet, sie seien wie Bruder und Schwester gewesen.«

»Vielleicht ging es gar nicht um Liebe, sondern um Eifersucht.«

»Wie meinen Sie das?«

»Claude hat erzählt, dass Caroline immer im Mittelpunkt stand, wenn sie zu Besuch war. Es kann doch sein, dass er deswegen eifersüchtig auf sie war. Schließlich ist er der leibliche Sohn. Er musste immer zurückstecken, wenn sie da war, womöglich auch in ihrer Abwesenheit. Sicherlich redeten seine Eltern viel über ihr Gastkind.«

»Aber Claude wusste doch, dass sie mit achtzehn zu ihrer Großmutter ziehen würde. Damit wäre er sie so oder so losgeworden.«

»Hat ihm das zu lange gedauert?«

»Ich weiß nicht, reicht das für ein Motiv?«

»Es ist dünn, das stimmt. Was das Alibi betrifft, hätte er das Auto seines Vaters vielleicht unbemerkt benutzen können, um Caroline zu folgen. Und dann?« Er schüttelte den Kopf. »Das ergibt keinen Sinn. Wir suchen einen Mann, der ein Motiv hatte, alle vier Mädchen zu töten.«

Er schenkte sich Kaffee nach und fuhr fort. »Annie hat erzählt, dass Bernadette mit dem Verhältnis zu einem älteren Mann prahlte. Wir müssen herausfinden, wer dieser Mann war.«

»Wenn es ihn überhaupt gibt. Vielleicht ist er ein Phantom, eine Wunschvorstellung.«

»Ja.« Nachdenklich trank Lagarde einen Schluck Kaffee. »Dennoch kann ich mir gut vorstellen, dass es ihn gibt, diesen älteren Mann.«

Bayrou blätterte in seinen Notizen. »Da haben wir noch den Hausmeister, Victor Lanlaire. Ich habe in verschiedenen Polizeidatenbanken recherchiert und tatsächlich eine Akte über ihn gefunden. Vor zwölf Jahren war er in einer Hafenbar in Marseille in eine Schlägerei verwickelt. Dabei hat er seinen Kontrahenten mit einem Messer am Arm verletzt. Als die Polizei eintraf, wollte sich keiner zu den Vorfällen äußern, und so gab es weder eine Anzeige noch ein Strafverfahren.«

»Also gibt es auch keinen Eintrag im Führungszeugnis, und er konnte sich erfolgreich auf die Hausmeisterstelle im Heim bewerben. Ansonsten hätte er keine Chance gehabt. Gute Arbeit, Jacques-Pierre.«

»Was halten Sie von ihm?«

»Ich frage mich, was er und Mélissa wirklich miteinander zu tun hatten. Seine Darstellung ist eine schöne Geschichte, aber stimmt sie auch?«

»Wäre es vorstellbar, dass er mit Drogen dealt und die Heimbewohner damit versorgt? Mélissa hat ihm deshalb geholfen, um günstiger oder sogar kostenlos an den Stoff heranzukommen.«

»Das könnte sein, aber darauf gibt es bisher keinerlei Hinweise. Mit Spekulationen müssen wir vorsichtig sein.«

»Ich weiß, Philippe. Dennoch, mein Favorit ist der Psychologe von Saint-André, Richard Étienne.«

»Wie kommen Sie zu dieser Annahme?«

»Er kannte die vier Mädchen. Er konnte eine Beziehung zu ihnen aufbauen. Sie haben alle in seiner Band gespielt.«

»Welches Motiv sollte er haben?«

»Er hat sich in sie verliebt, sie missbraucht und schließlich getötet, damit es keine Zeugen gibt und keine ihn verraten kann.« Er nahm sich die letzte Rosinenschnecke.

»Der Mann hat seine Position und das Vertrauen der Mädchen ausgenutzt.«

»Hatten Sie schon Gelegenheit, seinen Hintergrund zu überprüfen?«

»Ja, gegen ihn liegt nichts vor, nicht einmal eine Ordnungswidrigkeit. Der Mann ist absolut sauber.«

»Das muss nichts heißen.« Lagarde spann den Faden weiter. »Er hätte leicht auch durch Geschenke eine Bindung zu den Mädchen herstellen können, behutsam, Schritt für Schritt. Der Bezug zum Heim versteht sich von selbst.«

Mit gerunzelter Stirn sah er auf seine Notizen und fasste das Täterprofil noch einmal zusammen.

»Wir suchen einen Mann, der organisiert ist, keine Angst hat, kaltblütig und planvoll vorgeht und der sich in Beauport auskennt.«

Ernst sah er seinen Kollegen an.

»Ist Ihnen klar, welche Persönlichkeit wir soeben entwickelt haben, Jacques-Pierre?«

»Ich denke schon. Wie suchen einen Mann, der psychopathische Züge aufweist.«

»Wir müssen mit dem Psychologen reden.«

Die Kommissare waren gerade dabei, ihre weitere Strategie festzulegen, als es an der Tür klopfte. Die diensthabende Polizistin steckte den Kopf durch den Spalt.

»Da ist eine Frau, Camille Seydoux, die Sie sprechen möchte. Es geht um Ihren aktuellen Fall.«

Bayrou wandte sich ihr zu. »Bringen Sie sie bitte herein.«

Die Polizistin betrat den Raum mit einer jungen Frau, die eine Lederjacke über ihrem geblümten Kleid trug und sich unsicher umsah. An der Hand führte sie einen kleinen pausbäckigen Jungen, der einen zerzausten Bären an seine Brust drückte. Lagarde und Bayrou begrüßten sie und baten sie, Platz zu nehmen. Sie setzte den Jungen auf ihren Schoß.

»Heute Morgen habe ich in der Tageszeitung die Fotos der vier Mädchen gesehen, die verschwunden waren.«

Lagarde nickte ihr aufmunternd zu. »Wir haben auf der Pressekonferenz die Bevölkerung darum gebeten, unsere Ermittlungen zu unterstützen.«

»Ich möchte der Polizei gerne helfen. Es ist so furchtbar, was geschehen ist. Vielleicht kann ich etwas zur Aufklärung beitragen. Ich weiß aber nicht, ob es wichtig ist.«

»Erzählen Sie einfach in Ruhe, worum es geht.«

»Es geht um das eine Mädchen, das mit dem lieben Gesicht und den schwarzen Locken.«

»Meinen Sie Joséphine Betancour?«

Sie nickte eifrig. »Genau, sie meine ich. Ich war damals mit meinem Sohn Nicolas in einer kleinen Bucht in der Nähe von Port Blanc. Er war gerade zwei Jahre alt, und ich bin gerne mit ihm an diesen Strand gegangen, weil das Wasser dort flach und ruhig ist und sich in der Sonne rasch erwärmt. Außerdem halten sich dort unter der Woche nur wenige Menschen auf. Während Nicolas spielte, konnte ich an Texten arbeiten. Ich bin Übersetzerin, müssen Sie wissen.« Liebevoll streichelte sie über den Kopf des Kleinen, der mit zwei verschiedenen Stimmen mit seinem Bären diskutierte.

»Dabei hatte ich natürlich die ganze Zeit ein Auge auf Nicolas und habe mit meinem Handy einige Fotos von ihm gemacht. Dann spazierten ein älterer Mann und Joséphine Betancour auf den Strand und suchten sich einen schattigen Platz unter einer Kiefer.«

»Haben Sie den Mann erkannt?«, wollte Bayrou wissen.

»Nein, ich hatte ihn noch nie zuvor gesehen.«

»Aber Sie sind sich sicher, dass seine Begleiterin Joséphine Betancour war?«

»Absolut.«

»Weshalb haben die beiden Ihre Aufmerksamkeit erregt?«

»Nun, zunächst dachte ich, es würde sich aufgrund des Altersunterschiedes um Vater und Tochter handeln. Aber so, wie er ihr beim Ausziehen ihres Kleides half und sie berührte, habe ich meine Meinung geändert. Auf diese Weise fasst ein Vater seine Tochter nicht an.«

»Wie hat er sie angefasst?«

»So wie man eine Geliebte berührt.«

»Können Sie den Mann beschreiben?«

»Ich habe ein Foto von ihm.«

»Sie haben ihn fotografiert?«

»Nein. Also ja, aber nicht absichtlich. Denken Sie bitte nicht, dass ich einfach so Bilder von fremden Leuten mache. Wie schon gesagt, ich habe meinen Sohn fotografiert, wie er über den Strand getappt ist, und dabei sind die beiden auf das Bild geraten. Ich hatte das Foto schon lange vergessen, aber die Ablichtung in der Zeitung hat mich an dieses Mädchen erinnert.«

»Dürfen wir das Bild sehen?«

»Selbstverständlich.« Sie wischte mehrfach über das Display ihres Smartphones, dann zeigte sie es den Kommissaren.

Im Vordergrund war der kleine Nicolas zu sehen, wie er mit seiner dicken Windel und einem Sonnenhut auf dem Kopf über den Sand wackelte, in der Hand den Henkel eines feuerwehrroten Plastikeimers. Dahinter, unter einem Baum, lag eine junge Frau in einem knappen schwarzen Bikini auf einer Decke, den Kopf auf die Hand gestützt, und sah auf das Meer hinaus. Die dunklen lockigen Haare hatte sie zu einem Knoten gebunden. Es handelte sich zweifelsfrei um Joséphine Betancour. Hinter ihr lag ein Mann auf der Seite, der den Arm um sie gelegt hatte und die Hand unter ihr Bikinioberteil schob. Er war mindestens dreißig Jahre älter als das Mädchen und hatte graumelierte Haare. Von seinem Körper konnte man nicht viel erkennen, nur, dass er schlank und braungebrannt war.

»Wann haben Sie diese Aufnahme gemacht?«, erkundigte sich Lagarde.

»Sehen Sie? Das Datum steht unten auf der linken Seite.«

Es war der 9. Mai 2017 gewesen. Um fünfzehn Uhr dreiundvierzig. Drei Tage vor Joséphines Verschwinden.

»Weshalb haben Sie sich nicht früher bei der Polizei gemeldet?«, wollte Bayrou wissen. »Ich meine, zu der Zeit, als das Mädchen verschwand?«

»Ich bin zwei Tage später mit Nicolas nach Sydney zu meiner Schwester geflogen. Sie stand kurz vor der Entbindung und wollte mich um sich haben. Ich habe von dem Verschwinden des Mädchens damals nichts mitbekommen.«

Lagarde reichte ihr seine Visitenkarte und bat sie, das Foto auf sein Handy zu senden. Schon kurz darauf war es angekommen.

»*Merci*, Madame Seydoux.«

»*De rien.*«

Die Kommissare tauschten einen Blick. »Wie finden wir auf die Schnelle heraus, wer dieser Mann ist?«, überlegte Lagarde.

»Ich habe eine Idee«, erwiderte Bayrou. »Einen Versuch ist es wert. Moment.«

Er tippte einen Begriff in ein Computerfeld ein, und kurz darauf erschien die Homepage von Saint-André. Daraufhin klickte er den Link an, der zu der Seite führte, auf der das Personal der Einrichtung in Porträtaufnahmen abgebildet war.

»Sehen Sie bitte, Madame?«

Langsam scrollte er von einer Fotografie zur nächsten. Die Zeugin betrachtete jedes Bild genau. Schließlich gelangte Bayrou zu einer Aufnahme, die einen gutaussehenden Mann mit einem schmalen Gesicht und graumelierten Haaren zeigte. Madame Seydoux wies mit dem Finger darauf.

»Das ist er. Er sieht genauso aus wie auf dem Foto, das ich gemacht habe.«

»Sieh mal an«, meinte Bayrou zufrieden. Bei dem Mann, auf den Madame Seydoux zeigte, handelte es sich um Richard Étienne, den Psychologen der Einrichtung.

Nach einem kurzen Telefongespräch mit Madame Fernand hatte Bayrou in Erfahrung gebracht, dass der Psychologe weiterhin krankgeschrieben war und sich vermutlich zu Hause aufhielt. Er wohnte in Perros-Guirec in der Rue Anatole le Braz, die an der Marina entlangführte.

Die Kommissare klingelten an der Eingangstür des zweistöckigen Wohnhauses, und kurz darauf summte der Türöffner. Richard Étienne wohnte im ersten Stock, und sie stiegen die Treppe hinauf.

Er stand in der Tür, bekleidet mit einem Trainingsanzug, die Haare verstrubbelt, und sah die Besucher aus geröteten Augen überrascht an. In Wirklichkeit sah er noch besser aus als auf den Fotos.

»Ich dachte, es sei der Paketbote, ich erwarte eine Lieferung. Wer sind Sie?«

Bayrou stellte sie vor, und sie zeigten ihre Dienstausweise.

»Die *police judiciaire?*«, fragte er und zog die Augenbrauen hoch. »Was wollen Sie von mir?«

»Wir wollen mit Ihnen sprechen«, erklärte Bayrou. »Dürfen wir hereinkommen?«

»Das passt jetzt gar nicht, ich bin krank. Kommen Sie bitte ein anderes Mal wieder.« Er machte Anstalten, die Tür zu schließen.

»Es ist wichtig«, beharrte Bayrou. »Mein Kollege und ich ermitteln im Fall der vier getöteten Mädchen aus Saint-André. Ich nehme an, Sie wissen, dass ihre sterblichen Überreste in der Abbaye de Beauport gefunden wurden?«

»Selbstverständlich weiß ich das. In Ordnung, kommen Sie herein.«

Er führte sie in den Salon. Das große helle Zimmer war mit geschmackvollen Möbeln aus Holz eingerichtet. An einer Wand hingen afrikanische Masken, südamerikanische Blasrohre sowie dazugehörige Pfeile. Durch das Panoramafenster hatte man einen schönen Blick auf den Hafen. An den Anlegern schaukelten Boote in der Sonne, ein Fischer entwirrte ein Fangnetz. Überall im Salon waren Bücher und aufgeschlagene Zeitschriften verstreut. Auf dem Couchtisch lag die Tageszeitung mit den Fotos der Kommissare und der Mädchen. Der Psychologe folgte Lagardes Blick.

»Ich habe Sie nicht gleich erkannt, entschuldigen Sie

bitte. Nehmen Sie Platz. Ich habe gerade eine frische Kanne Tee gekocht, ich bin total erkältet. Möchten Sie eine Tasse? Earl Grey.«

Als sie um den Tisch saßen und den Tee probiert hatten, begann Lagarde mit der Befragung.

»Wie lange arbeiten Sie schon in Saint-André?«

»Weihnachten werden es acht Jahre. Es ist eine sehr schöne und interessante Arbeit. Mein Spezialgebiet sind Kinder und Jugendliche mit Anpassungsstörungen. Ein weiterer Schwerpunkt meiner Arbeit ist die Borderline-Erkrankung, äußerst komplex.«

»Sie kannten die Mädchen?«

»Aber ja.« Er faltete die Hände und führte sie an seine Lippen, sein Blick schweifte durch den Raum. »Es hat uns alle sehr getroffen, als sie, eine nach der anderen, verschwunden sind. Ich habe nie die Hoffnung aufgegeben, dass sie zurückkommen, aber tief in meinem Herzen habe ich befürchtet, dass ihnen etwas zugestoßen sein könnte. Sie wären nicht einfach weggelaufen. Keine von ihnen befand sich in einer akuten Krise. Es ist eine Tragödie, ich mochte sie alle vier sehr und hatte einen guten Kontakt zu ihnen, eine berufliche Beziehung, wenn Sie so wollen. Haben Sie schon eine Spur?«

Lagarde schüttelte den Kopf. »Wir stehen erst am Anfang der Ermittlungen und sammeln so viele Informationen wie möglich.«

»Ich verstehe, hoffentlich haben Sie mehr Erfolg als Commissaire Lias.«

Darauf ging Lagarde nicht ein. »Wir haben bei Gesprächen im Heim erfahren, dass Sie in Saint-André eine Band leiten.«

»Ja, das stimmt. Ich habe sie schon in meinem ersten Jahr gegründet. Musik ist eine Leidenschaft von mir. Ich spiele Querflöte, Gitarre und Schlagzeug. Wenn man mit Menschen mit Behinderung Musik macht, ist das wie eine Offenbarung. Sie sind meist konzentriert und enthusiastisch, zeigen echtes Interesse und einen kontinuierlichen Lernwillen. Man könnte es auch als Therapie bezeichnen.« Seine Augen leuchteten vor Begeisterung.

Lagarde fuhr unbeirrt fort. »Die vier Mädchen waren auch in der Band?«

»Ja, Mélissa war Frontsängerin, hochtalentiert und mit unglaublicher Verve. Wenn sie ›Je vais t'aimer‹ von Michel Sardou gesungen hat, bekam jeder eine Gänsehaut. Bernadette war die zweite Stimme, ein glasklarer Sopran, die perfekte Besetzung. Caroline saß am Keyboard. Wenn sie spielte, war sie wie ausgewechselt, voll bei der Sache und überhaupt nicht reizbar.« Er nippte an seinem Tee.

»Joséphine spielte Bassgitarre. Ich habe noch nie jemanden erlebt, der so viel Drive hatte wie sie. Wenn sie Songs von Julien Clerc interpretierte, verzauberte sie die Zuhörer, es waren fast magische Momente.«

»Hatten Sie auch privat Kontakt zu den Mädchen?«

»Nein, selbstverständlich nicht.«

»Sind Sie sicher?«

Er sah Lagarde an. War das Verunsicherung in seinem Blick?

»Ja.« Nervös rieb er sich das Kinn. »Also, wir sind gelegentlich in der Gruppe in die Eisdiele gegangen oder ins Kino, da waren die Mädchen manchmal auch dabei. Solche Unternehmungen sind jedoch nicht wirklich privat. Sie gehören zur pädagogischen Arbeit.«

Lagarde holte das ausgedruckte Foto von Madame Seydoux aus einer Mappe und legte es auf den Tisch.

»Und das hier, gehört das auch zur Ihrer pädagogischen Arbeit?«

Richard Étienne biss sich auf die Unterlippe, sein bleiches Gesicht nahm rasch Farbe an.

»Das war nicht so, wie es aussieht.«

»Sie waren mit Joséphine Betancour alleine am Strand, nicht mit einer Gruppe.«

Er hob beschwichtigend die Hände. »Ich kann das erklären. Es war so eine Art Einzeltherapie, sie brauchte viel Aufmerksamkeit, um ihr Selbstbewusstsein zu stärken und ihr Selbstbild positiver wahrzunehmen.«

Bayrou schüttelte unmerklich den Kopf. Lagardes Stimme wurde um eine Nuance schärfer.

»Das glaube ich Ihnen nicht. Joséphine war zu dem Zeitpunkt fünfzehn Jahre alt, und sie berühren auf diesem Foto ihre Brust. Wissen Sie, wie dieser Tatbestand im Strafrecht heißt? Missbrauch von Schutzbefohlenen, Monsieur Étienne.«

Der Psychologe wollte etwas sagen, doch Lagarde ließ ihn nicht zu Wort kommen.

»Haben Sie sich mit den anderen Mädchen auch privat getroffen? Haben Sie ihr Vertrauen gewonnen, ihnen Geschenke gemacht und sie dann entführt, um sie zu missbrauchen und schließlich zu erwürgen?«

Étienne starrte ihn entsetzt an. »Nein, Monsieur le Commissaire! Sie irren sich. Ich schwöre Ihnen, ich habe den Mädchen nichts getan. Ich mochte sie und habe sie respektiert. Ich wollte doch nur das verrutschte Oberteil von Joséphine zurechtrücken, weiter nichts.«

Er sah auf seine Füße.

»Erzählen Sie mir keinen Unsinn. Sehen Sie sich das Bild doch an.«

»Also gut, da sind wohl etwas die Pferde mit mir durchgegangen, das räume ich ein. Ich habe ihre Brust kurz berührt, dann war ich selbst über mein unverantwortliches Verhalten erschrocken und habe mich bei ihr entschuldigt. Sie hat die Entschuldigung akzeptiert, und die Sache war geklärt.«

Lagarde hob die Augenbrauen. »So, die Sache war also geklärt. Sie machen es sich sehr einfach, Monsieur Étienne.«

»Es tat mir wirklich leid.«

»Haben Sie ein Alibi für die Zeit, als die Mädchen verschwunden sind?« Er nannte ihm die genauen Daten.

»Ich weiß nicht mehr, wo ich war, es ist schon so lange her.«

Lagarde wechselte das Thema. »Wohnen Sie alleine hier?«

Der Mann grinste schief. »Meine Freundin hat mich vor einigen Wochen verlassen, sie fand mich humorlos und rechthaberisch.«

»Gut, Monsieur Étienne. Das war es vorläufig. Danke für den Tee und Ihre Aussage. Wenn wir noch Fragen haben, melden wir uns.«

Als sie die Wohnung verlassen hatten, starrte der Mann aus dem Fenster und fragte sich, was noch alles auf ihn zukommen würde. Wussten sie, was an seinem letzten Arbeitsplatz geschehen war?

Sie hatten den Dienstwagen einige hundert Meter entfernt in einer Seitenstraße abgestellt, da auf dem Parkplatz der Marina der Wochenmarkt stattfand. Stände reihten sich aneinander, und die Verkäufer priesen ihre Waren lautstark an. Es waren so viele Menschen unterwegs, dass man den Eindruck hatte, der ganze Ort sei auf den Beinen. Lebhafte Gespräche und Gelächter waren zu hören. Der Wind wehte den Duft von gegrillten Kapaunen und Lammkeulen heran, der sich mit dem Tanggeruch des Meeres vermischte. Lagarde wollte sich den Markt gerne ansehen, und so schlenderten die beiden Männer durch die Budengassen und besahen sich die Auslagen. An einem Stand entdeckten sie wunderschöne Halstücher. Lagarde kaufte ein weißes Seidentuch mit Fransen für Odette. Wenn sie mit seinem

Boot unterwegs waren, könnte sie es sich um den Kopf binden, sobald die Sonne vom Himmel brannte oder Böen über das Deck fegten. Bayrou erstand ein nachtschwarzes schillerndes Tuch und verriet nicht, für wen es gedacht war.

Auf dem Rückweg kamen sie an einer kleinen Bühne vorbei, auf der eine junge Frau in Jeans und Seemannspullover vor einem Mikrofon stand und das Chanson »La vie en rose« von Edith Piaf interpretierte. Sie sang so schön, dass sie für ein paar Minuten innehielten und zuhörten. Dann kaufte Lagarde ihr eine CD ab. Odette würde begeistert sein.

Als sie vor der Brasserie *La Mouette* standen, deren Terrasse durch Glasscheiben vor dem kühlen Wind geschützt wurde, machte Lagarde den Vorschlag, mittagessen zu gehen.

»Gute Idee.« Bayrou grinste. »Es ist ein einfaches Lokal, das fast ausschließlich von Einheimischen besucht wird. Es gibt gute, preiswerte Hausmannskost. Die Spezialität ist in Sauerkraut gekochte Schweinshaxe, dazu ein kaltes Bier.«

»Das wäre genau das richtige Lokal für meine Verlobte«, meinte Lagarde. »Sie führt ein Feinschmeckerrestaurant und isst am liebsten Blutwurst mit Bratkartoffeln, so wie früher bei ihrer Oma.«

Sie lachten.

»Also los«, sagte Bayrou und steuerte auf den einzigen freien Tisch zu.

Während sie sich über die riesige Portion hermachten und ihr Bier tranken, ergriff Bayrou das Wort. »Ich muss Ihnen etwas sagen, Philippe.«

»Was denn?«

»Ich weiß nicht, ob Sie es bemerkt haben, aber ich war bei den Befragungen der Heimbewohner teilweise sehr betroffen, fühlte mich regelrecht unprofessionell.«

»Machen Sie sich keine Gedanken. Sie sind absolut souverän aufgetreten. Wir kommen beruflich alle irgendwann in Situationen, die uns persönlich berühren. Das gehört dazu, man muss nur damit umgehen können. Sie können das.«

»Ehrlich?«

»Ja.«

»Wollen Sie den Grund wissen?«

Lagarde trank einen Schluck Kronenbourg. »Es geht mich nichts an. Aber in Bezug auf diese speziellen Ermittlungen könnte es nichts schaden. Wie Sie wollen, Jacques-Pierre.«

»Ich mache es kurz. Als ich in der dritten Klasse war, hatten meine Eltern einen schweren Autounfall. Sie wurden lange im Krankenhaus behandelt und kamen anschließend in eine Reha-Einrichtung. Fast ein Jahr waren sie weg. Wir haben damals in Saint-Brieuc gewohnt. Meine Großeltern, die in einem kleinen Dorf in der Nähe von Grenoble lebten, wollten mich für diese Zeit bei sich aufnehmen. Die staatliche Behörde hat es nicht erlaubt, sie wollten nicht, dass ich die Schule wechsle. So wurde ich für ein Jahr in einem Heim in Saint-Brieuc untergebracht. Es war furchtbar dort, ich habe es gehasst.«

Lagarde lächelte ihn aufmunternd an. »Ich danke Ihnen für Ihre Offenheit.«

Als sie zum Abschluss des Menüs einen Mokka tranken, zerbröselte Bayrou nervös einen Keks. Lagarde schaute ihm zu.

»Wollen Sie mir noch etwas sagen?«

Das Gesicht des jungen Mannes wurde von einer leichten Röte überzogen. »Sie erinnern sich an Marie Ravel?«

»Ja, selbstverständlich. Das ist die schöne forensische Anthropologin, die Doktor Chagall bei der Untersuchung geholfen und die Ihnen so gut gefallen hat.«

»Hat man das gemerkt?«

»Es war nicht zu übersehen.«

»Aha.« Er bröselte weiter. »Ich habe sie angerufen, und in der Zwischenzeit haben wir einige Male telefoniert. Also, natürlich privat.«

»Ja, und?«

»Morgen Abend habe ich sie zu mir nach Hause eingeladen, wir wollen zusammen grillen. Danach ist mir eingefallen, dass es sich um einen Interessenkonflikt handeln könnte.«

Lagarde grinste. »Nicht, solange Sie nicht mit einer Mordverdächtigen den Grill anschüren.«

Erleichtert schob sich der junge Mann den restlichen Keks in den Mund und trank den Kaffee aus.

»Wir haben nichts gegen Étienne in der Hand, nicht wahr?«

»Nein, gar nichts.«

Das Ehepaar Nadja und Frédéric Dubois wohnte in Lannion in der Nähe der Église de Brélévenez, die für die Templer gebaut worden war und sich im Norden der Altstadt auf einem Hügel erhob.

Lagarde und Bayrou parkten neben der Kirche auf einem ausgewiesenen Stellplatz und gingen einige Meter bis zur offen stehenden Gartenpforte. Hinter dem schmalen Vorgarten, in dem sich Rosenstöcke reihten, stand ein Granitsteinhaus mit weißen Fensterläden und einer erdbeerroten Tür. Hinter einer Fensterscheibe saß reglos eine schwarze Katze, die sie durchdringend anstarrte.

Kurz nachdem sie geklingelt hatten, wurde die Eingangstür von einer Frau in einem Männerhemd geöffnet, das mit Farbklecksen übersät war. Sie legte den Kopf schief und sah sie fragend an. *»Bonjour, messieurs?«*

Sie stellten sich vor.

»Wir möchten mit dem Ehepaar Dubois sprechen«, sagte Lagarde.

»Ich bin Nadja Dubois«, antwortete sie. »Als ich heute Morgen den Zeitungsartikel gelesen habe, war mir klar, dass Sie herkommen würden. Ich war nur gerade so sehr in meine Arbeit vertieft, dass ich den Zusammenhang nicht gleich hergestellt habe. Kommen Sie bitte herein. Mein Mann und ich wollten gerade im Salon Tee trinken.«

Bayrou stellte fest, dass die Frau mit den hohen Wangenknochen, den schräg stehenden grünen Augen und dem weizenblonden Pagenkopf perfekt Französisch mit einem leichten russischen Akzent sprach.

Sie folgten ihr ins Wohnzimmer. Auf einer lindgrün gestrichenen Wand hingen dicht an dicht gerahmte Schwarz-Weiß-Fotografien, die wellenumtoste Leuchttürme zeigten. Nur das Signalfeuer von Saint-Mathieu, das den Weg nach Brest wies, war in Farbe zu sehen. Seine rote Mütze glänzte in der Sonne.

Madame Dubois stellte ihnen ihren Mann Frédéric vor, den Bayrou auf Ende sechzig schätzte und der damit bestimmt zwanzig Jahre älter als seine Frau war. Er saß in einem Rollstuhl am Tisch. In seinem hageren Gesicht verliefen von der Nase bis zum Mund zwei tiefe Furchen, die schütteren Haare waren aus der hohen Stirn gekämmt. Mit einem kaum merklichen Lächeln begrüßte er die Besucher.

»*Bonjour, messieurs.* Nehmen Sie Platz und bedienen Sie sich. Den Käsekuchen sollten Sie probieren.« Er hatte eine tiefe Stimme. »Nadja und ich haben Sie schon erwartet. Es geht um die verschwundenen Mädchen.«

Das war keine Frage, sondern eine Feststellung.

Lagarde nickte. »Wir sind die zuständigen Ermittler und haben einige Fragen an Sie.«

»Selbstverständlich. Wir würden alles tun, damit Mélissas Mörder gefunden wird. Diese Bestie muss hinter Schloss und Riegel.«

»Seien Sie versichert: Wir tun, was wir können. Wie kam es dazu, dass Sie Mélissa adoptierten?«

Nadja Dubois lächelte traurig.

»Wir lernten sie kennen, als sie fünfzehn Jahre alt war. Mein Mann und ich können keine Kinder bekommen, deshalb haben wir uns bei der zuständigen staatlichen Behörde gemeldet und unseren Wunsch vorgetragen. Sie lebte damals in Saint-André, und wir wurden zunächst ihre Gastfamilie. Am Anfang gab es einige Schwierigkeiten mit ihr. Sie war trotzig und misstrauisch. Vorher hatte sie schon mehrere Gastfamilien und glaubte nicht mehr daran, dass es klappen würde.«

»Sie hatte die Hoffnung schon aufgegeben«, ergänzte ihr Mann. »Doch je länger sie uns besuchte, desto mehr Vertrauen fasste sie zu uns. Es lief immer besser. Hinter den Aggressionen und der Abwehr steckte eine verletzte Seele, die nach Liebe und Wärme suchte. Das haben wir schnell begriffen und standen immer auf ihrer Seite. Nach zwei Jahren wurden wir ihre Pflegefamilie, und sie zog bei uns ein. Wir hatten von Anfang an ein hübsches Zimmer mit Balkon für sie eingerichtet.«

»Es war so schön mit ihr«, erzählte Madame Dubois.

»Immer seltener kam es zu Konflikten, meistens verstanden wir uns gut. Sie besuchte die Schule und verbrachte einige Zeit als Besucherin in Saint-André bei ihrer ehemaligen Wohngruppe. Natürlich hat sie auch weiterhin in der Band *Les Rossignols* mitgemacht.« Sie wischte sich eine Träne aus dem Augenwinkel. »Mélissa konnte so schön singen, Sie hätten sie einmal hören sollen.«

Frédéric Dubois ergriff das Wort. »Im Herbst 2015 stimmte die Behörde endlich einer Adoption zu. Zunächst war die zuständige Sachbearbeiterin dagegen. Sie war der Ansicht, wir seien zu alt. Außerdem bin ich vor einigen Jahren im Garten beim Kirschenpflücken vom Baum gefallen und seitdem querschnittsgelähmt. Das hat ihr nicht gefallen.«

»Sie hatte auch Bedenken wegen unserer finanziellen Situation«, berichtete seine Frau. »Doch wir konnten sie schließlich überzeugen. Mein Mann ist Sachbuchautor und Fotograf, er ist sehr erfolgreich und verdient gut. Ich male Ölbilder und aquarellierte Tuschezeichnungen und habe hier im Ort eine Galerie, die meine Bilder ausstellt und verkauft. Das Geschäft läuft mehr als zufriedenstellend, die Touristen lieben meine Kunst. Als endlich der amtliche Bescheid auf dem Tisch lag, waren wir alle drei so glücklich und beschlossen, einen kleinen Urlaub zu machen. Eine Woche verbrachten wir auf der Île d'Ouessant, einer kleinen Insel westlich von Brest weit draußen im Meer. Es war wundervoll.«

»Das kann ich mir gut vorstellen«, entgegnete Lagarde. »Ein Heimbewohner erzählte, dass Mélissa und der Hausmeister von Saint-André, Victor Lanlaire, häufig Zeit zusammen verbrachten. Wissen Sie davon?«

Madame Dubois nickte. »Ja, das haben wir mitbekommen. Sie war fast jeden Nachmittag nach der Schule bei ihm. Zuerst kam es mir seltsam vor, und ich habe Victor zur Rede gestellt. Wir haben beide russische Wurzeln, müssen Sie wissen. Er wollte nicht recht mit der Sprache rausrücken, aber mein Mann und ich hatten eine Vermutung. Mélissa konnte auf einmal Schach spielen und forderte meinen Mann zu einer Partie heraus. Er hat sie ernst genommen und nicht gewinnen lassen. Dann spielten sie öfter gegeneinander, und sie wurde immer besser. Ähnlich war es mit ihren Kenntnissen der russischen Sprache. Sie wollte uns gefallen, damit wir sie adoptieren, aber das hätten wir doch sowieso gemacht. Wir haben sie geliebt wie eine Tochter.«

»Können Sie mir erzählen, was am Abend des 7. Dezember 2015 passiert ist?«

Madame Dubois seufzte gequält.

»Ich habe Mélissa zum Weihnachtsmarkt nach Perros-Guirec gefahren. Sie wollte sich dort mit ihrer ehemaligen Wohngruppe treffen und sich gemeinsam mit den anderen jungen Leuten einen schönen Abend machen. Gegen siebzehn Uhr habe ich sie an der Marina abgesetzt, wo der Markt stattfand. Es war schon dunkel. Als sie ausstieg und in der Menschenmenge verschwand, war mir nicht klar, dass ich sie zum letzten Mal gesehen hatte.« Sie begann zu weinen, und ihr Mann legte tröstend seine Hand auf ihre.

Mit belegter Stimme fuhr sie fort. »Wir hatten uns um zwanzig Uhr an der Brasserie *La Mouette* verabredet. Als ich dort ankam, um sie abzuholen, war sie nicht da. Ihr Handy war ausgeschaltet. Nach einer Viertelstunde bin ich losgegangen, um sie zu suchen. Überall habe ich nach ihr gesucht. Die Weihnachtsbuden waren inzwischen geschlossen, nur ein Glühweinstand hatte noch geöffnet. Dort standen einige Leute am Ausschank. Mélissa war nicht dabei. Sie hätte aufgrund ihrer Medikation auch keinen Alkohol trinken dürfen. Ich habe die Leute dort nach ihr gefragt, doch niemand hatte sie gesehen. Schließlich habe ich Marc aus der Einrichtung getroffen, der gerade auf dem Heimweg war. Er erzählte mir, dass er unsere Tochter den ganzen Abend über nicht gesehen habe. Sie war nicht am vereinbarten Treffpunkt an der Musikbühne erschienen. Auch an ihr Handy war sie nicht gegangen. Sie war einfach weg. Nach einem Telefonat mit der Heimleiterin Madame Fernand wusste ich, dass sie sich auch nicht in Saint-André aufhielt. Daraufhin habe ich die Polizei angerufen.«

Mit zitternden Händen schenkte sie Tee nach.

»Es war der schlimmste Tag meines Lebens. Mein Mann und ich blieben die ganze Nacht wach und haben auf sie gewartet, aber sie kam nicht. Sie kam überhaupt nie mehr. Mein Mädchen war neunzehn Jahre alt, ich konnte ihr doch nicht den Besuch eines Weihnachtsmarktes verbieten. Jetzt haben wir die Gewissheit, dass sie tot ist. Wenn ich diesen perversen Dreckskerl erwische, bringe ich ihn um.«

Aus ihren Augen sprang blanker Hass.

»Sie gehen davon aus, dass es sich um einen Mann handelt?«, hakte Bayrou nach.

»Ich bin mir sicher, dass es ein Mann ist. Ich kann mir nicht vorstellen, dass eine Frau zu solchen Taten imstande wäre.«

Bayrou nickte. »Die Tatumstände dürften auf einen Mann hindeuten, das sehen wir auch so. Ich möchte Sie jedoch eindringlich bitten, Madame Dubois, überlassen Sie die Sache uns. Wenn wir ihn haben, wird ein ordentliches Gericht über das Strafmaß entscheiden.«

»Er hat recht, *chérie*«, sagte ihr Mann mit leiser Stimme. »Außerdem muss die Polizei ihn erst finden.«

Lagarde übernahm erneut das Wort. »Für uns ist jedes Detail wichtig. Ist Ihnen an Mélissas Verhalten vor ihrem Verschwinden irgendetwas aufgefallen? War sie beunruhigt, fühlte sie sich beobachtet? Oder war irgendetwas anders als sonst?«

Das Ehepaar schüttelte den Kopf.

»Nein«, sagte Monsieur Dubois. »Wir haben sehr oft darüber gesprochen, eigentlich jeden Tag. Mélissa war fröhlich, unbeschwert, und sie freute sich auf das Weihnachtskonzert mit ihrer Band. Ständig hat sie geübt.«

»Der Psychologe der Einrichtung, Richard Étienne, leitet diese Band, das wissen Sie sicher?«

»Ja«, entgegnete der Adoptivvater.

»Wie fand Mélissa ihn?«

»Ich glaube, sie fand ihn ganz nett.«

»Einmal gab es einen Vorfall«, erinnerte sich Nadja Dubois. »Mélissa wollte nach der Bandprobe bei einer Freundin im Heim übernachten und ging vor dem Schlafen zu den Duschen. Auf dem Weg zum Waschraum traf sie Richard Étienne, der Nachtdienst hatte. Er schlug angeblich vor, gemeinsam zu duschen. So hat sie es mir erzählt. Selbstverständlich habe ich den Mann darauf angesprochen. Er hat behauptet, dass es ein Scherz gewesen sei.«

»Haben Sie das geglaubt?«

»Wissen Sie, unsere Adoptivtochter konnte nicht gut zwischen einem Scherz und einer ernst gemeinten Aussage unterscheiden. Deshalb habe ich es so stehenlassen. Doch selbst wenn es sich um einen Scherz gehandelt hat, war das ein äußerst unpassender Kommentar von Monsieur Étienne.«

Ihr Mann nickte bekümmert. Dann fiel ihm noch etwas ein. »Die vier Mädchen wurden in der Abbaye de Beauport gefunden. Also handelt es sich bei allen Fällen um ein und denselben Täter?«

»Davon gehen wir aus, ja«, stimmte Lagarde ihm zu. »Hat Ihre Adoptivtochter etwas über eines der anderen Mädchen erzählt, das uns weiterhelfen könnte?«

Madame Dubois dachte nach. »Eigentlich nicht, es ging immer um ganz normale Themen, für die sich Teenager interessieren. Nur einmal erzählte sie etwas über Bernadette, das ich mir gemerkt habe. Mélissa sagte, Bernadette sei unglücklich verliebt.«

»In wen?«

»Das weiß ich nicht.«

Lagarde saß im Ferienhaus an seinem provisorischen Schreibtisch und sah seine Notizen durch. Er suchte nach einem entscheidenden Hinweis, den er übersehen haben könnte, dem er möglicherweise zunächst keine Bedeutung beigemessen hatte, doch er konnte nichts Auffälliges in seinen Aufzeichnungen finden. Sie hatten inzwischen viele Puzzleteilchen gesammelt, die jedoch nicht so recht zusammenpassen wollten. Sie ergaben noch kein klares Bild. Was hatte er übersehen? Ein Gedanke schwirrte durch seinen Kopf und wollte sich Gehör verschaffen, doch Lagarde konnte ihn nicht greifen. War er dem Täter bereits begegnet? Entgegen der landläufigen Meinung, dass man einem Menschen das Böse, das in ihm hauste, ansehen konnte, wusste er, dass das nicht stimmte. Es handelte sich in den meisten Fällen um unauffällige, durchschnittliche Menschen, die vielleicht sogar eine Familie hatten und für die die Nachbarn ihre Hand ins Feuer legen würden.

Dann kam ihm sein Kollege in den Sinn. Selbstverständlich war ihm Bayrous Betroffenheit bei den Gesprächen in der Einrichtung nicht entgangen, und er hatte sich gefragt, was der Grund dafür war. Jetzt hatte er von ihm eine Erklärung dafür bekommen. Lagarde versuchte, sich wieder auf den Fall zu konzentrieren. Irgendetwas war wichtig, das wusste er, aber was nur?

Kopfschüttelnd klappte er sein Notizbuch zu und starrte in die Nacht. Der Garten wurde nur vom Mond erhellt, der als voller weißer Ball auf einem Wolkenkissen saß. Die Zweige der Bäume bewegten sich schemenhaft im Wind. Durch das gekippte Fenster hörte er das Flüstern der Blätter.

Ein Geräusch ließ ihn aufhorchen. Es kam vom Weg, der von der Pforte zur Eingangstür führte, ein leises Knacken.

Lagarde stand auf, öffnete die Tür und trat hinaus. Aufmerksam sah er sich um und entdeckte einen buschigen Schwanz, der im Gebüsch verschwand. Er lächelte. Eine streunende Katze, weiter nichts. Trotzdem vergewisserte er sich, dass das Gartentürchen verschlossen war. Danach trank er seinen Wein aus und ging in sein Schlafzimmer im ersten Stock. Es war schon spät, und er war müde. Am nächsten Tag stand viel Arbeit für ihn und Bayrou an.

Seine Kleidung legte er auf einen Stuhl, und er schlüpfte unter die Bettdecke. Nach wenigen Minuten war er eingeschlafen.

Mitten in der Nacht schlug Lagarde plötzlich die Augen auf. Er lauschte beunruhigt und hörte ein kontinuierliches Schaben, das er nicht richtig zuordnen konnte. Er sah sich um, bis sich seine Augen an die Dunkelheit gewöhnt hatten, und bemerkte eine Bewegung hinter der Glastür seines Schlafzimmers, zu der die Außentreppe führte. Da stand jemand und versuchte, mit einem Gegenstand die Tür zu öffnen.

Rasch rollte Lagarde sich aus dem Bett auf den Boden, holte seine Waffe aus der Schublade, bemüht, kein Geräusch zu verursachen, und entsicherte sie. Konzentriert spähte er über das Bett zur Tür, die jeden Moment aufspringen konnte.

Das Mondlicht ließ eine Klinge aufblitzen, die aus der Faust des Eindringlings ragte.

Lagarde sprang auf, erreichte mit zwei Sätzen den Eingang, entriegelte das Schloss und riss die Tür auf. Die Waffe richtete er auf den Mann.

»Hände hoch!«, brüllte er. »Lassen Sie das Messer fallen, sofort!«

Der Mann reagierte blitzschnell, drehte sich um und rannte die Treppe hinunter. Dabei stieß er gegen einen Blumentopf, der scheppernd umkippte. Lagarde stieg über das Hindernis hinweg und folgte ihm den kurzen Weg zur Pforte, den Feldweg hinauf zur Straße. Erneut forderte er den Mann auf, stehen zu bleiben. Doch der rannte weiter und spurtete über die Straße.

Lagarde folgte ihm, der Abstand hatte sich bereits erheblich verringert, in wenigen Sekunden würde er ihn packen können. Doch plötzlich raste ein Motorrad um die Ecke und hielt auf ihn zu, die Scheinwerfer blendeten ihn. Hastig wich er aus. Gleich darauf war das Motorrad in der Dunkelheit verschwunden. Genauso wie der Mann. Lagarde konnte ihn nirgends entdecken. Wo steckte er bloß? Er konnte in der Dunkelheit überall hingelaufen sein.

Leise fluchte Lagarde. Wer war der Eindringling gewesen, und was hatte er von ihm gewollt? Er hatte ein Messer in der Hand gehalten. Hatte er ihn töten wollen? Oder war es ein Einbrecher gewesen, der ihn ausrauben wollte? Er wusste es nicht, aber instinktiv war er sich sicher, dass es nicht um Geld ging, sondern der Mann es auf ihn abgesehen hatte. Aber weshalb?

Als Lagarde zurück zum Ferienhaus ging, kam ihm Tina entgegen.

»Was ist denn los, Philippe? Ich habe das Scheppern des Blumentopfes gehört und mir Sorgen gemacht.«

»Jemand wollte bei mir einbrechen. Ich konnte den Kerl noch verfolgen, aber leider ist er mir entwischt.«

»Einbrechen? Wollte er Sie ausrauben?«

»Das glaube ich nicht. Ich glaube vielmehr, dass wir mit unseren Ermittlungen jemandem empfindlich auf die Füße getreten sind.«

»*Mon Dieu!* Kommen Sie mit zu mir. Auf den Schreck gebe ich einen Cognac aus.«

»Gute Idee.«

Besorgt sah sie auf seine bloßen Füße.

»Ich habe auch ein Paar Hausschuhe für Sie.«

Der Mann spähte um die Ecke des Kirchenschiffs. Er beschloss, sein Vorhaben für diese Nacht aufzugeben. Der Kommissar würde jetzt wachsam sein. Doch er musste weg, so schnell wie möglich. Zu weit war er mit seinen Ermittlungen schon gekommen. Wie immer in solchen herausfordernden Situationen trat ein dämonisches Funkeln in seine Augen. Er liebte dieses Spiel.

ACHTER TAG

DIE HÜTTE IM SCHILF

Lagarde fand seinen Kollegen in der Teeküche der Polizeistation. In Gedanken versunken löffelte er Kaffeepulver in die Filtertüte und schaltete die Maschine ein.

»*Bonjour*, Jacques-Pierre.«

Bayrou drehte sich um und zeigte sein jungenhaftes Lächeln. »*Bonjour*, Philippe. Ich habe Sie gar nicht kommen hören. Die ganze Zeit überlege ich, was ich für den Grillabend mit Marie einkaufen soll? Alles soll perfekt sein, ich will einen guten Eindruck auf sie machen. Haben Sie einen Tipp?«

Der Kommissar grinste, sein Kollege war zweifellos heftig von Amors Pfeil getroffen worden. »Meine Lebensgefährtin empfiehlt in solchen Fällen marinierte Hühnerbeine und zarte Rinderfilets mit Knoblauch. Dazu in Butter gebratenen grünen Spargel, Tomatensalat und Baguette.«

»Das hört sich gut an, tolle Idee. Welcher Wein passt dazu?«

»Ein Rosé aus dem Lubéron.«

»*Merci beaucoup.*«

»*De rien.* Nehmen wir den Kaffee mit und gehen

ins Büro. Es ist etwas passiert, das ich Ihnen erzählen möchte.«

Bayrou machte ein erschrockenes Gesicht. »Entschuldigung, ich belästige Sie mit meinem Privatleben, dabei stecken wir mitten in einer Mordermittlung.«

»Das ist in Ordnung, machen Sie sich keinen Kopf.«

Als sie am Tisch saßen, erzählte Lagarde von dem nächtlichen Überfall. »Der Mann stand plötzlich vor der Glastür und versuchte sie aufzubrechen. Er hatte ein Messer in der Hand.«

»Hier in der Gegend kommt es öfter zu Einbrüchen in Ferienhäuser, die Täter stehlen Portemonnaies, hochwertige Handys und Schmuck.«

»Ich glaube nicht, dass es ein gewöhnlicher Einbrecher war.«

»Nein? Wie kommen Sie darauf?«

»Ich vermute, dass der Zeitungsartikel über die Pressekonferenz mit unseren Fotos der Grund war. Der Täter versucht, uns zu stoppen. Wahrscheinlich sind wir dichter an ihm dran, als wir denken.«

Bayrou nickte nachdenklich. »Vorstellbar wäre es. Die Großmutter von Caroline Vernier hat doch erzählt, dass der von ihr beauftragte Privatdetektiv Jules Brelot etwas herausgefunden hatte und kurz darauf Selbstmord begangen hat. Vielleicht sollte es wie ein Suizid aussehen, doch in Wirklichkeit wurde er getötet.«

»Wir müssen etwas über die näheren Umstände seines Todes in Erfahrung bringen.«

»Ja, ich kümmere mich darum.« Er sah ihn ernst an. »Ich bin sehr erleichtert, dass Ihnen nichts passiert ist, Philippe. Pech, dass Sie ihn nicht geschnappt haben.«

»Allerdings, wenn dieses Motorrad nicht plötzlich aufgetaucht wäre, wüssten wir, mit wem wir es zu tun haben.«

»Können Sie ihn beschreiben?«

»Es war ein Mann, der dunkel gekleidet war und ein Messer dabeihatte. Sein Gesicht konnte ich in der Dunkelheit nicht erkennen. Über seine Haare kann ich auch nichts sagen, vielleicht trug er eine Mütze. Er war weder dick noch dünn und eher mittelgroß. Absolut durchschnittlich. Da er in der Lage ist, schnell und effektiv zu rennen, kann er noch nicht so alt sein, höchstens Mitte vierzig.«

Sein Kollege strich sich eine Locke aus der Stirn. »Das ist nicht viel.«

»Nein.«

»Ich habe heute Morgen noch einmal Recherchen über Richard Étienne angestellt und bin doch noch fündig geworden. Er hat damals in Toulon gewohnt, deshalb waren die Informationen nicht ohne Weiteres zu finden. Es war vor neun Jahren. Damals hat er in einer Einrichtung für psychisch kranke Jugendliche in der Nähe von Toulon gearbeitet. Ein Mädchen hat ihn wegen sexueller Belästigung angezeigt, aber man konnte ihm nichts nachweisen. Es stand Aussage gegen Aussage. Nach dem Vorfall wurde er entlassen.«

»Das ist interessant, Jacques-Pierre. Es rückt Mélissas Geschichte, dass er mit ihr duschen wollte, in ein anderes Licht.«

»Ja, und Joséphine hat er unangemessen berührt.«

»Wir können ihn trotzdem nicht festnageln. Er wird alles abstreiten.«

»So sieht es aus. Eine Sache noch, Sie haben mich gebeten, in den alten Akten nachzusehen, ob damals bei den vier Mädchen eine Handyortung durchgeführt wurde und ob es ein Bewegungsmuster gab?«

Der Kommissar sah interessiert auf. »Ja?«

»Die Handys konnten nicht geortet werden, vermutlich hat der Täter sie entsorgt.«

»Einen Versuch war es wert. Bevor wir uns auf den Weg machen, eine Bitte, Jacques-Pierre. Seien Sie vorsichtig. Der Täter könnte versuchen, auch bei Ihnen einzubrechen.«

»Das werde ich sein.«

Familie Garnier, die Joséphine Betancour als Pflegetochter aufgenommen hatte, lebte in Trégastel gegenüber dem Aquarium Marin im Erdgeschoss eines zweistöckigen Wohnhauses. Auf einem rosa Felsen über den beiden Höhlen, die das Aquarium beherbergten, thronte der Meeresgott Neptun in weißer Pracht und wachte über sein Reich. Nachdem Lagarde und Bayrou geklingelt hatten, öffnete eine dunkelhaarige Frau, die ein kleines Mädchen auf dem Arm trug, die Haustür. Sie zückten ihre Dienstausweise. Die Frau sah sie mit ernstem Gesichtsausdruck an.

»Ich habe die Fotos von Ihnen in der Zeitung gesehen. Sie kommen wegen Joséphine. Gehen wir doch in die Küche, ich habe gerade Kaffee gekocht.«

»Sie sind Madame Garnier?«, erkundigte sich Lagarde.

»Ja.« Sie wies mit dem Kopf auf die Kleine. »Das ist meine Tochter Monique. Mein Mann Justin ist auf der Arbeit.«

Sie folgten ihr durch einen hellen Flur, und sie bat sie, am Küchentisch Platz zu nehmen. »Darf ich Ihnen etwas anbieten?«

Sie lehnten dankend ab. Madame Garnier setzte Monique auf eine Decke, die auf den Holzdielen lag, und drückte ihr ein Spielzeug in die Hand, das das Kind interessiert betrachtete.

Madame Garnier nahm ihnen gegenüber Platz und fuhr sich aufgewühlt durch die Haare. »Die ganze Geschichte ist so entsetzlich. Ich kann es noch immer nicht glauben, dass Joséphine tot ist. Wir haben sie geliebt, mein Mann und ich.«

»Sie war Ihre Pflegetochter«, begann Lagarde mit der Befragung. »Wie lange lebte sie vor ihrem Verschwinden bei Ihnen?«

»Gut zwei Jahre.«

»Wie war Ihr Verhältnis zueinander?«

»Am Anfang war es sehr gut. Joséphine hat sich

schnell bei uns eingelebt, und wir haben uns prima verstanden. Sie war überhaupt nicht schwierig, sondern lieb und anhänglich. Nur manchmal kam es zu kleinen Auseinandersetzungen wegen Bagatellen, zum Beispiel, wenn sie ihr Zimmer nicht aufgeräumt hatte.«

»Später lief es nicht mehr so gut?«

Sie starrte auf die Tischdecke und schüttelte schließlich den Kopf. »Nein.«

»Was war der Grund dafür?«

»Monique. Sie kam ein halbes Jahr vor Joséphines Verschwinden auf die Welt. Die Schwangerschaft war eine große Überraschung für meinen Mann und mich. Wir hatten alles versucht und nicht mehr damit gerechnet, dass ich schwanger werden würde. Justin und ich haben uns so gefreut.«

»Aber Joséphine nicht?«

»Ganz und gar nicht. Sie war eifersüchtig auf das Baby, aber nicht so, wie es manchmal bei Erstgeborenen vorkommt, die ein Geschwisterchen bekommen. Es war viel schlimmer. Sie hat Monique von Anfang an abgelehnt. Wir haben versucht, sie miteinzubeziehen, als große Schwester. Doch sie hat sich geweigert, sie wollte die Kleine weder füttern noch wickeln oder auf den Arm nehmen. Wir haben viele Gespräche mit ihr geführt und ihr immer wieder erklärt, dass wir eine Familie sind, wir vier, und dass sie genauso wie Monique unsere Tochter sei. Wir haben ihr gesagt, dass wir sie adoptieren möchten, dass wir immer zusammenbleiben werden.«

»Was hat sie davon gehalten?«, wollte Bayrou wissen.

»Wir sind nicht zu ihr durchgedrungen. Der Umgang mit ihr wurde immer schwieriger.« Madame Garnier sah sie bedrückt an. »Ehrlich gesagt, wir wussten nicht mehr ein noch aus. Sie redete nur noch das Nötigste mit uns und verbrachte die meiste Zeit in ihrem Zimmer. Sie verweigerte jeden Körperkontakt, schwänzte die Schule, und einmal ist sie sogar weggelaufen. Justin hat sie damals nach stundenlanger Suche am Leuchtturm von Ploumanac'h gefunden, wo sie mit anderen Jugendlichen Bier trank und kiffte.«

»Wie sind Sie mit diesem Verhalten umgegangen?«, fragte Lagarde.

»Wir haben uns Hilfe bei der staatlichen Behörde gesucht. Aber alle gemeinsamen Gespräche führten zu nichts. Wir waren ratlos, aber Aufgeben war keine Option. Schließlich war uns klar, was es für Joséphine bedeuten musste, nach Saint-André zurückzukehren.«

»Wie ging es weiter?«

»Unverändert. Dann verschwand sie am frühen Abend des 12. Mai 2017, wie Ihnen sicherlich bekannt ist. Justin fuhr sie zum Heim, dort fand die wöchentliche Bandprobe statt. Vorher hatten mein Mann und sie einen fürchterlichen Streit. Sie haben sich sogar angeschrien. Nach einigem Hin und Her hat er sie gezwungen, mit ihm zu fahren. So wütend hatte ich meinen Mann noch nie erlebt.«

Traurig sah sie Monique an und gab ihr einen Keks. Das Mädchen strahlte und begann daran zu knabbern.

»Er hat sie vor dem Heim abgesetzt und mit ihr vereinbart, dass er sie nach der Probe abholen werde. Er hat sich bei ihr entschuldigt und ihr vorgeschlagen, am Abend zusammen eine Pizza zu backen und einen Film anzusehen. Doch sie gab ihm keine Antwort und ist einfach gegangen. Als er sie abholen wollte, war sie nicht da. Er hat bei Monsieur Étienne nachgefragt und erfahren, dass sie nicht an der Probe teilgenommen hatte. Mein großes Mädchen war weg, einfach weg.« Als sie nach der Kaffeetasse griff, zitterten ihre Hände. »Seitdem denke ich jeden Tag an sie. Ich frage mich, was wir falsch gemacht haben. Ich habe sie so sehr geliebt, mein Mann ebenfalls.«

»Das tut mir sehr leid, Madame Garnier. Ich glaube nicht, dass Sie etwas falsch gemacht haben.«

»Warum hat es nicht funktioniert?«

»Ich weiß es nicht. Manchmal erfüllen sich Hoffnungen nicht, auch wenn man fest daran glaubt. Schuld daran ist niemand.«

Sie schwieg und versuchte ein Lächeln, das gründlich misslang.

»Mein Mann und ich haben uns notgedrungen mit der Situation arrangiert, aber wir sind natürlich noch immer sehr unglücklich. Unsere einzige Freude ist unsere kleine Tochter. Ohne sie hätten wir uns schon lange getrennt, da bin ich mir sicher.«

Lagarde wechselte das Thema. »Eine andere Frage, Madame Garnier. Wie war das Verhältnis zwischen Joséphine und Monsieur Étienne?«

Überrascht sah sie ihn an. »Das kann ich Ihnen nicht sagen, sie hat kaum über ihn gesprochen. Ich denke, es war in Ordnung.«

Lagarde entschied spontan, ihr das Foto von den beiden am Strand nicht zu zeigen. Zumindest jetzt nicht. Er wollte sie nicht noch mehr aufregen.

»Ist Ihnen vor dem Verschwinden Ihrer Pflegetochter etwas aufgefallen, das für unsere Ermittlungen hilfreich sein könnte? Hat sie Ihnen etwas erzählt, das Ihnen als ungewöhnlich aufgefallen ist?«

»Nein, Monsieur le Commissaire. Wie ich Ihnen schon erzählt habe, war die Kommunikation zuletzt sehr schwierig.«

Monique begann zu jammern. Madame Garnier nahm sie hoch, setzte sie auf ihren Schoß und gab ihr einen Kuss auf die Wange. Danach wandte sie sich wieder den Kommissaren zu.

»Ich habe die ganze Zeit gedacht, sie sei wegen unserer Probleme ausgerissen und wolle nicht gefunden werden. Ich habe bis zum Schluss nicht damit gerechnet, dass man sie tot auffinden würde. Mein Mann und ich sind untröstlich. Wir hätten ihr an jenem Abend erlauben sollen, daheim zu bleiben, dann wäre ihr nichts passiert.«

»Sie dürfen sich keine Vorwürfe machen.« Er überlegte. »Mélissa und Bernadette sind vor ihr verschwunden, danach Caroline. Haben Sie sich keine Gedanken gemacht, was passiert sein könnte? Haben Sie sich nie gefragt, ob den Mädchen etwas zugestoßen ist?«

Sie presste die Lippen aufeinander, dann sah sie ihm direkt in die Augen. »Doch, natürlich habe ich mich das gefragt. Aber der Gedanke, dass Joséphine davongelaufen sei, war leichter zu ertragen als der, dass ihr jemand etwas angetan haben könnte.«

Lagarde nickte. »Das ist nachvollziehbar, ich kann Sie gut verstehen.«

»Bitte, finden Sie den Täter.«

»Wir werden alles tun, was in unserer Macht steht.« Er legte seine Visitenkarte auf den Tisch. »Rufen Sie mich bitte an, wenn Ihnen noch etwas einfällt. Ihr Mann ebenso. Die Ermittlungen gestalten sich nach der langen Zeit schwierig.«

»Selbstverständlich.«

Madame Garnier begleitete sie zur Tür. Als sie über den Weg zur Gartenpforte gingen, winkte das kleine Mädchen ihnen nach. Im Auto sagte Bayrou: »Das Ehepaar wird von Schuldgefühlen geplagt.«

»Ja, sie werden sie auch nicht mehr los.«

»Vielleicht, wenn wir den Täter haben.«

»Vielleicht.«

Die Gärtnerei, in der Bernadette Hache gearbeitet hatte, lag am Ortsrand von Penvénan. Neben dem älteren senfgelben Haus erstreckten sich Gewächshäuser, Beete und Felder. Auf einer Tafel im Eingangsbereich stand:

Gärtnerei Marly
Inhaber Xavier Marly

Die Ermittler betraten den Blumenladen und wurden von einer jungen Frau mit langen weizenblonden Haaren begrüßt, die hinter einem Tisch stand und einen in Weiß und Blautönen gehaltenen Blumenstrauß band.

»Wir möchten den Inhaber Monsieur Marly sprechen«, sagte Bayrou. »Ist er da?«

Höflich lächelte sie ihn an. »Mein Vater ist vor einigen Monaten verstorben, meine Mutter ist jetzt die Chefin.« Sie ging zu einer Treppe, die wohl in den Keller hinabführte, und rief: »Maman, kommst du bitte mal? Zwei Kommissare möchten dich sprechen.«

»Gleich.«

Kurz darauf erschien eine ältere Frau, die eine Schürze umgebunden hatte und derbe Stiefel trug. Überrascht sah sie die Männer an.

»Polizei? Worum geht es?«

»Wir ermitteln im Fall der getöteten Mädchen, die in der Abbaye de Beauport gefunden wurden«, erklärte Bayrou. »Es geht um Bernadette Hache, die bei Ihnen gearbeitet hat.«

Ein Mann kam herein, grüßte und fragte mit dröhnender Stimme nach einem Grabgesteck.

»Können wir irgendwo in Ruhe reden?«, bat Bayrou Madame Marly.

»Ja, nebenan ist ein kleiner Pausenraum. Kommen Sie bitte mit.«

Sie bat ihre Tochter, sich um den Kunden zu kümmern. Als sie in der Teeküche am Tisch saßen, ergriff Madame Marly das Wort.

»Ich habe im Radio gehört, dass sie tot ist. Es tut mir so leid um sie. Sie war eine ganz liebe junge Frau, still, zurückhaltend, ich mochte sie. Mein Mann auch.«

»Welche Arbeiten hat sie hier verrichtet?«, wollte Lagarde wissen.

»Bernadette hat in den Gewächshäusern mitgeholfen, gewässert, Blumen geschnitten, sauber gemacht. Sie hat in fast allen Bereichen gearbeitet. Nur mit der Kundschaft konnte sie nicht so gut umgehen, Kontakte mit fremden Menschen machten ihr Angst. Auch Rechnen war nicht ihre Stärke. Aber das war überhaupt kein Problem, es gab genug anderes zu tun.«

»Sie waren zufrieden mit ihr?«

»Ja, sehr, sie war uns eine große Hilfe.«

»Wann haben Sie Bernadette Hache zum letzten Mal gesehen?«

»An dem Tag, als sie verschwand. Am 9. September 2016, *mon Dieu*, das ist schon über drei Jahre her, wie schnell doch die Zeit vergeht.«

»Wie verlief dieser Tag?«

Erstaunt sah sie ihn an. »Wie jeder andere auch. Bernadette arbeitete immer von acht Uhr bis vierzehn Uhr. In der Mittagspause aß sie mit mir und meiner Familie. Sie ging immer kurz nach zwei, nachdem sie sich frisch gemacht hatte.«

»Wie kam sie zurück ins Heim? Das sind doch mindestens zwölf Kilometer«, fragte Bayrou.

»Am Morgen wurde sie von dem Busunternehmen *Tours Bretons* hergebracht und am Nachmittag wieder abgeholt.«

»Sie ist extra von diesem Unternehmen gefahren worden?«

»Nein, nicht nur sie. Alle Heimbewohner werden zu ihren Therapiearbeitsplätzen gebracht und abgeholt, so auch Bernadette.«

»Auch am 9. September?«

»Ja, zusammen mit den anderen. Wie jeden Werktag. Das weiß ich von Madame Fernand.«

»Haben Sie mit Bernadette auch manchmal über private Themen gesprochen?«, erkundigte sich Lagarde.

»Am Anfang nicht, da war sie sehr zugeknöpft. Sie hatte ein schüchternes Wesen und war eher ein introvertierter Mensch. Mir ist aufgefallen, dass sie manchmal blaue Flecken hatte, und ich habe sie schließlich zu einer Tasse Kaffee eingeladen und sie danach gefragt.«

»Wie hat sie reagiert?«

»Zunächst sehr abweisend. Sie hat behauptet, sie sei ein wenig ungeschickt und stoße sich manchmal.«

»War sie auf der Arbeit ungeschickt?«

»Überhaupt nicht. Wenn man sie in Ruhe arbeiten ließ und nicht unter Druck setzte, hat sie ihre Aufgaben gewissenhaft zu unserer vollsten Zufriedenheit erfüllt, ohne sich zu verletzen.«

»Wo am Körper befanden sich diese Hämatome?«

»An den Handgelenken, an den Oberarmen und einmal am Oberschenkel. Das habe ich zufällig gesehen, als sie sich umgezogen hat.«

»Sie hat also abgestritten, dass jemand sie misshandelte?«

»Bei diesem Gespräch, ja. Doch am nächsten Tag kam sie mit einem blauen Auge auf die Arbeit. Es sah schlimm aus, schwarzblau verfärbt und geschwollen.«

»Was haben Sie gemacht?«

»Ich habe sie gefragt, was mit ihr passiert ist. Sie hat gesagt, sie sei die Treppe hinuntergefallen.« Die Frau rieb sich müde die Schläfen. »Was soll ich sagen, ich war so wütend auf die Person, die ihr das angetan hatte, dass ich sie direkt mit meinem Verdacht konfrontiert habe. Ich habe ihr auf den Kopf zu gesagt, dass jemand sie offenbar misshandelt.« Sie sah Lagarde an. »Daraufhin hat sie es zugegeben und jämmerlich zu weinen begonnen. Das Mädchen hat mir so leidgetan.«

»Hat sie gesagt, wer sie misshandelt?«

»Nach einigen Ausflüchten schon. Angeblich hat ihr Freund sie so brutal verletzt, immer wieder.«

»Wissen Sie seinen Namen?«

»Nein, sie wollte ihn auf keinen Fall verraten.«

»Hat sie Näheres über ihn erzählt?«

»Sie hat gesagt, dass sie ihn liebt und er sie auch. Nur manchmal, wenn ihn irgendeine Kleinigkeit ärgerte, geriet er in Rage. Ganz plötzlich, so wie man einen Schalter umlegte. Sie versuche, immer alles richtig zu machen, aber es gelinge ihr nicht. Und in solchen Momenten packte er sie wohl und schlug zu.«

»Hat sie noch mehr gesagt?«

Die Frau überlegte. »Ja, doch. Sie hat ihn mit Doktor Jekyll und Mister Hyde verglichen, ein freundlicher Mann und ein Monster in einer Person. Man wusste zunächst nie, mit wem man es zu tun hatte.«

»Wollte sie ihn verlassen?«

»Ich glaube, sie hat es in Erwägung gezogen, sich aber nicht getraut. Sie hatte große Angst vor ihm.«

»Warum hat sie sich nicht den Pädagogen im Heim anvertraut?«

»Das habe ich sie auch gefragt. Das Personal wusste nicht, dass sie einen Freund hatte, und sie sollten es auch nicht erfahren. Das war ein Geheimnis.«

»Wissen Sie noch mehr Details?«

»Bei ihren Schilderungen hatte ich irgendwie das Gefühl, der Mann sei erheblich älter als sie. Mehr fällt mir leider nicht ein.«

»Wann war das mit dem blauen Auge?«

»Das ist schon lange her, soweit ich mich erinnern kann, war das kurz vor ihrem Verschwinden.«

»*Merci*, Madame Marly, unser Gespräch war sehr aufschlussreich.«

Im Laden ließ Lagarde einen schönen Blumenstrauß für Odette zusammenstellen und schrieb eine kurze Nachricht für sie. Madame Marlys Tochter versicherte, dass sie ihn schon am nächsten Tag geliefert bekomme.

Lagarde und Bayrou gingen zu ihrem Dienstwagen.

»Bei dem Gespräch mit den Heimbewohnern sagte Annie, dass Bernadette damit geprahlt hatte, ein Verhältnis mit einem älteren Mann zu haben«, erinnerte sich Bayrou. »Sie hat ihr nicht geglaubt. Nach der Aussage von Madame Marly scheint es aber zu stimmen.«

Lagarde nickte. »Ein älterer Mann, der launenhaft ist und seine Freundin misshandelt. Sie hat Angst vor ihm, ist ihm jedoch nicht gewachsen. Es ist leicht für ihn, sie zu manipulieren.«

»Angenommen, sie hat sich doch durchgerungen und Schluss gemacht. Hat er sie entführt und getötet?«

Sie tauschten einen Blick und hatten denselben naheliegenden Gedanken. Bayrou sprach ihn aus.

»Dann könnte er der Mörder der vier Mädchen sein.«

»Jetzt müssen wir ihn nur noch finden und es ihm nachweisen.«

Um sechzehn Uhr dreißig hatten die Kommissare einen Termin beim Chef des Rechtsmedizinischen Instituts in Lannion. Doktor Hubert Chagall empfing sie in seinem

Büro im ersten Stock. Der Raum mit den hohen Sprossenfenstern und dem glänzenden Parkettboden war elegant eingerichtet, der Schreibtisch leer bis auf einen goldenen Füllfederhalter und ordentlich gestapelte Akten. Nachdem sie sich um einen quadratischen Rauchglastisch versammelt hatten, bot er ihnen Kaffee an.

»Es ist ein Mokka aus Guatemala, den müssen Sie probieren.«

Schließlich kam er zu dem Anlass der Unterredung.

»Bayrou hat mich gebeten, den Obduktionsbericht des Privatdetektivs Jules Brelot herauszusuchen und mit Ihnen zu besprechen. Mir ist nicht ganz klar, wofür Sie ihn brauchen.«

Bayrou setzte zu einer Erklärung an: »Mein ehemaliger Kollege Lias hat nach dem Verschwinden des vierten Mädchens, Caroline Vernier, auf Anweisung des zuständigen Staatsanwalts die Ermittlungen wieder aufgenommen. Bedauerlicherweise führten sie zu keinem Ergebnis. Deshalb wurde die Akte nach einem Jahr endgültig geschlossen. Daraufhin hat Carolines Großmutter, Martine Vernier, einen Privatdetektiv engagiert und ihn damit beauftragt, ihre Enkelin zu suchen. Der Mann namens Jules Brelot wurde einige Wochen später tot in seiner Garage aufgefunden. Angeblich hatte er aufgrund von familiären und finanziellen Problemen Selbstmord begangen. Madame Vernier bezweifelt das, da er auf sie einen engagierten und positiven Eindruck machte und entschlossen war, Caroline zu finden. Bei einem Gespräch erwähnte er ihr gegenüber, dass er auf etwas Interessantes gestoßen sei.«

Lagarde ergriff das Wort. »Für uns ist es wichtig, zu erfahren, was mit ihm passiert ist. War es Suizid oder nicht? Das ist relevant für unsere weiteren Ermittlungen. Wenn er tatsächlich eine Spur entdeckt hat, müssen wir herausfinden, was es war und ob er deshalb sterben musste.«

Chagall nickte. »Ich verstehe. Es gab zwei rechtsmedizinische Untersuchungen, das ist ungewöhnlich und unüblich. Es deutet auf unpräzise Arbeit hin. Der alte Doktor Brin hat ihn damals obduziert und einen Kopfschuss und einen Schuss in die Brust festgestellt. Die Waffe war auf dem Boden der Garage gefunden worden. Aufgrund der Ausführungen des Arztes zum Tathergang gingen die Ermittler von Selbstmord aus.« Er räusperte sich. »Es wurde nachlässig und oberflächlich gearbeitet, das kann man nicht schönreden. Der alte Brin hätte viel früher in Pension gehen müssen. Es war unverantwortlich, ihn noch weiter arbeiten zu lassen. Warum die Polizisten sich seinen Schlussfolgerungen angeschlossen haben, ist mir ein Rätsel.«

Konzentriert blätterte er in einer Akte.

»Jules Brelots Tochter Annabelle war empört über diese Einschätzung und gab keine Ruhe, bis ihr Antrag auf eine zweite Untersuchung positiv beschieden wurde. Die zweite Obduktion habe ich durchgeführt, und ich bin zu einem anderen Ergebnis gekommen. Dabei habe ich festgestellt, dass jeder der beiden Schüsse für sich bereits tödlich war. Ein Selbstmord ist damit im Grunde ausgeschlossen.«

Er schüttelte ungläubig den Kopf. »Die Ballistik-Experten kamen daraufhin zu dem Schluss, dass der Schütze, der ihm in die Brust geschossen hatte, auch die Kugel abgefeuert hat, deren Fragmente im Schädel des Mannes gefunden wurden. Außerdem wurde festgestellt, dass er keinesfalls vor dem finanziellen Ruin stand. Seine Tochter Annabelle bestätigte glaubhaft, dass es keinerlei familiäre Probleme gab. Damit waren also auch die Motive für einen Suizid hinfällig.«

»Jemand hat ihn getötet«, stellte Lagarde fest.

»Ja, zweifelsfrei«, bestätigte der Arzt. »Der Täter wurde nie gefunden.«

»Brelot hatte etwas herausgefunden und wurde deshalb ermordet.«

»So hat es den Anschein.«

»*Merci beaucoup*, Doktor Chagall, Sie haben uns sehr geholfen.«

»Keine Ursache. Ich wünsche Ihnen viel Erfolg. Das ist wirklich eine vertrackte Geschichte. *Au revoir.*«

Zurück auf der Wache in Tréguier verabschiedeten sich die Kommissare voneinander. Bayrou wollte für den Grillabend mit Marie Ravel einkaufen, und Lagarde fuhr zurück in sein Ferienhaus. Er hatte vor, sich etwas zu kochen und in Ruhe über die neusten Entwicklungen ihres Falles nachzudenken. Irgendetwas beunruhigte ihn. War es eine Information, die sie heute bekommen hatten?

Ein festes Klopfen und laute Rufe rissen ihn aus dem Schlaf. Er fuhr hoch und stellte fest, dass er auf dem Sofa im Salon eingeschlafen war. Seine Notizen lagen verstreut auf dem Tisch. Das Feuer im Holzofen war heruntergebrannt, und es war kalt im Haus. Ein Blick auf seine Armbanduhr sagte ihm, dass es drei Minuten nach dreiundzwanzig Uhr war.

Im fahlen Lichtkegel der Stehlampe ging er zur Glastür und schloss sie auf. Tina stürzte in die Küche, ihr tränenüberströmtes Gesicht war kalkweiß. Aus weit aufgerissenen Augen sah sie ihn an. Bevor sie etwas sagen konnte, ahnte er, was passiert war.

»Zoë ist weg«, flüsterte sie mit heiserer Stimme. Sie fiel ihm um den Hals und zitterte am ganzen Körper. »Der Teufel von Beauport hat sie geholt, und er wird sie töten, genau wie die anderen Mädchen.« Sie wurde von Schluchzern geschüttelt.

Lagarde führte sie zum Sofa und bat sie, sich zu setzen. Dann zog er einen Sessel heran, setzte sich ihr gegenüber und ergriff ihre Hand. »Was ist passiert, Tina? Erzählen Sie es mir. Jedes Detail ist wichtig. Bitte.«

Sie nickte, schnäuzte sich und begann zu berichten. »Zoë und ich waren am späten Nachmittag am Strand von Perros spazieren und haben danach auf der Uferpromenade in einem Café ein Eis gegessen. Anschließend wollten wir nach Lannion ins Kino. Aber ein Reifen von meinem Auto war platt.« Sie stöhnte gequält und rieb sich die Augen. »Ich telefonierte mit einem Pannendienst, der in zwanzig Minuten kommen wollte. Zoë hatte keine Lust zu warten und sagte, sie wolle lieber ins Heim zurück und den Abend dort verbringen. Die Kochgruppe würde chinesisch kochen, und sie wollte dabei sein.« Verzweifelt sah sie ihn an. »Ich glaube, es sollte ein kleines Abschiedsfest für sie werden. Ich wollte ihr ein Taxi rufen, doch sie lachte und sagte, die zwei Kilometer könne sie auch zu Fuß gehen. Dann machte sie sich auf den Weg. Vorher hatten wir noch vereinbart, dass ich sie am nächsten Morgen in Saint-André abholen würde, um endlich gemeinsam nach Hause zu fahren.«

»Sie wollte zu Fuß zu der Einrichtung gehen?«

»Ja.«

»Dort ist sie aber nicht angekommen?«

»Nein. Madame Fernand hat mich gerade angerufen. Zunächst war sie verärgert und hat mich aufgefordert, meine Tochter zurückzubringen. Zweiundzwanzig Uhr sei vereinbart gewesen. Sie hatte kurzfristig den Nachtdienst für den Sozialarbeiter Alain Braden übernommen und dachte, ich hätte ihn überredet, später zurückkommen zu dürfen. Das Missverständnis war rasch geklärt, und sie hat gesagt, sie würde sofort die Polizei anrufen und Zoë als vermisst melden.« Tina wickelte aufgeregt eine Haarsträhne um ihren Finger. »Madame

Fernand wollte mich beruhigen und meinte, Zoë würde bestimmt im Laufe der Nacht oder spätestens morgen früh wieder auftauchen. Aber sie glaubte selbst nicht, was sie da sagte. Das habe ich an ihrer Stimme erkannt. Meine Tochter ist entführt worden, vielleicht ist sie schon tot.«

Lagarde wollte sie nicht anlügen, auch er machte sich große Sorgen. Ein fünftes Mädchen, verschwunden direkt vor ihrer Nase. Der Täter wollte den Polizisten zeigen, dass er ihnen überlegen war.

»Sie ist nicht tot, Tina. Aber wir müssen sie so schnell wie möglich finden. Haben Sie jemanden, zu dem Sie jetzt gehen können, der sich um Sie kümmert?«

»Ich habe mich mit einer Nachbarin angefreundet.«

»Gehen Sie zu ihr und behalten Sie Ihr Handy in der Nähe. Womöglich meldet sich Ihre Tochter. Wenn es etwas Neues gibt, sagen Sie mir Bescheid. Ach, und noch etwas. Schicken Sie bitte ein Foto Ihrer Tochter auf mein Smartphone.« Er reichte ihr seine Visitenkarte.

»Kann ich nicht bei Ihnen bleiben?«

»Nein, ich muss Ihre Tochter suchen.«

»In Ordnung.« Bevor sie ging, umarmte sie ihn fest, und er konnte ihre Angst spüren. »Sie müssen sie finden, ich flehe Sie an.«

Als sie die Tür hinter sich geschlossen hatte, rief Lagarde Bayrou an und informierte ihn darüber, was passiert war.

»Zoë ist verschwunden?« Sein Kollege war entsetzt. »Wenn unser Mörder sie entführt hat, müssen wir uns beeilen.«

Lagarde hörte eine sanfte weibliche Stimme im Hintergrund. »Ist etwas passiert, Jacques-Pierre?«

»Einen Moment bitte, Marie.« Dann sagte er an Lagarde gewandt: »Ich komme sofort.«

»Das brauchen Sie nicht. Oder haben Sie eine Vorstellung, wo der Täter das Mädchen versteckt haben könnte?«

»Leider nein.«

»Ich auch nicht. Ich werde jetzt eine Großfahndung nach Zoë einleiten, das ganze Programm, vielleicht bringt das etwas. Wir sehen uns morgen früh auf der Wache und besprechen unser weiteres Vorgehen. Wenn wir Glück haben, taucht sie wieder auf.«

»Das glaube ich nicht.«

»Ich auch nicht.«

Lagarde stand in seiner Küche und dachte darüber nach, was er tun konnte? Untätig hier herumsitzen kam nicht infrage. Sein Mitgefühl half dem Mädchen nicht, etwas musste geschehen. Dann hatte er plötzlich eine Idee, die etwas gewagt sein mochte, aber einen Versuch war es wert.

Er setzte sich in sein Auto, fuhr nach Perros-Guirec und parkte auf dem Parkplatz der Marina. Der Himmel war sternenklar, und der Mond spiegelte sich im Wasser. Als er zu dem Haus lief, in dem Richard Étienne wohnte, zerrte der kalte Nachtwind an seiner Jacke.

An der Eingangstür klingelte er Sturm. Niemand öffnete. Er trat zwei Schritte zurück und sah nach oben. In der Wohnung des Psychologen brannte Licht. Erneut drückte er auf den Knopf. Nichts, er machte nicht auf. Die Wohnung im Erdgeschoss war ebenfalls erhellt. Also versuchte er es dort, und gleich darauf drang eine Stimme aus der Gegensprechanlage.

»Wer ist da? Wissen Sie, wie spät es ist?«

»Polizei, Philippe Lagarde. Machen Sie bitte die Tür auf, ich will nur in den Hausflur.«

Der Öffner summte. Im Türrahmen stand eine junge Frau in Jogginghose und T-Shirt, zog an ihrer Zigarette und sah ihn verärgert an. Er zeigte ihr seinen Ausweis.

»Entschuldigen Sie bitte die Störung, Madame. Ich muss dringend mit Monsieur Étienne sprechen.«

Ihr Gesichtsausdruck wurde freundlicher. »Es ist schon in Ordnung. Ich lerne für eine Prüfung, deshalb bin ich noch wach. Was wollen Sie von Richard? Hat er etwas angestellt?«

»Nein, es ist alles in Ordnung, ich will nur mit ihm reden. *Bonne nuit.*«

»*Bonne nuit*, Monsieur.«

Kopfschüttelnd sah sie ihm nach, als er die Treppe hinaufging. Sie hatte keine Lust mehr zu lernen. Warum hatte sie diesen höflichen attraktiven Polizisten nicht auf ein Glas Wein nach seinem Gespräch eingeladen? Dann fiel ihr das Pensum ein, das sie noch zu bewältigen hatte, und sie schloss die Tür.

Lagarde klingelte und klopfte schließlich an die Wohnungstür des Psychologen. Laut rief er dessen Namen. Dann hielt er inne und lauschte. Leise Musik war zu hören.

»Wenn Sie nicht sofort öffnen, trete ich die Tür ein«, drohte er.

Zwei Sekunden später wurde sie aufgerissen. Étienne trug eine schicke Hose, ein weißes Hemd und elegante Lederschuhe. Seine Haare waren noch feucht vom Duschen, und er roch nach Seife und Aftershave. Wütend starrte er ihn an. »Sind Sie verrückt geworden? Hören Sie auf, mitten in der Nacht so einen Lärm zu machen! Was wollen Sie von mir?«

»Ich will mit Ihnen reden. Darf ich reinkommen?«

»Nein, das passt jetzt nicht.«

»Wollen Sie ausgehen?«

»Aber nein.«

Lagarde schob sich an ihm vorbei und ging in den Salon.

»Es ist dringend, Monsieur Étienne. Zoë Chevalier ist verschwunden.«

»Was?«

»Ja. Setzen wir uns.« Er sah den Mann eindringlich an. »Wo ist sie?«

»Wieso fragen Sie mich das? Woher soll ich das wissen?«

»Hören Sie, wenn Sie mir verraten, wo Sie sie versteckt halten, kann sich das positiv auf Ihr Strafmaß auswirken. Das nennt man Rücktritt vom Versuch.« Er bluffte. Schließlich waren schon vier Mädchen getötet worden.

»Ich bin nicht Ihr Mann, Sie täuschen sich. Sie vergeuden hier Ihre Zeit. Suchen Sie den wahren Täter, verdammt. Ich mag die Kleine sehr gerne, ihr darf nichts passieren.«

»Monsieur Étienne! Hören Sie mir zu. Sie haben in einem Heim bei Toulon ein Mädchen namens Chantal sexuell belästigt. Sie haben Mélissa vorgeschlagen, gemeinsam zu duschen. Sie haben Joséphine unsittlich berührt. Diese Vorfälle machen Sie äußerst verdächtig.«

»Das stimmt alles nicht! Chantal hat gelogen, sie war eine notorische Lügnerin. Mélissa hat nicht verstanden, dass ich einen Scherz gemacht habe, das hat sie nie. Bei Joséphine habe ich für einen kurzen Moment die Kontrolle verloren, das habe ich bereits zugegeben, und mich sofort bei ihr dafür entschuldigt. Ich bin auch nur ein Mann. Was glauben Sie, wie sehr gerade die Mädchen einem Mann in meinem Beruf das Leben schwermachen können?«

»Das ist keine Entschuldigung. Sie arbeiten mit Minderjährigen und sind verpflichtet, sich wie ein Profi zu verhalten.«

»Ich war es nicht. Sie haben keine Beweise gegen mich in der Hand. Gehen Sie jetzt bitte.«

»Darf ich mich in Ihrer Wohnung umsehen?«

»Haben Sie einen richterlichen Durchsuchungsbeschluss?«

»Nein, aber ich kann einen besorgen, dann warten wir eben so lange hier.«

»Also bitte, sehen Sie sich um. Ich habe nichts zu verbergen.«

»Danke.«

Lagarde ging in das Schlafzimmer, warf einen Blick ins Badezimmer und die Küche und öffnete eine Putzkammer. Hier war Zoë nicht. Damit hatte er auch nicht gerechnet. Wenn Étienne sie tatsächlich entführt hatte, würde er sie anderswo verstecken. Nachdenklich ging er zurück in den Salon. »Haben Sie einen Dachboden? Einen Keller?«

Der Psychologe verdrehte genervt die Augen. »Sie sind hartnäckig, Monsieur le Commissaire. Ich habe ein Kellerabteil. Los, kommen Sie mit. Ich zeige es Ihnen.«

Gemeinsam stiegen sie in den Keller hinab. Das Abteil war ein Holzverschlag, in dem sich ein Rennrad, ein Mountainbike, Autoreifen und eine Kiste mit Werkzeug befanden. Es war unmöglich, dort jemanden zu verstecken.

Der Psychologe zeigte unwirsch darauf. »Sehen Sie, da ist niemand.«

»Gehen wir in Ihre Wohnung zurück, mir ist etwas aufgefallen.«

Der Mann seufzte. »Wie Sie wollen.«

Im Flur gab es an der Wand ein Brett, an dem Schlüssel hingen. Lagarde griff nach einem alten, leicht angerosteten Schlüssel. Daran hing ein Holzschildchen, auf dem *Hütte* stand.

»Sie haben eine Hütte?«, fragte Lagarde.

»Nein.«

»Das glaube ich Ihnen nicht. Wenn Sie mir nicht sagen, wo sie steht, finde ich es heraus. Sollte dem Mädchen in der Zwischenzeit etwas zustoßen, werden Sie mich kennenlernen.«

»Sie drohen mir?«

»Ich warne Sie.«

»Ich werde mich über Sie beschweren.«

»Tun Sie das. Es ist Gefahr in Verzug, das heißt, dass ich weitreichende Befugnisse habe. Kommen Sie, wir fahren da jetzt hin. Wir nehmen Ihr Auto.«

Der Mann schien zu resignieren. »Also gut.«

Sie verließen Perros und fuhren über menschenleere Landstraßen in Richtung Penvénan. Vor der Ortschaft bog Étienne in eine schmale Straße ein, der er etwa zwei Kilometer folgte. Zunächst reihten sich beidseitig in größer werdenden Abständen schlichte kleine Häuser, dann gab es nur noch mannshohe Bambusstauden und Gestrüpp. Schließlich erreichten sie eine Abzweigung und fuhren auf einem sandigen Weg durch einen Buchenwald. Um die Stämme wickelten sich Efeuranken, die im Scheinwerferlicht giftgrün glänzten. Trotz der Dunkelheit konnte man eine Hütte erkennen, die an einem Weiher stand. Daneben parkte ein weißer Peugeot.

Lagarde fragte sich, ob Étienne einen Komplizen hatte, und tastete nach seiner Waffe. Als sie ausstiegen, hörten sie das Quaken von Fröschen. Das Schilf rauschte im Wind. Irgendwo schrie ein Nachtvogel. Hinter einem der Fenster der Hütte war ein Lichtschein zu erkennen.

»Das ist sie«, erklärte Étienne. »Hier komme ich zum Angeln her und wenn ich in Ruhe nachdenken will.«

»Ist Zoë da drin?«

»Nein.«

»Wer dann?«

»Das geht Sie nichts an.«

Plötzlich wurde die Tür geöffnet, und im Rahmen erschien eine Frau. Sie hatte einen weizenblonden Pagenkopf und trug ein schwarzes Negligé, das ihre Figur betonte und im Lichtschein schimmerte.

»Da bist du ja endlich, *mon chéri*«, sagte sie mit rauchiger Stimme. Sie hatte einen leichten russischen Akzent.

»Ich dachte schon, du kommst nicht mehr.«

Dann entdeckte sie Lagarde und stutzte. »*Bonsoir*, Monsieur le Commissaire. Was machen Sie denn hier?«

»*Bonsoir*, Madame Dubois. Monsieur Étienne hat mich hergefahren.«

»Er sucht Zoë«, erklärte der Psychologe. »Sie ist verschwunden, und er meint, ich hätte sie entführt.«

Sie starrte ihn entsetzt an. »Zoë ist verschwunden? O nein, bitte nicht noch ein Mädchen. Hört das nie auf?«

Dann fasste sie sich wieder.

»Kommen Sie herein, hier drin ist es warm, und ich habe Tee gekocht.«

Sie setzten sich um einen einfachen Holztisch, und Nadja Dubois schenkte dampfenden Tee in Keramikbecher ein, nachdem sie rasch in einen Morgenmantel geschlüpft war. Lagarde bedankte sich. Beschwörend sah sie ihn an. »Richard hat mit der Sache nichts zu tun, das weiß ich. Ich lege für ihn meine Hand ins Feuer. Suchen Sie woanders. Sie müssen sie finden! Ich ertrage es nicht, wenn noch ein Mädchen stirbt.«

»Wir tun, was wir können, aber es existiert momentan keine heiße Spur.«

Sie und Étienne tauschten einen kurzen Blick, und Nadja Dubois ergriff erneut das Wort. »Hören Sie bitte, Monsieur Lagarde. Richard und ich haben schon seit längerer Zeit ein Verhältnis. Mein Mann Frédéric darf nichts davon erfahren, es würde ihm das Herz brechen. Außerdem ist er Mitglied im Förderverein von Saint-André. Wenn diese Beziehung bekannt wird, wird es von ihm keine Spenden mehr geben. Sie waren immer sehr großzügig und werden der Einrichtung fehlen. Das wollen wir doch nicht, oder?«

Ihre smaragdgrünen Augen strahlten etwas aus, dem man sich kaum entziehen konnte.

»Wenn Ihr Verhältnis für den Fall nicht relevant ist, muss niemand davon erfahren.«

Sie schenkte ihm ihr schönstes Lächeln.

»Ich mache mich wieder auf den Weg.«

»Ich fahre Sie zurück.« Der Psychologe erhob sich.

»Danke, das ist nicht nötig, ich werde mir ein Taxi rufen. *Bonne nuit.*«

Während Lagarde dem schmalen Weg folgte, telefonierte er mit der Taxizentrale. Als er die Straße erreicht hatte, setzte er sich auf einen Baumstumpf und wartete.

Wo war Zoë?

Im Keller war es kalt und dunkel. Es roch modrig. Durch zwei schmale Oberlichter fiel schwacher Lichtschein. Dazwischen hingen Spinnweben. Die unverputzten Wände glänzten feucht. An manchen Stellen krallten sich Flechten und Mooskissen an der Mauer fest. Zoë wusste nicht, ob es Tag oder Nacht war. Es gab keine Geräusche, nur ihren eigenen Atem. Sie konnte sich nicht erinnern, wie sie in dieses Loch gekommen war. Zitternd vor Kälte kauerte sie auf einer Pritsche. Notdürftig hatte sie eine verschlissene stinkende Decke um sich gewickelt. Es war schwierig gewesen, da ihre Hände vor dem Bauch mit einem Strick gefesselt waren.

Einmal war sie aufgewacht, als sie ein Knarren hörte. Das Geräusch war von oben gekommen. Eine im Dunkeln liegende Holztür wurde quietschend geöffnet, und ein schwarz gekleideter Mann, dessen Gesicht von einer Sturmhaube verdeckt wurde, kletterte die Holzstiege herab. Langsam kam er auf sie zu. Sie konnte spüren, wie seine Augen über ihren Körper wanderten. Sein Atem roch nach Tabak und Zwiebeln. Sie kämpfte gegen den Brechreiz an. Eine unbändige eiskalte Wut stieg plötzlich in ihr auf.

Als der Mann vor ihr stand, stellte er ein Tablett mit einer Wasserflasche und einem Baguette neben ihr auf der Pritsche ab.

»Wenn du ein braves Mädchen bist, werden wir uns gut verstehen«, sagte er. Seine Stimme kam ihr bekannt vor. Unvermittelt spuckte sie ihm ins Gesicht. »Lass mich hier raus, du Scheißkerl!«

Der Mann wich überrascht zurück. Schnell fasste er sich, trat vor und ohrfeigte sie, dass ihr Kopf auf die Seite kippte. Der Zorn, der sie erfasste, war unkontrollierbar. Sie sprang auf, und ihre Stirn knallte auf seine Nase, so dass er aufschrie und rückwärts taumelte. Sie stieß ihm mit aller Kraft ein Knie in den Unterleib. Er schwankte und stöhnte auf. Dann packte er sie und schleuderte sie auf den Steinboden.

Als sie sich benommen aufrichtete, sah sie, dass er die Treppe hinaufstieg und durch die Tür verschwand. Ein Riegel wurde von der anderen Seite knirschend vorgeschoben. Das Tablett mit dem Essen hatte er mitgenommen.

Nach diesem Vorfall hämmerten Schmerzen in ihrem Kopf. Dennoch rappelte sie sich auf und ging aufmerksam den Keller ab. Verzweifelt suchte sie nach einem Fluchtweg. Die Fenster waren zu weit oben, sie konnte sie nicht erreichen. Der Keller war spärlich möbliert, es gab weder eine Kiste noch einen Stuhl, auf die sie steigen konnte. In der Mitte ihres Gefängnisses sah sie einen Abfluss, der fest mit einem steinernen Deckel verschlossen war. Sie rüttelte daran, doch er bewegte sich keinen Millimeter. In einer dunklen Ecke ertastete sie eine Kiste. Sie fühlte Lappen, die nach Schmieröl rochen, und eine leere Sprühdose. Unter einer Schachtel mit alten Porzellansicherungen lag ein schmaler runder Gegenstand mit einer Spitze und einem runden Kopf. Ein Nagel, mindestens fünfzehn Zentimeter lang. Zufrieden nahm sie ihn, ging zu dem Feldbett zurück und setzte sich. Sie sehnte sich nach ihrer Mutter und hatte Hunger und Durst. Den Nagel legte sie neben sich. Wenn der perverse Typ zurückkam, würde sie ihm ein Auge ausstechen.

NEUNTER TAG

DER TEUFEL VON PORT BLANC

Lagarde und Bayrou trafen sich in aller Frühe auf der Wache. Beide hatten kaum geschlafen, und Bayrou setzte Kaffee auf.

Als sie in seinem Büro saßen, erzählte er: »Marie und ich haben fast die ganze Nacht überlegt, wer Zoë entführt hat, wie es geschehen konnte und wo sie sich aufhalten könnte. Wir sind zu keinem Ergebnis gekommen, es ist wie verhext. Erst im Morgengrauen sind wir eingeschlafen. Es ist doch in Ordnung, dass wir darüber gesprochen haben?«

Lagarde winkte ab. »Wir können jede Hilfe brauchen. Uns läuft die Zeit davon. Was ist mit der Großfahndung?«

»Negativ. Das Mädchen ist wie vom Erdboden verschluckt. Er hat sie, nicht wahr?«

Lagarde nickte. »Davon müssen wir ausgehen.«

»Madame Fernand hat sich gemeldet und erzählt, dass Zoë Gefahren nicht richtig einschätzen kann und in bedrohlichen Situationen aggressiv reagiert. Deshalb kann es sein, dass der Täter schnell die Geduld mit ihr verliert und kurzen Prozess mit ihr macht. Sie schwebt akut in Lebensgefahr.«

»Sie würde nicht mit ihm kooperieren, um Zeit zu gewinnen?«

»Nein.« Er sah auf seine Notizen. »Da war noch etwas. Die Werkstatt, die Christine Chevaliers Wagen reparierte, hat heute Morgen angerufen. Der Reifen wurde zerstochen.«

»Die Tat war also offenbar geplant, und es hat funktioniert.«

»Ja.«

»Ich habe gestern Nacht noch einmal den Psychologen aufgesucht.«

»Alleine?«

»Ja.« Er erzählte, was geschehen war. »Die Hütte war für mich ein Strohhalm, ich hatte keine großen Hoffnungen, Zoë dort zu finden, aber es hätte ja immerhin sein können. Stattdessen hat uns Nadja Dubois empfangen.«

»Wenn er sie woanders versteckt hat, ohne dass Madame Dubois davon weiß?«

»Er entführt das fünfte Mädchen und will anschließend zu seiner Hütte fahren, um sich mit seiner Geliebten zu treffen?«

»Stimmt, das ergibt nicht wirklich Sinn. Schließen wir Étienne also aus?«

»Ich denke schon.«

»Wer ist dann der Täter?«

»Gute Frage. Wir brauchen eine Strategie, Jacques-Pierre. Sofort.«

Das rote Backsteinhaus des Privatdetektivs Jules Brelot lag auf der Halbinsel Plougrescant nördlich von Tréguier. Im Frühsommer prägten die gelben Blüten des Stechginsters das Landschaftsbild, jetzt näherte sich eine Nebelwand und tauchte die Landspitze in verwaschene Grautöne. Regenschlieren behinderten die Sicht. Wie ein Schemen stand in der Nähe ein schlichtes Granithaus, eingeklemmt zwischen zwei Felsen.

Das Dach des roten Hauses war von Moos und Weinlaubranken überwachsen, der Schornstein saß schief auf den Ziegeln. Die Fenster waren blind, der Fassadenputz abgebröckelt. Im verwilderten Garten neigte eine Zeder sich zur Seite und schien jeden Augenblick auf das Dach zu stürzen. Es war offensichtlich, dass das Haus bereits längere Zeit leer stand. Die Garage, in der Brelot tot aufgefunden worden war, schloss sich direkt an das Hauptgebäude an. Auf einem Plattenweg, durch dessen Fugen Unkraut kroch, gelangten die Ermittler zur Eingangstür. Wie nicht anders zu erwarten, war sie verschlossen. Geschickt hantierte Bayrou an den Federn und Stiften, und nach kurzer Zeit öffnete sich die Tür. Die Luft, die ihnen entgegenschlug, war feucht und roch abgestanden.

»Was suchen wir genau?«, wollte Bayrou wissen.

»Notizen von Brelot, die seine Suche nach Caroline Vernier dokumentieren. Hinweise auf verdächtige Personen. Spuren, die uns weiterhelfen. Ich schlage vor, wir teilen uns auf. Nehmen Sie sich den ersten Stock und den Dachboden vor, ich durchsuche das Erdgeschoss und den Keller.«

»Einverstanden.«

Bayrou stieg die Treppe hinauf und untersuchte einen Raum nach dem anderen. Weder im Schlafzimmer noch im Gästezimmer konnte er etwas entdecken, das Rückschlüsse auf den Aufenthaltsort von Zoë oder ihren Entführer zuließ. Ein Safe, den er hinter einem Gemälde entdeckte, war nicht verschlossen, aber leer. Auf den Möbeln hatte sich eine Staubschicht ausgebreitet. Bayrou stutzte. Ein Abdruck auf einer Kommode schien ziemlich frisch zu sein. Wer war noch hier gewesen?

Plötzlich ertönte von oben ein lang gezogener schriller Schrei, der ihn zusammenfahren ließ. Er zog seine Waffe, entsicherte sie und stieg über eine Leiter zu der Luke hinauf. Ohne zu zögern, klappte er sie auf und stand mit einem Schritt auf den Holzdielen. Aufmerksam sah er sich um. Zwischen den Dachsparren klaffte ein Loch, durch das es hereinregnete. Die Möwe, die zwischen dem alten Gerümpel herumflatterte und in Panik schrie, flog hoch und knallte gegen die Dachziegel. Daraufhin fiel sie auf den Boden und rührte sich nicht mehr. Bayrou fragte sich, wie lange ihr Todeskampf bereits gedauert hatte.

Er ging ins Erdgeschoss hinunter, um zu sehen, ob Lagarde etwas gefunden hatte. Er fand ihn im Salon vor dem offenen Kamin kniend, in dessen Öffnung er mit einem Schürhaken herumstocherte. Lagarde sah auf.

»Ich bin nirgends fündig geworden, auch nicht in seinem Arbeitszimmer. Dort gab es erstaunlich wenige Unterlagen für einen Privatdetektiv. Nur alte Fälle. Vielleicht war schon jemand hier und hat sich umgesehen.«

»Sie meinen, jemand ist hier eingebrochen und hat Beweismaterial mitgenommen?«

»Ja, derjenige, der ihn erschossen hat. Oder er hat versucht, es zu vernichten. Im Kamin hat ein Feuer gebrannt, und in der Asche befinden sich angekohlte Papierfetzen. Sie sind durch die Flammen nicht vollständig vernichtet worden.« Er steckte den Kopf in die Kaminöffnung. »An der Seite ist noch mehr Papier, es hat sich in einer Mauerritze verklemmt.« Er griff danach und zog es behutsam heraus. Ein Teil war verbrannt, der Rest war angekokelt, nur eine Stelle war unversehrt. Er legte die Blätter auf den Boden, so dass auch Bayrou die Worte lesen konnte. Dort stand: *Alain Braden*. Der Name war rot umkreist und zweifach unterstrichen.

»Das ist der Sozialarbeiter aus dem Heim«, stellte Bayrou fest.

»Ja, ich weiß.«

»Was steht da noch?«

»›Mit Edouard Hulot sprechen‹ und eine Ziffernfolge, wahrscheinlich eine Telefonnummer.«

»Wer ist das?«

»Der Name ist in unserem Fall bisher noch nicht aufgetaucht. Rufen Sie bitte Madame Fernand an und fragen Sie sie, ob sie weiß, wo Alain Braden sich derzeit aufhält.«

Bayrou hatte Glück und erreichte die Heimleiterin sofort. Er stellte den Lautsprecher seines Smartphones auf laut.

»*Bonjour*, Madame Fernand. Wir möchten mit Monsieur Braden sprechen. Wissen Sie, wo wir ihn erreichen können?«

»Alain? Nein, leider nicht. Er hat sich gestern kurzfristig freigenommen und wollte eine Radtour unternehmen.«

»Wo wollte er hin?«

»Das weiß ich nicht.«

»Wann kommt er zurück?«

»Er hat heute Nachtdienst und kommt um achtzehn Uhr nach Saint-André. Warum wollen Sie das wissen?«

»Nur eine kleine Recherche. *Merci*, Madame Fernand, das war es schon.« Er beendete das Gespräch.

Lagarde überlegte. »Versuchen wir es bei Edouard Hulot.«

»Okay.« Bayrou tippte die Nummer von der Notiz ein und erreichte den Mann. Er wohnte in Tréguier. Sie vereinbarten, dass sie in einer halben Stunde bei ihm vorbeikommen würden.

»Er machte einen sehr überraschten Eindruck«, stellte er fest. »Mal sehen, ob er etwas weiß.« Sein Blick fiel auf das halb verbrannte Papier. »Da am Rand steht doch noch etwas, sehen Sie? Ein Buchstabe, der kaum noch zu entziffern ist. Ist das ein E?«

Lagarde sah genauer hin. »Das könnte sein.«

»Étienne?«

»Ich kann es mir nicht vorstellen. Aber vielleicht täusche ich mich.«

»Und wenn Alain Braden der Täter ist?«

»Bislang haben wir keinerlei Hinweise auf ihn.« Er klopfte sich die Hosenbeine ab. »Lassen Sie uns noch einen Blick in die Garage werfen, bevor wir gehen.«

Sie verschlossen die Haustür und bahnten sich einen Weg durch das hohe Gras. Als sie die Garage erreicht hatten, drehte Bayrou den Griff und schob das Tor nach oben.

Staubpartikel wirbelten durch die Luft. An einer Seite stapelten sich Autoreifen, gegenüber gab es ein Regal mit ordentlich aufgereihten Werkzeugen. Lagarde deutete auf einen dunklen Fleck auf dem Steinboden. »Dort ist er gestürzt, nachdem er erschossen wurde.«

Bayrou nickte. »Gehen Sie davon aus, dass der Täter derselbe war, der die Mädchen getötet hat?«

»Ja, das vermute ich. Wir müssen ihn so schnell wie möglich finden. Ich mache mir große Sorgen um Zoë, hoffentlich ist sie noch am Leben.«

Edouard Hulots Bauernhof lag außerhalb von Tréguier in der Nähe des Flusses Jaudy. Hinter dem blauen Fachwerkhaus erstreckte sich eine Weide, auf der Schafe grasten. Bayrou fuhr durch die Hofeinfahrt und stellte den Dienstwagen neben einem Traktor ab. Als sie ausgestiegen waren, sahen sie, dass ein alter weißhaariger Mann, bekleidet mit einem Arbeitsoverall und Gummistiefeln, auf sie zukam. Er hinkte leicht und stützte sich auf einen Stock.

»Sie sind die Polizei?«, fragte er. Seine Stimme war dunkel und kräftig.

»Ja«, bestätigte Bayrou. »Ich habe vorhin bei Ihnen angerufen, und wir haben einen Termin vereinbart.«

»Sie haben mir nicht gesagt, worum es geht.«

»Nein, Monsieur, wir möchten gerne persönlich mit Ihnen sprechen.«

»Kommen Sie ins Haus. Heute wird es nicht mehr aufhören zu regnen.«

Sie folgten ihm in die Küche und setzten sich an den Tisch. Der alte Mann legte ein Holzscheit auf die glühenden Kohlen, dann ließ er sich auf einem Stuhl nieder.

»Danke, dass Sie bereit sind, mit uns zu reden«, begann Lagarde. »Wohnen Sie alleine hier?«

»Ja, vor fünf Monaten ist meine Frau Suzette gestorben, sie wurde vierundachtzig Jahre alt. Ich bin zwei Jahre älter als sie.«

»Sie haben Schafe?«

»Bisher habe ich sie gezüchtet, aber die schwere körperliche Arbeit wächst mir über den Kopf. Meine Tochter und ihr Mann kümmern sich jetzt um die Tiere. Ich habe Ihnen den Hof überschrieben und werde hier bis zu meinem Tod wohnen.« Er musterte Lagarde mit gerunzelter Stirn. »Was wollen Sie denn nun von mir?«

»Wir ermitteln in dem Fall der vier getöteten Mädchen, die in der Abbaye de Beauport gefunden wurden.«

Der Mann nickte. »Ich habe im Radio davon gehört. Eine schreckliche Geschichte. Was ist nur aus unserer Welt geworden?«

»Kennen Sie einen Privatdetektiv namens Jules Brelot?«

»Jules Brelot? Warten Sie, der Name kommt mir bekannt vor.« Er legte die Stirn in Falten und dachte nach. »Doch, ich kenne ihn. Wir haben ungefähr vor einem Jahr telefoniert.«

»Worum ging es bei dem Gespräch? Können Sie sich erinnern?«

»Aber ja, ich bin doch nicht senil. Er hatte eine Annonce in die regionale Tageszeitung gesetzt. Darauf waren Fotos von vier Mädchen zu sehen, ebenso das Datum der Tage, an denen sie verschwunden waren. Wer sie gesehen hatte, sollte sich bei ihm melden. Er hatte seine Handynummer angegeben. Außerdem gab es eine Belohnung. Tausend Euro, das ist viel Geld.«

»Sie haben die Annonce gelesen. Was haben Sie daraufhin getan?«

»Ich habe ihn angerufen, und wir haben uns einige Tage später in einem Café in Tréguier getroffen.«

»Was haben Sie dort mit ihm besprochen?«

»Nichts.«

»Nichts?«

»Nein, er kam nicht. An sein Handy ist er auch nicht gegangen. Ich bin wieder aufgebrochen, und die Angelegenheit war für mich erledigt. Mit hat es nur leid um die tausend Euro getan. Meine Frau und ich hätten das Geld gut brauchen können. Zu der Zeit mussten wir aus gesundheitlichen Gründen unser Geschäft aufgeben.«

»Was hatten Sie für ein Geschäft?«, schaltete Bayrou sich ein.

»Suzette und ich betrieben einen Marktstand. Wir waren überall hier in der Gegend, auf den Wochenmärkten, den Kirchweihen und den Weihnachtsmärkten. Wir haben selbst hergestellte Produkte aus Schafswolle verkauft. Decken, Mützen, Handschuhe, Schals. Die Leute mochten unsere Sachen, sie waren qualitativ hochwertig und geschmackvoll.«

»Wer hat die schönen Dinge angefertigt?«

Der alte Mann lächelte stolz. »Meine Frau, ihre Schwester und zwei Nichten.«

»Haben Sie noch weitere Produkte verkauft?«

»Oh, ja! Haben Sie den Apfelgarten hinter dem Haus gesehen? Wir stellen Cidre her, er schmeckt wunderbar. Wir haben ihn an unserem Stand nicht nur verkauft, sondern auch ausgeschenkt. Im Sommer gut gekühlt mit einer Zitronenscheibe, im Winter heiß mit einem Hauch Zimt. Das war ein gutes Geschäft.«

Lagarde kam auf den Fall zurück. »Was wollten Sie mit Jules Brelot besprechen?«

»Ich habe eines der Mädchen gesehen, an dem Tag, als es verschwunden ist.«

Die Kommissare tauschten einen raschen Blick.

»Welches der Mädchen?«

»Warten Sie, wie war doch gleich ihr Name?«

»Können Sie sie beschreiben?«

»Ja, sie war sehr hübsch. Sie hatte halblange kastanienbraune Haare, grüne Augen und eine Stupsnase.«

Lagarde nickte. »Mélissa Ronné, verschwunden am 7. Dezember 2015.«

»Ja, genau.«

»Wo haben Sie das Mädchen gesehen?«

»An meinem Stand.«

»Um wie viel Uhr?«

»Gegen siebzehn Uhr, siebzehn Uhr fünfzehn.«

»War sie alleine?«

»Nein, sie war in Begleitung eines Mannes.«

»Haben die beiden etwas gekauft?«

»Sie haben heißen Cidre getrunken, jeder zwei Becher. Dann hat das Mädchen angefangen zu schwanken und wäre fast vom Barhocker gefallen. Der Mann stützte sie und erklärte meiner Frau, die Kleine habe zu viel getrunken und vertrage den Alkohol nicht.«

»Wie ging es weiter?«

»Er ist mit ihr gegangen, er musste sie stützen, da sie nicht mehr in der Lage war, alleine zu laufen.«

»Ist der Cidre besonders stark, oder war Schnaps darin?«

»Nein, es war einfach nur Apfelwein, er hat etwa so viel Alkohol wie Bier. Aber das Mädchen hat ihn wohl nicht vertragen.«

»Wie sah der Mann aus?«

»Er war stämmig, hatte helle Haare und derbe Gesichtszüge.«

»Auf wie alt schätzen Sie ihn?«

»Mitte vierzig würde ich sagen.«

»Haben Sie sonst noch etwas Auffälliges bemerkt?«

Er fuhr sich nachdenklich durch das dichte Haar. »Ich nicht, aber Suzette. Sie hat etwas beobachtet, als sie hinter die Marktbude ging, um Nachschub aus unserem Auto zu holen.«

Lagarde sah ihn ungeduldig an. »Was hat sie denn beobachtet?«

»Der Mann führte das Mädchen zu einem Kleinbus und bugsierte sie auf den Beifahrersitz.«

»Konnte Ihre Frau das Fahrzeug beschreiben?«

»Ja, sie hatte schon immer Augen wie ein Luchs.«

»Und wie sah es aus?« Er ahnte es bereits.

»Das Fahrzeug war weiß, darauf gab es einen blauen Schriftzug.«

»Tours Bretons«, sagte Bayrou kopfschüttelnd.

»Woher wissen Sie das?«

Bayrou tippte auf seinem Handy und suchte etwas. Er hatte Fotos von allen Personen, mit denen sie gesprochen hatten, auf sein Mobiltelefon geladen. Als er das Bild des Busfahrers Émile Losier gefunden hatte, zeigte er es Hulot.

»War es dieser Mann?«

Der alte Schafzüchter kniff die Augen zusammen und betrachtete die Ablichtung. Dann griff er nach seiner Brille und setzte sie auf. »Er könnte es sein, aber ich bin mir nicht sicher. Es ist schon so lange her.«

Bayrou schüttelte unmerklich den Kopf und versuchte es ein zweites Mal. »Ist er es, oder ist er es nicht? Versuchen Sie, sich zu erinnern.«

»Eventuell.«

»Okay, *merci*, Monsieur Hulot. Sagen Sie, warum haben Sie sich nicht bei uns gemeldet? Wir haben vor ein paar Tagen bei einer Pressekonferenz Fotos von den Mädchen gezeigt. Sie wurden in der Zeitung veröffentlicht.«

Der Mann sah ihn an. »Davon weiß ich nichts. Ich lese keine Zeitung mehr, seit meine Frau gestorben ist.«

»Ich verstehe.«

Lagarde erhob sich. »Haben Sie vielen Dank für dieses Gespräch, Monsieur Hulot. Sie haben uns sehr weitergeholfen.«

Er lächelte. »Das habe ich gerne getan.«

Als die Kommissare wieder im Dienstwagen saßen und vom Hof fuhren, sah er ihnen lange nach. Seit Suzettes Tod hatte ihn jeder Lebensmut verlassen, doch jetzt freute er sich, dass er helfen konnte.

Zurück in der Polizeistation sagte Bayrou: »Es war Émile Losier, nicht wahr?«

»Er ist nicht der einzige Busfahrer von *Tours Bretons*, der die Heimbewohner fährt. Aber natürlich hätte auch ein Angestellter des Heimes den Bus ausleihen und benutzen können. Die Beweislage ist nicht eindeutig.«

»Die Beschreibung passt.«

»Ja.«

»Auf jeden Fall hat derjenige den Mädchen Alkohol zu trinken gegeben, weil er wusste, dass sie ihn zusammen mit ihren Medikamenten nicht vertragen.«

»Oder er hat etwas in die Getränke getan, K.-o.-Tropfen, zum Beispiel GHB oder Liquid Ecstasy.«

»War Jules Brelot schon tot, als der Schafzüchter auf ihn gewartet hat?«

»Vermutlich, diesen Termin hätte er auf keinen Fall versäumt.«

»Dann hat unser Täter die Zeitungsannonce auch gesehen und sich entschieden, rasch zu handeln.«

Sie waren gerade dabei, ihr weiteres Vorgehen zu besprechen, als es an der Tür klopfte. Der diensthabende Polizist steckte den Kopf herein.

»Entschuldigen Sie die Störung, Kollegen, ein Mann will Sie dringend sprechen, Monsieur Rulan. Er sagt, es geht um die verschwundenen Mädchen.«

»Bringen Sie ihn bitte herein«, forderte Bayrou ihn auf.

Der große hagere Mann, der das Zimmer betrat, kam Lagarde bekannt vor. Dann fiel es ihm wieder ein. Es war Charlie, der Kellner aus dem Grand Hotel. An seinen geflochtenen Bart konnte er sich gut erinnern.

»Charlie«, begrüßte Bayrou ihn erfreut. »Was machst du denn hier?«

Lagarde sah interessiert von einem zum anderen. »Sie kennen sich?«

»Aber ja«, erklärte sein Kollege. »Ich esse oft im Grand Hotel.«

Charlie musterte Lagarde. »Sie haben vor Kurzem unser Restaurant besucht.«

»Sie haben ein gutes Gedächtnis.«

»Ich vergesse nie einen Gast.«

»Was führt Sie zu uns?«

»Ich möchte eine Aussage machen.«

»Bitte, nehmen Sie doch Platz. Möchten Sie eine Tasse Kaffee?«

»Gerne.«

Nachdem der Mann sich gesetzt und einen Schluck getrunken hatte, begann er zu erzählen. »Ich habe heute Morgen den Zeitungsartikel mit dem Bericht über die Pressekonferenz und den Bildern der Mädchen gesehen. Ich hatte zwei Tage frei und war mit meinem Motorrad im Finistère unterwegs, deshalb komme ich jetzt erst zu Ihnen.«

»Was ist Ihnen daran aufgefallen?«, wollte Lagarde wissen.

»Bernadette Hache. Ich habe sie zusammen mit Émile gesehen.«

»Welchen Émile meinen Sie?«

»Émile Losier, den Busfahrer. Er ist Stammkunde im Grand Hotel.«

»Wann haben Sie die beiden zusammen gesehen?«

»Am Nachmittag des 9. September 2016. An den Tag kann ich mich genau erinnern. Ich hatte einen runden Geburtstag und wollte an dem Abend mit meinen Kumpels feiern. Wir hatten vor, zusammen ein Rugbyspiel anzusehen. Unsere Mannschaft hat leider verloren und ist abgestiegen.«

Der 9. September war der Tag, an dem Bernadette verschwunden war.

»Wo?«

»Auf der Terrasse des Grand Hotel. Sie haben beide einen Eisbecher gegessen, und Émile hat sie mir als seine Nichte vorgestellt. Das habe ich ihm nicht geglaubt, ich dachte vielmehr, sie sei seine Freundin.«

»Wie kamen Sie darauf?«

»Ich habe gesehen, wie sie unter dem Tisch Händchen gehalten haben. Das macht man doch nicht mit seiner Nichte, oder?«

»Eher nicht«, meinte Bayrou. »Bist du sicher, dass es sich um Bernadette Hache handelte?«

»Absolut. Ich habe sie mir ganz genau angesehen, weil sie viel jünger als Émile war. Die zwei passten irgendwie überhaupt nicht zusammen.«

Lagarde sah ihn ernst an. »Wo wohnt Losier?«

»Nur ein paar Schritte vom Grand Hotel entfernt, in der Rue de la Chapelle 1.«

»Wissen Sie, ob er zu Hause ist?«

»Das ist durchaus möglich, er hat mir vor meinem Motorradausflug erzählt, er habe sich ein paar Tage krankschreiben lassen. Ach ja, und dann hat der noch eine sonderbare Bemerkung gemacht.«

»Was hat er gesagt?«

»Er habe Besseres zu tun, als zu arbeiten.«

»*Merci*, Monsieur Rulan.«

Als Charlie den Raum verlassen hatte, sahen die beiden Kommissare sich an. Dann erhob Lagarde sich.

»Auf geht's.«

»Wir brauchen zur Unterstützung eine mobile Sondereinsatztruppe aus Saint-Brieuc, der Mann ist höchst gefährlich.«

»Das dauert zu lange, Jacques-Pierre. Bis die Kollegen hier eintreffen, kann das Mädchen bereits tot sein.«

Als Lagarde und Bayrou sich auf den Weg machten, setzte die Dämmerung bereits ein. In einer halben Stunde würde es dunkel sein. Es hatte sich eingeregnet, und vom Boden stiegen Nebelschwaden auf, die die Landschaft unwirklich erscheinen ließen. Bayrou setzte das magnetische Blaulicht auf das Autodach des Zivilfahrzeugs und schaltete die Polizeisirene ein.

In weniger als zwanzig Minuten erreichten sie Port

Blanc, und bevor sie in die Dorfstraße einbogen, machte er das Blaulicht und die Sirene aus, um kein Aufsehen zu erregen. Zwischen dem Grand Hotel und der Surfschule gab es einen Parkplatz, auf dem sie den Dienstwagen abstellten. Von dort aus waren sie in wenigen Minuten in der Rue de la Chapelle. Das Erdgeschoss des Eckhauses, in dem Losier wohnte, lag im Dunkeln. Im ersten Stock fiel durch einen Spalt im Vorhang Licht auf die Gasse. Zur Straße hin gab es keine Eingangstür. Vergitterte Kellerfenster reihten sich düster im Mauerwerk. Im Schatten der Hausfassade umrundeten sie das Gebäude und gelangten zu einer bogenförmigen Hofeinfahrt. Auf der blanken Erde lag überall Gerümpel herum, durch das sie sich einen Weg zu einer Holztür bahnten, die verschlossen war. Darüber brannte ein fahles Nachtlicht, das hin und wieder flimmerte.

Sie stiegen die zwei Stufen zur Haustür hinauf, und Lagarde untersuchte das Schloss im Lichtstrahl seiner Taschenlampe. Es war alt und primitiv. Er informierte seinen Kollegen mit leiser Stimme über die Sachlage.

»Wenn wir sie eintreten, hört er uns«, flüsterte Bayrou.

Kurz nickte er und beförderte einen Satz Haken aus den Tiefen seine Lederjacke hervor. Er wählte einen aus, der ihm geeignet erschien, schob ihn zwischen Türrahmen und Riegel und stemmte sich gegen die Tür, während er sie gleichzeitig nach oben drückte. Innerhalb weniger Sekunden war sie offen. Mit lautlosen Schritten und ausgeschalteten Taschenlampen betraten sie den Korridor und orientierten sich. Lagarde deutete auf die Holzstiege. »Da hinauf.«

Er ging voran und hielt sich auf der rechten Seite, um kein knarrendes Geräusch zu verursachen. Bayrou folgte ihm. Beide hatten ihre Waffen entsichert und hielten sie schussbereit in der Hand. Im ersten Stock verharrten sie einen Augenblick und lauschten. Aus dem beleuchteten Zimmer, das sie von der Straße aus gesehen hatten, drangen Stimmen. Hatte Losier Besuch, einen Komplizen vielleicht? Dann wurde ihnen klar, dass der Fernseher lief. Der Commissaire nickte Bayrou zu.

»Zugriff!«

Mit seinem Stiefel trat er die Tür auf, die krachend gegen die Wand stieß. Daraufhin stürmten sie mit erhobenen Waffen in das Zimmer. Émile Losier saß im Schein einer Tischlampe in einem Ohrensessel und sah fern. Erschrocken fuhr er hoch. Lagarde fiel auf, dass seine Nase geschwollen war. Dann sackte der Mann wieder in sich zusammen und presste stöhnend die Hände auf seinen Unterleib.

»Polizei! Sie stehen unter dem dringenden Tatverdacht, Zoë Chevalier entführt zu haben«, herrschte Lagarde ihn an. »Sie sind vorläufig festgenommen.«

Der Busfahrer starrte sie an. »Was wollen Sie von mir?« Dabei schob er unauffällig die Hand unter den Sessel und zog ein Schlachtermesser hervor, dessen Klinge gefährlich funkelte. Die Spitze richtete er auf

Bayrou. Der reagierte sofort und trat ihm blitzschnell das Messer aus der Hand, so dass es in hohem Bogen durch das Zimmer flog. Daraufhin riss er den Oberkörper des Busfahrers nach vorne und zerrte seine Arme auf den Rücken. Losier schrie auf. Bayrou legte ihm Handschellen an, während Lagarde sich drohend vor ihm aufbaute. »Wo ist Zoë?«

Losier fixierte ihn mit einem bösartigen Grinsen. »Ich weiß nicht, wovon Sie sprechen.«

»Ich frage nur noch einmal. Wo haben Sie Zoë Chevalier versteckt?«

Die Augen des Mannes funkelten diabolisch. »Wenn Sie das nicht wissen, dann habe ich auch keine Ahnung.« In seiner Stimme lag tiefe Verachtung.

Der Kommissar zielte auf die linke Kniescheibe des Mannes. Bevor er abdrückte, drehte er seine Waffe einige Millimeter auf die Seite. Es gab einen ohrenbetäubenden Knall, und die Kugel durchschlug die Holzeinfassung des Sofas. Losier begann zu schreien. »Das dürfen Sie nicht!«

Der Kommissar zielte erneut. »Lassen Sie das mal meine Sorge sein. Diesmal treffe ich.«

»Hören Sie auf, das ist Folter!«

»Beantworten Sie meine Frage!« Seine Stimme war kalt wie Gletschereis, während er die Waffe unerbittlich auf den Mann richtete.

»Aufhören, bitte!«

»Also?«

»Sie ist im Keller.«

»Hier im Haus?«

»Ja.«

»Wo ist der Zugang?«

»Im Flur hinter der Treppe.«

Lagarde zog Losier mit sich zur Wand. Dort fesselte er ihn an ein Kupferrohr.

»Sie bleiben hier und warten auf uns.«

Schnell rannten sie die Treppe hinunter, entriegelten die Tür, die zum Keller führte, und folgten den Stufen. Mit ihren Taschenlampen leuchteten sie ihn aus.

»Polizei!«, rief Lagarde. »Hab keine Angst, Zoë, wir holen dich hier raus.«

Der Lichtkegel erfasste ein zitterndes Wesen mit kalkweißem Gesicht und großen Augen, das auf einer Pritsche kauerte. Lauernd sah das Mädchen ihn an, dann griff es nach einem Nagel und hielt ihn wie eine Waffe gegen ihn gerichtet. »Niemand fasst mich an!«, brüllte sie, und ihre Stimme überschlug sich. »Niemals!«

Lagarde hob beschwichtigend die Hände. »Hör zu, Zoë, wir haben den Busfahrer festgenommen, er kann dir nichts mehr tun. Ich bin Philippe Lagarde, ein Freund deiner Mutter. Wir sind Nachbarn. Du hast mich schon mal im Hof von Saint-André gesehen, erinnerst du dich?« Er leuchtete sich ins Gesicht. »Du erkennst mich doch wieder?«

Gehetzt starrte sie ihn an. »Ja, ich erkenne Sie wieder.« Sie legte den Nagel zurück und begann zu weinen.

»Ich komme jetzt zu dir und schneide die Fesseln durch. Dann bringe ich dich weg von hier. Okay?«

»Okay.«

Während er zu dem Mädchen in das Verlies stieg, gab er Bayrou Anweisungen. »Rufen Sie einen Krankenwagen und sagen Sie ihrer Mutter Bescheid.«

»Wird gemacht.«

Lagarde kniete sich vor Zoë und schnitt das Seil durch, während er beruhigend auf sie einredete. Nachdem er sie befreit hatte, nahm er sie in den Arm. »Alles ist gut, Zoë, deine Maman wird gleich hier sein.«

Er hob sie hoch und trug sie aus dem stinkenden Loch hinaus an die frische Luft.

»Hat er dir etwas getan?«, fragte er mit sanfter Stimme.

»Das Schwein hat mich geohrfeigt.«

»Und sonst?«

»Nichts.«

Er atmete erleichtert auf. »Gleich haben wir es geschafft.«

Er brachte sie in den Hof und setzte sie auf einen ausrangierten Gartenstuhl. Dann zog er seine Jacke aus und breitete sie um ihre Schultern. In der Ferne hörten sie ein Martinshorn.

Bayrou, der Losier holen wollte, stürzte die Treppe herab und rannte durch den Flur. »Er ist weg! Der Kerl ist abgehauen.«

»Wie kann das sein?«

»Er hat das Rohr aus der Wand gerissen.«

»Kümmern Sie sich um das Mädchen, Jacques-Pierre, ich bin gleich wieder da.«

Lagarde rannte durch die Hofeinfahrt, umrundete das Haus und sah die Straße hinauf und hinab. Kein Mensch war zu sehen. Das einzige Geräusch, das er hörte, waren die Wellen, die auf den Sand rollten und die Muschelschalen klackern ließen. Weit konnte der Busfahrer mit den Handschellen nicht gekommen sein. Seine Augen wanderten aufmerksam über den Strand und die Felsen hinauf zu der kleinen Kapelle. Zunächst konnte er nichts Auffälliges erkennen, doch dann bewegte sich unterhalb des Kreuzes ein Schatten. Das musste er sein.

Lagarde übersprang eine Mauer, schlug eine Schneise durch ein Gebüsch und lief die steinerne Treppe hinauf, indem er zwei Stufen auf einmal nahm. Wachsam wanderte sein Blick umher. In dem Kirchlein schien Losier nicht mehr zu sein, auch nicht auf dem kleinen Plateau davor. Die Treppe hatte er im Blick. Wollte er über die Klippen flüchten?

Doch plötzlich stürzte der Mann mit einem Wutschrei aus einer dunklen Ecke und warf sich auf Lagarde, drängte ihn gefährlich nahe an den Abgrund. Kurz taumelte der Kommissar, und es war ihm bewusst, dass etwa sechs Meter unter ihm das Meer strudelte und grollte. Brandungswellen klatschten gegen den Fels, Gischtschleier wirbelten in die Höhe. Entschlossen packte Lagarde ihn und trat mit voller Wucht gegen sein Knie.

Losier heulte auf und ging zu Boden. Unsanft zog der Kommissar ihn hoch.

»Wir gehen jetzt, Monsieur.«

Er führte ihn mit festem Griff die Treppe hinunter und an der Promenade entlang. Losier passte sich seinem Gang an. Doch auf einmal riss er sich mit einer Kraft los, die Lagarde ihm nicht zugetraut hätte, stolperte und wäre fast in die Brandung gestürzt. Erneut packte Lagarde ihn und schleppte ihn vor den Hofeingang. Dort nahmen ihn zwei Polizisten in Empfang, die ihn in das Untersuchungsgefängnis in Tréguier bringen sollten. Lagarde wollte auf keinen Fall, dass Zoë ihren Peiniger noch einmal sehen musste. Als das Polizeifahrzeug um die Ecke gebogen war, ging er in den Hof. Inzwischen war der Krankenwagen eingetroffen, und das Blaulicht warf zuckende Blitze auf die Hausfassaden.

Das Mädchen wurde gerade auf eine Liege gebettet. Ein Sanitäter breitete eine Wärmedecke über sie, während eine Notärztin ihr behutsam eine Sauerstoffmaske auf das Gesicht legte und ihr eine Spritze setzte. Bayrou hielt dabei die ganze Zeit ihre Hand und redete mit ihr.

»Du bist ein ganz tapferes Mädchen«, redete er soeben beruhigend auf sie ein. »Jetzt bist du in Sicherheit. Niemand darf dir etwas tun.« Dieses sanfte Lächeln hatte Lagarde noch nie zuvor an ihm gesehen.

Gleichzeitig bog ein Auto mit quietschenden Reifen in den Hof ein und bremste abrupt vor einem Schubkarren. Die Fahrertür wurde aufgerissen, und Christine

Chevalier sprang mit gehetztem Gesichtsausdruck aus dem Wagen. Sie sah völlig verweint aus, ihre dunklen Locken waren zerzaust. Sofort lief sie zu ihrer Tochter und umarmte sie vorsichtig. »Was ist mit dir, was hat er dir getan?«

Zoë sah ihre Mutter mit schiefem Grinsen an. »Nichts, Maman. Es ist alles in Ordnung. Ich habe nur solchen Durst.«

Die Notärztin wandte sich an Christine. »Sind Sie die Mutter?«

»Ja, wie geht es meiner Tochter?«

»Sie ist unterkühlt und dehydriert. Ich habe ihr eine Beruhigungsspritze gegeben. Ihre Tochter weist bis auf die geschwollene Wange, die vermutlich durch Gewalteinwirkung entstanden ist, keine offensichtlichen Verletzungen auf. Sie steht unter Schock. Wir bringen sie jetzt ins Krankenhaus, dort werden wir sie gründlich untersuchen.«

»Ich komme mit.«

»Selbstverständlich, Madame.«

Bevor sie zu ihrer Tochter in den Wagen stieg, ging sie zu Lagarde, umarmte ihn und küsste ihn auf die Wange. »*Merci beaucoup*, Philippe.«

Dann wandte sie sich an Bayrou.

»Danke! Ihr seid Helden.«

Als der Krankenwagen den Hof verlassen hatte, sah Bayrou Lagarde an. Sein Gesichtsausdruck war unergründlich. Der Blick beunruhigte den Commissaire.

»Was ist los?«

»Ich muss Ihnen etwas zeigen, Philippe. Als ich vorhin Losier suchte, habe ich die Tür zu einer Kammer aufgetreten, weil ich dachte, er hätte sich dort versteckt. Er war nicht da, aber dafür etwas anderes. Kommen Sie bitte mit.«

Sie gingen über die Treppe in den ersten Stock, durchquerten den Salon und betraten einen spärlich möblierten Raum mit kahlen Wänden, an dessen Decke eine nackte Glühbirne schwaches Licht verbreitete. Ein seltsamer Geruch lag in der Luft, süßlich mit einem Hauch von Verwesung.

Bayrou wies wortlos auf ein Holzregal. Darauf befand sich ein Terrarium, in dem sich schwarze Schlangen träge zwischen bläulichen Pflanzen und Astgabeln bewegten. Unten auf dem Brett lagen in einem Käfig zwei verendete Ratten. Aus den geöffneten Mäulern spitzten zwischen den Zähnen rosa Zungen hervor.

»Das Brett dazwischen«, sagte Bayrou mit heiserer Stimme.

Auf dem mittleren Regalbrett standen ordentlich aufgereiht Einweckgläser. In der glasklaren Flüssigkeit schwammen kleine fleischfarbene Objekte.

Lagarde sah sie entsetzt an und brauchte einen Moment, um zu begreifen, worum es sich handelte.

»Es sind Fingerglieder, Philippe. Sieben Gläser, sieben Glieder.«

»Sieben!«

»Sehen Sie sich die Deckel an.«

Auf jedem der Glasverschlüsse war mit einem schwarzen Filzstift ein *G* mit einer römischen Ziffer geschrieben, I bis VII.

»Wir brauchen die Spurensicherung«, sagte Lagarde. »So schnell wie möglich.«

»Ich habe die Kollegen bereits informiert.«

»Okay, warten wir im Hof auf sie.«

Lagarde konnte den penetranten Geruch im Haus und den Anblick der schwebenden Gliedmaßen im Moment nicht mehr ertragen. Als er sich umdrehte, entdeckte er einen Korb, in dem Kleidungsstücke lagen, obenauf eine indigoblaue Jeansjacke. Er zog sie heraus und betrachtete sie.

»Das ist eine Frauenjacke«, sagte Bayrou.

»Ja.« Innen am Kragen entdeckte Lagarde zwei Initialen, die er seinem Kollegen zeigte.

»In allen Heimen werden die Anfangsbuchstaben der Bewohnernamen in die Kleidungsstücke eingenäht«, erklärte Bayrou, »so dass man sie beim Verteilen der frischen Wäsche problemlos zuordnen kann. Was sind das für Buchstaben?«

»Ein J und ein B.«

»Joséphine Betancour?«

»Vermutlich.«

Vor dem Haus atmeten sie tief die frische Abendluft ein.

ZEHNTER TAG

DAS GRAB AM JAUDY

Das Untersuchungsgefängnis lag im Kellergeschoss der Polizeiwache von Tréguier. Als Lagarde und Bayrou den Vernehmungsraum betraten, saß Émile Losier mit Hand- und Fußfesseln am Tisch. Hinter ihm an der kahlen Wand standen zwei Gendarmen, die ihn nicht aus den Augen ließen. Die beiden Männer setzten sich ihm gegenüber, und Lagarde stellte fest, dass er nach der Nacht in einer Zelle übernächtigt und aschfahl aussah. Seine Kleidung war zerknittert, die Gesichtszüge wirkten verschlossen, nur in den Augen brodelte etwas, das auf Lagarde den Eindruck von blankem Hass machte. Losier hatte auf einen Pflichtverteidiger verzichtet.

Bayrou schaltete das Aufnahmegerät ein und benannte die erforderlichen Daten. Daraufhin begann Lagarde mit der Vernehmung.

»Wie haben Sie es geschafft, Zoë Chevalier in Ihren Keller zu bringen?«

Losier schnaubte verächtlich und gab ihm keine Antwort.

»Wenn Sie nicht mit uns kooperieren, lasse ich Sie zurück in Ihre Zelle bringen. Dort werden Sie bleiben, bis Sie bereit sind, mit uns zu reden.«

»Ich habe nichts getan.«

»Sie haben Zoë entführt und sie misshandelt. Wollen Sie das leugnen?«

»Ich wollte dem arroganten kleinen Miststück nur einen Denkzettel verpassen. Der Plan war, sie wieder laufen zu lassen, doch dann sind Sie dazwischengekommen.«

»Sie haben den Autoreifen von Christine Chevaliers Fahrzeugs zerstochen. Wie ging es danach weiter?«

»Nichts dergleichen habe ich getan. Ich habe die Kleine auf der Straße laufen sehen, angehalten und sie gefragt, ob ich sie mitnehmen soll. Sie war einverstanden und stieg ein.«

»Weiter!«

»Es war ein kalter Tag, und ich habe ihr Tee aus meiner Thermoskanne zum Aufwärmen angeboten.«

»Was war in dem Tee?«

»Ich weiß nicht, was Sie meinen.«

»Im Krankenhaus stellte man bei einer Untersuchung fest, dass sie mit K.-o.-Tropfen betäubt wurde. Sie haben sie gefügig gemacht und in Ihren Keller gebracht.«

Losier fixierte ein vergittertes Fenster.

»Sie müssen dazu nichts sagen, das sind Fakten.« Lagarde sah den Mann fragend an. »Was ist mit Mélissa Ronné?«

»Was soll mit ihr sein?«

»Monsieur Losier, wir wissen, dass Sie die vier verschwundenen Mädchen getötet haben. Auf dem Medaillon, das Caroline Vernier um den Hals getragen hat, befindet sich ein Fingerabdruck, der gerade mit den Ihren verglichen wird. Wenn die Spuren übereinstimmen, wovon ich ausgehe, sind Sie überführt.«

Losier wurde unruhig und begann mit den Füßen zu wippen.

»Sie wollen mich reinlegen.«

»Nein, wir haben Beweise. Aber ich will es von Ihnen hören. Sehen Sie, Monsieur Losier, es geht um vierfachen Mord sowie um Entführung und Misshandlung einer minderjährigen Schutzbefohlenen, versuchte gefährliche Körperverletzung eines Polizisten mit einem Messer und einen tätlichen Angriff auf mich in meinem Ferienhaus. Dazu kommt der Mord an Jules Brelot. Sie werden eine lebenslängliche Haftstraße verbüßen müssen, ob Sie nun mit uns sprechen oder nicht. Erleichtern Sie Ihr Gewissen. Was haben Sie mit Mélissa Ronné gemacht?«

»Mélissa«, er stockte. »Ich habe Mélissa auf dem Weihnachtsmarkt getroffen und sie auf einen Cidre eingeladen. Sie hat den Alkohol nicht vertragen und ist in meinem Bus eingeschlafen. Es war ein Kinderspiel, die Kleine in den Keller zu bringen.«

»Bernadette Hache?«

Zornbebend sprang er auf und wollte das Aufnahmegerät vom Tisch fegen. »Dieses undankbare Luder«, brüllte er.

Einer der Polizisten, ein muskelbepackter Hüne, war

schneller als er und riss ihn auf seinen Platz zurück. Losier zitterte vor Wut.

»Sie war meine Freundin! Wir hatten eine Liebesbeziehung. Ich habe sie auf Händen getragen und ihr jeden Wunsch von den Augen abgelesen. Und was macht sie? Sie hat Schluss gemacht. Nur weil ich ein wenig grob zu ihr war. Sie hatte es verdient.«

Sein Gesicht verzerrte sich zu einer Fratze. »So etwas macht man nicht mit mir, nicht mit Émile Losier. Ich habe sie nach der Arbeit abgeholt und mit den Tropfen betäubt.«

Die Kommissare wechselten einen raschen Blick. Bayrou konnte sein Entsetzen nur mühsam unterdrücken. Lagarde sah auf seine Notizen und fuhr fort.

»Kommen wir zu Joséphine Betancour. Ihr Vater hat sie am besagten Tag nach Saint-André zur Bandprobe gefahren. Was ist dann passiert?«

»Ich habe sie dort zufällig getroffen. Die Kleine kochte vor Wut. Sie hatte Streit mit ihrem Pflegevater und wollte nicht proben. Also habe ich ihr angeboten, mir ihre Sorgen anzuhören, und sie zu einer Limonade eingeladen. Sie war sofort einverstanden. Ich kann gut mit Mädchen.« Er grinste selbstgefällig, und Bayrou musste sein Bedürfnis, ihm mit der Faust ins Gesicht zu schlagen, mit aller Macht unterdrücken.

»Was ist mit Caroline Vernier geschehen?«, fragte Lagarde.

»Sie hat mich angerufen und gefragt, ob ich sie von

ihrer Gastfamilie abholen könne. Voilà, das war ein leichtes Spiel für mich.«

»Was haben Sie mit den Mädchen gemacht, als Sie sie in Ihrer Gewalt hatten?«

Das anzügliche Grinsen des Mannes war kaum zu ertragen.

»Ich habe mich mit ihnen vergnügt, was glauben Sie denn?«

»Anschließend haben Sie sie erwürgt.«

»Nachdem ich genug von ihnen hatte und ihr Jammern und Betteln nicht mehr ertragen konnte, ja.«

»Waren sie bei Bewusstsein?«

»Nein, ich hatte ihnen vorher ein starkes Schlafmittel verabreicht, ich wollte nicht, dass sie leiden. Schließlich bin ich kein Unmensch.«

»Wir haben in Ihrer Wohnung Fingerglieder gefunden. Sie werden gerade im Labor untersucht. Ich gehe davon aus, dass sie von den Mädchen stammen. Richtig?«

»Ein kleines Souvenir, wer kann mir das verdenken?«

Bayrou fuhr hoch, und Lagarde warf ihm einen schnellen Blick zu. Daraufhin setzte er sich wieder und knetete seine Hände.

»Was haben Sie mit Ihren Opfern gemacht, nachdem Sie sie getötet hatten?«

»Das wissen Sie doch, ich habe sie in der unterirdischen Kammer in der Abbaye de Beauport begraben. Das ist ein angemessener Ort, finden Sie nicht?«

»Sie haben sie nicht begraben, sondern wie Müll entsorgt, einfach weggeworfen.«

Losier schwieg.

»Die Mädchen wiesen bis auf Mélissa Knochenbrüche auf.«

»Das ließ sich nicht vermeiden. Ich habe sie in das Loch geworfen.«

»Sie lagen aber nebeneinander.«

»Ja, ich habe mich an einem Seil hinabgelassen und sie in einer Reihe aufgebahrt. Das hat mir gefallen, der ästhetische Aspekt, verstehen Sie? Außerdem sollten sie von oben nicht gesehen werden. Anschließend bin ich wieder hinaufgeklettert.«

»Woher wussten Sie von diesem Versteck?«

»Meine Großmutter hat mir davon erzählt. Im Mittelalter wurden dort Hexen hineingeworfen und ihrem Schicksal überlassen. Da war eine Tür, durch die man zu der Kammer gelangte.«

»Der Eingang war zugemauert.«

»Ja, nachdem mich die neugierige Alte aus dem Souvenirladen gesehen hatte, habe ich ihn verschlossen. Caroline war die Letzte, die ich dort begraben habe.«

»Aus welchem Grund haben Sie vor zwei Jahren aufgehört, Mädchen zu entführen und zu töten?«

Losier starrte gelangweilt an die Decke. »Kann ich einen Kaffee und eine Kippe haben?«

»Nein! Sie haben nicht aufgehört, nicht wahr? Bei den Gliedmaßen in den Weckgläsern handelt es sich um die Fingerkuppen des Ringfingers. Sieben Fingerglieder. Vier von den Mädchen, drei von anderen Personen. Aufgrund der Form und der Größe gehen wir davon aus, dass es sich um Frauen handelt.« Er rieb sich das Gesicht. »Was bedeutet das G auf den Deckeln der Einmachgläser?«

»Ich verrate es Ihnen, von Mann zu Mann. Das G steht für Gespielin, Geliebte, Gefährtin, suchen Sie es sich aus.«

»Wer sind diese Frauen, und wo haben Sie ihre Leichen versteckt?«

»Kein Kommentar, Sie sind doch der Superbulle.«

Lagarde erhob sich. »Wir unterbrechen die Vernehmung. Kommen Sie, Bayrou.« An die Gendarmen gewandt, sagte er: »Wir sind bald zurück. Geben Sie ihm bitte ein Glas Wasser.«

Die Kommissare holten sich Kaffee aus dem Automaten und zogen sich in Bayrous Büro zurück.

»Wir haben kürzlich recherchiert, ob innerhalb der letzten zwei Jahre weitere Mädchen oder Frauen aus Heimen verschwunden sind«, erläuterte Lagarde seine Überlegungen.

Bayrou nickte. »Ich weiß, niemand ist dort verschwunden.«

»Nehmen wir an, Losier hat sein Jagdrevier gewechselt. Er befürchtete, dass Madame Evran aus dem Souvenirladen ihn gesehen hatte und ihn beschreiben konnte. Der Privatdetektiv Jules Brelot war ihm gefährlich nahe gekommen. Können Sie die Suchanfrage allgemeiner gestalten, ohne den Begriff ›Heim‹?«

»Klar.« Er begann mit der Recherche, machte sich Notizen und trank dabei seinen Kaffee, während Lagarde seine Unterlagen ordnete und den bisherigen Verlauf der Vernehmung reflektierte. Nachdem Bayrou fertig war, informierte er seinen Kollegen über die Ergebnisse seiner Nachforschungen. »In der Bretagne sind in den letzten zwei Jahren dreizehn Mädchen und Frauen verschwunden und nicht wieder aufgetaucht. Im Département Côtes d'Armor waren es drei Touristinnen. Eine fünfundzwanzigjährige Dänin, Annika Lundgren, aus Kopenhagen. Sie wollte zum Mont-Saint-Michel. Eine siebenundzwanzigjährige Deutsche, Louisa Ortmann, aus Köln. Ihr Ziel war die Île d'Ouessant.

Eine neunzehnjährige Österreicherin, Ariane Gruber, aus Linz. Sie plante, nach Vannes zu reisen. Alle drei waren in der Nordbretagne als allein reisende Rucksacktouristinnen unterwegs. Das Einzige, was die ausländischen Kollegen wussten, war, dass sie Busausflüge gebucht hatten, die sie mit ihren Kreditkarten bezahlten. Die ganze Sache wurde erst bekannt, als sie nicht in ihre Heimatstädte zurückkehrten. Sie können überall verschwunden sein, nicht unbedingt in der Bretagne oder in Frankreich.«

»Busausflüge«, wiederholte Lagarde.

»Wollen Sie raten, mit welchem Busunternehmen die Frauen unterwegs waren?«

Er schüttelte fassungslos den Kopf. »Mit *Tours Bretons?*«

»So ist es.«

Als sie Losier erneut gegenübersaßen, konfrontierte Lagarde ihn mit den drei Namen: »Annika Lundgren aus Dänemark, Louisa Ortmann aus Köln, Ariane Gruber aus Linz. Was sagen Sie dazu, Monsieur Losier?«

Der Busfahrer winkte ab. »Was soll ich dazu sagen? Auf die drei kommt es jetzt auch nicht mehr an. Ich will zurück in meine Zelle.«

»Wo haben Sie die Leichen versteckt?«

»Ich habe einen Angelplatz am Ufer des Flusses Jaudy, dort habe ich sie vergraben.«

»Sie werden uns jetzt dorthin führen.«

Die Kommissare und der Rechtsmediziner Hubert Chagall standen im strömenden Regen am Rand einer Lichtung. Émile Losier trug Handschellen und Fußfesseln und wurde von zwei Gendarmen bewacht. Sein Gesicht war versteinert. Nur wenige Meter von ihnen entfernt floss der Jaudy bleiern und aufgewühlt Richtung Ärmelkanal. Über dem Fluss kreisten Möwen und stießen schrille Schreie aus. Polizisten der Spurensicherung hatten nach Anweisungen des Busfahrers ein zwei mal vier Meter großes Terrain abgesteckt und gruben ein

Loch. Nach etwa einer Stunde hatten sie drei Leichen geborgen, die sich in unterschiedlichen Stadien der Verwesung befanden. Doktor Chagall bestätigte nach einer ersten Untersuchung, dass es sich eindeutig um Frauen handelte. Sie mussten noch identifiziert werden, doch Lagarde und Bayrou gingen davon aus, dass es sich um die verschwundenen Touristinnen handelte.

Psychologisches Gutachten

Émile Losier, bekannt unter dem Namen »Teufel von Port Blanc«, wurde am 02. September 1974 in Vannes geboren. Seine leibliche Mutter lehnte ihn ab, und er wurde in einem Säuglingsheim untergebracht. Nach einigen Monaten adoptierte ihn eine Gastfamilie. Der Adoptivvater war gelernter Metzger, der sich für das Kind nicht interessierte und brutal zuschlug, wenn es nicht gehorchte. Die Adoptivmutter verhielt sich kalt und autoritär dem Kind gegenüber. Erst mit zwölf Jahren erfuhr er, dass die Pflegeeltern nicht die leiblichen Eltern sind. Aufgrund der darauffolgenden Schwierigkeiten wohnte er seit dem dreizehnten Lebensjahr in einer Einrichtung für schwererziehbare Jugendliche. Dort besuchte er die Hauptschule und galt als durchschnittlicher Schüler. Von seinem Religionslehrer wurde er mehrfach sexuell missbraucht.

Als er achtzehn Jahre alt wurde, trat er in die Fremdenlegion ein. Im Alter von vierundzwanzig Jahren heiratete er Véronique Carrier, mit der er drei Kinder hatte, einen Jungen und zwei Mädchen. Die Familie lebte in Lannion, wo er als Friedhofswärter arbeitete. Nach achtzehn Jahren trennte er sich von Véronique mit der Begründung, sie habe kein Interesse an körperlicher Nähe, und heiratete Liane Gaspard. Das Ehepaar zog nach Port Blanc, und Losier fand eine Anstellung als Busfahrer bei Tours Bretons, *wo er seine zukünftigen Opfer kennenlernte. Nach knapp zwei Jahren verließ Liane ihn. Sie beschrieb ihn als gespaltene*

Persönlichkeit, die einerseits sanftmütig und verständnisvoll, aber andererseits auch brutal und rücksichtslos sei.

Émile Losier ist von tiefen emotionalen Störungen geprägt. Die Persönlichkeit der Ziehmutter wird als kalt und autoritär beschrieben. Diese Eigenschaften nimmt er komplett auf und verinnerlicht sie. Gleichzeitig entwickelt er ein fulminantes omnipotentes Ich. Seine andere Seite ist von Freundlichkeit und Hilfsbereitschaft geprägt.

Sein Verhalten ist geprägt von heftigen sexuellen Impulsen, die er nicht unter Kontrolle hat. Seine Gewaltbereitschaft rührt daher, dass er Persönlichkeitsmerkmale seiner Opfer in sich trägt, die er hasst, so zum Beispiel Angst und Verzweiflung.

Aufgrund dieses Psychogramms wird im Anschluss an die Haftstrafe eine lebenslange Sicherungsverwahrung empfohlen.

VIER TAGE SPÄTER

BARFLEUR, BASSE-NORMANDIE

Lagarde hatte in der Bucht von Gatteville-le-Phare geankert. Vom Boot aus konnte er das Schieferdach und das steinerne Kreuz der Seefahrerkapelle Notre-Dame-de-Bon-Secours erkennen. Im Schilf umsäumten Naturhafen schaukelten bunte Fischerboote auf dem Wasser. Die Flut hatte die gewaltigen Felsquader am Ufer überspült.

Er bereitete in seiner winzigen Kombüse zwei *café au lait* zu und ging damit über die feuchten Planken zu Odette, die an der Reling lehnte. Gegen den kalten Wind hatte sie das weiße Tuch mit den Fransen, das er für sie auf dem Wochenmarkt von Perros-Guirec gekauft hatte, um den Kopf geschlungen. Er stellte sich neben sie und reichte ihr ein Bol.

»Bitte schön, *chérie*. Ein Kaffee zum Aufwärmen.«

»*Merci*, Philippe.«

Für eine Weile standen sie schweigend nebeneinander und genossen den Ausblick auf den Leuchtturm, dessen Kuppel gerade von einer Wolke verhüllt wurde, den von Macchia überzogenen Küstenstreifen und das unbezähmbare Meer, das kobaltblau aufleuchtete, wenn die Sonne hervorspitzte.

»Der Fall hat dich berührt«, sagte sie.

»Du hast recht«, gab er zu. »Das ist nicht in jedem Fall gleich, aber diesmal war es so.«

»Kein Wunder, du hast einen psychopathischen Serienmörder gejagt.«

»Ja.«

»Du hast den Fall gelöst, ich bin stolz auf dich.«

»Zusammen mit Bayrou.«

»Geht es Zoë besser?«

»Ja, sie wurde bereits aus dem Krankenhaus entlassen und ist zu Hause bei ihrer Mutter.«

»Das ist schön. Im Restaurant ist derzeit nicht so viel los, mein Personal würde ein paar Tage ohne mich zurechtkommen. Was hältst du von ein paar Tagen Erholungsurlaub?«

Er legte den Arm um sie und küsste sie auf die Wange. »Wohin zieht es dich?«

»In den Senegal, das soll ein faszinierendes Land sein. Dort ist es jetzt richtig heiß. Einverstanden?«

»Einverstanden!«